瑞蘭國際

新日檢
N2單字
帶著背!

元氣日語編輯小組　編著

帶著背！
便能輕鬆考過新日檢N2

容我來介紹《新日檢N2單字帶著背！》這本書。

自從日語檢定由原先的四級改制成五級以來，為了因應讀者急切所需，市面上的新日檢書籍，絕大多數都是用原先出版的舊制內容，或者略作修改，或者根本完全不改只改封面，就這樣草草上市。這樣真的可以嗎？當然不行。日語檢定之所以從四級修正成五級，自然有其道理，考試的內容也不可能和舊制完全相同，所以怎麼可以便宜行事，無視讀者的權益，用舊的內容魚目混珠，讓讀者有讀卻沒有考上呢？

基於上述理由，一直以日語學習第一品牌自詡的瑞蘭國際出版部，認為寧願花更多的時間和心力，也一定要出版百分之一百因應新日檢內容的好書，讓讀者不做白工，一考就上，而且是高分過關。

《新日檢N2單字帶著背！》就是這樣的一本書。本書由敝社的總編輯こんどうともこ根據十數年撰寫日檢考題的經驗，挑出N2真正必考單字。再由

三位日語系畢業的高材生依瑧、仲芸、羽恩——打字,精確地標示出漢字、詞性、重音、中文意思。接著依照五十音順序排列,不但方便查詢,更讓讀者在每背完一小個段落後就有成就感。最後還有こんどう所出的數百題模擬試題,並由從事日語教學近十年的我為大家做解說,相信做完之後,一定信心倍增。

就多年從事日語教育的經驗,發現一般讀者應考N2時不是不準備(因為覺得範圍太大,準備也沒有用),要不然就亂槍打鳥(一下子練習聽力,一下子閱讀文章,一下子寫模擬試題,一下子又猛K文法),殊不知要考上N2的第一步,就在厚植單字的實力。試想,上述的聽力、文法、閱讀,哪一項和單字無關呢?

所以,請一步一腳印,每天把《新日檢N2單字帶著背!》吧!有讀就有分,讓我們一起加油!

瑞蘭國際出版　社長

王　愿琦

戰勝新日檢，
掌握日語關鍵能力

元氣日語編輯小組

日本語能力測驗（**日本語能力試驗**）是由「日本國際教育支援協會」及「日本國際交流基金會」，在日本及世界各地為日語學習者測試其日語能力的測驗。自1984年開辦，迄今超過20多年，每年報考人數節節升高，是世界上規模最大、也最具公信力的日語考試。

新日檢是什麼？

近年來，除了一般學習日語的學生之外，更有許多社會人士，為了在日本生活、就業、工作晉升等各種不同理由，參加日本語能力測驗。同時，日本語能力測驗實行20多年來，語言教育學、測驗理論等的變遷，漸有改革提案及建言。在許多專家的縝密研擬之下，自2010年起實施新制日本語能力測驗（以下簡稱新日檢），滿足各層面的日語檢定需求。

除了日語相關知識之外，新日檢更重視「活用日語」的能力，因此特別在題目中加重溝通能力的測驗。同時，新日檢也由原本的4級制（1級、2級、3級、4級）改為5級制（N1、N2、N3、N4、N5），新制的「N」除了代表「日語（Nihongo）」，也代表「新（New）」。新舊制級別對照如下表所示：

N1	比舊制1級的程度略高
N2	近似舊制2級的程度
N3	介於舊制2級與3級之間的程度
N4	近似舊制3級的程度
N5	近似舊制4級的程度

新日檢N2和舊制相比,有什麼不同?

　　新日檢N2的考試科目,由舊制的文字語彙、文法讀解、聽解三科整合為「言語知識‧讀解」與「聽解」二大科目,不管在考試時間、成績計算方式或是考試內容上也有一些新的變化,詳細考題如後文所述。

　　舊制2級總分是400分,考生只要獲得240分就合格。而新日檢N2除了總分大幅變革減為180分外,更設立各科基本分數標準,也就是總分須通過合格分數(=通過標準)之外,各科也須達到一定成績(=通過門檻),才能獲發合格證書,如果總分達到合格分數,但有一科成績未達到通過門檻,亦不算是合格。各級之總分通過標準及各分科成績通過門檻請見下表。

　　從分數的分配來看,「聽解」與「讀解」的比重都提高了,尤其是聽解部分,分數佔比約為1/3,表示新日檢將透過提高聽力與閱讀能力來測試考生的語言應用能力。

　　根據新發表的內容,新日檢N2合格的目標,是希望考生能理解日常生活中各種狀況的日文,並對各方面的日文能有一定程度的理解。

新日檢程度標準		
新日檢 N2	閱讀（讀解）	·對於議題廣泛的報紙、雜誌報導、解說、或是簡單的評論等主旨清晰的文章，閱讀後理解其內容。 ·閱讀與一般話題相關的讀物，理解文脈或意欲表現的意圖。
	聽力（聽解）	·在日常生活及一些更廣泛的場合下，以接近自然的速度聽取對話或新聞，理解話語的內容、對話人物的關係、掌握對話要義。

N2總分通過標準及各分科成績通過門檻			
總分通過標準	得分範圍	0~180	
	通過標準	90	
分科成績通過門檻	言語知識（文字・語彙・文法）	得分範圍	0~60
		通過門檻	19
	讀解	得分範圍	0~60
		通過門檻	19
	聽解	得分範圍	0~60
		通過門檻	19

　　考生必須總分90分以上，同時「言語知識（文字・語彙・文法）」、「讀解」、「聽解」皆不得低於19分，方能取得N2合格證書。

新日檢N2的考題有什麼？

除了延續舊制日檢既有的考試架構，新日檢N2更加入了新的測驗題型，所以考生不能只靠死記硬背，而必須整體提升日文應用能力。考試內容整理如下表所示：

考試科目（時間）	題型			
		大題	內容	題數
言語知識（文字・語彙・文法）・讀解 105分鐘	文字・語彙	1 漢字讀音	選擇漢字的讀音	5
		2 表記	選擇適當的漢字	5
		3 語形成	派生語及複合語	5
		4 文脈規定	根據句子選擇正確的單字意思	7
		5 近義詞	選擇與題目意思最接近的單字	5
		6 用法	選擇題目在句子中正確的用法	5
	文法	7 文法1（判斷文法形式）	選擇正確句型	12
		8 文法2（組合文句）	句子重組（排序）	5
		9 文章文法	文章中的填空（克漏字），根據文脈，選出適當的語彙或句型	5

考試科目 （時間）			題型		題數
			大題	內容	
言語知識（文字・語彙・文法）・讀解 105分鐘	讀解	10	內容理解 （短文）	閱讀題目（包含生活、工作等各式話題，約200字的文章），測驗是否理解其內容	5
		11	內容理解 （中文）	閱讀題目（評論、解說、隨筆等，約500字的文章），測驗是否理解其因果關係、理由、或作者的想法	9
		12	綜合理解	比較多篇文章相關內容（約600字）、並進行綜合理解	2
		13	主旨理解 （長文）	閱讀主旨較清晰的評論文章（約900字），測驗是否能夠掌握其主旨或意見	3
		14	資訊檢索	閱讀題目（廣告、傳單、情報誌、書信等，約700字），測驗是否能找出必要的資訊	2

考試科目 （時間）	題型		
	大題		內容	題數
聽解 50 分 鐘	1	課題理解	聽取具體的資訊，選擇適當的答案，測驗是否理解接下來該做的動作	5
	2	重點理解	先提示問題，再聽取內容並選擇正確的答案，測驗是否能掌握對話的重點	6
	3	概要理解	測驗是否能從聽力題目中，理解說話者的意圖或主張	5
	4	即時應答	聽取單方提問或會話，選擇適當的回答	12
	5	統合理解	聽取較長的內容，測驗是否能比較、整合多項資訊，理解對話內容	4

其他關於新日檢的各項改革資訊，可逕查閱「日本語能力試驗」官方網站http://www.jlpt.jp/。

台灣地區新日檢相關考試訊息

測驗日期：每年七月及十二月第一個星期日

測驗級數及時間：N1、N3在下午舉行；

　　　　　　　　N2、N4、N5在上午舉行

測驗地點：台北、台中、高雄

報名時間：第一回約於四月初，第二回約於九月初

實施機構：財團法人語言訓練測驗中心

　　　　　（02）2365-5050

　　　　　http://www.lttc.ntu.edu.tw/JLPT.htm

如何使用本書

熟背單字

打開本書精心歸納的新日檢N2出題高頻單字，反複背誦、記憶，考前臨陣磨槍，不亮也光！

N2
必考單字

嚴格篩選新日檢N2考試範圍內的單字用法，讓考生免走冤枉路，可在短時間內，全心衝刺檢定考試，高分過關！

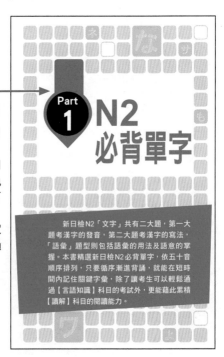

Part
1

N2 必背單字

新日檢N2「文字」共有二大題，第一大題考漢字的發音，第二大題考漢字的寫法，「語彙」題型則包括語彙的用法及語意的掌握。本書精選新日檢N2必背單字，依五十音順序排列，只要循序漸進背誦，就能在短時間內記住關鍵字彙，除了讓考生可以輕鬆通過【言語知識】科目的考試外，更能藉此累積【讀解】科目的閱讀能力。

發音與漢字

單字假名發音全部依照N2範圍準確註明漢字，遇到一字多義的情況時，更可藉由漢字用法的不同加以區別，避免誤用。

隨堂測驗

以五十音裡的每一個音為段落，每個段落皆提供隨堂測驗，背完單字後馬上測驗，不僅能即時檢視成效，同時也可加深印象。

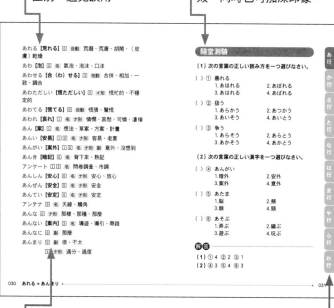

あれる【荒れる】⓪ 自動 荒廢、荒涼、胡鬧、（皮膚）乾燥

あわ【泡】③ 名 氣泡、泡沫、口沫

あわせる【合（わ）せる】③ 他動 合併、相加、一致、調合

あわただしい【慌ただしい】⑤ イ形 慌忙的、不穩定的

あわてる【慌てる】⓪ 自動 慌張、驚慌

あわれ【哀れ】① 名 ナ形 憐憫、哀愁、可憐、淒慘

あん【案】① 名 想法、草案、方案、計畫

あんい【安易】①⓪ 名 ナ形 容易、老套

あんがい【案外】①⓪ 名 ナ形 副 意外、沒想到

あんき【暗記】⓪ 名 背下來、熟記

アンケート ①③ 名 問卷調查、市調

あんしん【安心】⓪ 名 ナ形 安心、放心

あんぜん【安全】⓪ 名 ナ形 安全

あんてい【安定】⓪ 名 ナ形 安定

アンテナ ⓪ 名 天線、觸角

あんな ⓪ ナ形 那樣、那種、那麼

あんない【案内】③ 名 導遊、導引、帶路

あんなに ⓪ 副 那麼

あんまり ① 副 很、不太
　　　　① ナ形 過分、過度

隨堂測驗

（1）次の言葉の正しい読み方を一つ選びなさい。

（ ）① 暴れる
　　1. あはれる　　　　2. あぼれる
　　3. あばれる　　　　4. あばれる

（ ）② 扱う
　　1. あらかう　　　　2. あつかう
　　3. あいそう　　　　4. あいとう

（ ）③ 争う
　　1. あらそう　　　　2. あらとう
　　3. あかそう　　　　4. あかとう

（2）次の言葉の正しい漢字を一つ選びなさい。

（ ）④ あんがい
　　1. 暗外　　　　　　2. 安外
　　3. 案外　　　　　　4. 意外

（ ）⑤ あたま
　　1. 脳　　　　　　　2. 頬
　　3. 顔　　　　　　　4. 頭

（ ）⑥ あそぶ
　　1. 弄ぶ　　　　　　2. 編ぶ
　　3. 遊ぶ　　　　　　4. 玩ぶ

解答

（1）①4 ②2 ③1
（2）④3 ⑤4 ⑥3

重音與詞性

每個單字準確註明重音與詞性，輔助吸收，提升學習功效。

依五十音順序索引

特字典式編排，可藉由右頁的五十音順序索引，迅速查詢所需單字，準備檢定考之餘，平時也可當成學習用口袋字典，隨身攜帶，以備不時之需。

013

STEP 2 實戰練習

待熟悉新日檢N2範圍的單字後，利用本書提供的模擬試題實際演練，作答完畢後，參照解析，一一釐清盲點，針對不熟悉處，再次複習與加強。

■ 模擬試題

完全模擬新日檢考題形式出題，模擬試題的練習可增加考生對考題的熟悉度，如此一來，真正上考場應試時就能輕鬆應對，不會緊張而有失平時實力。

‖ 模擬試題＋完全解析 ‖   ‖ 第一回 ‖

模擬試題第一回

問題1

_____の言葉の読み方として最もよいものを、1・2・3・4から一つ選びなさい。

( )① 最近、白髪が増えて困っている。
1. しらが 　 2. しろはつ
3. はくかみ 　 4. しろがみ

( )② くだらない会議に時間を使うのは惜しい。
1. ほしい 　 2. おしい
3. なしい 　 4. せしい

( )③ 自分が使った布団は自分で片づけなさい。
1. ふだん 　 2. ふとん
3. ぶだん 　 4. ぶとん

( )④ 妊娠中は酸っぱいものが食べたくなるそうだ。
1. いっぱい 　 2. せっぱい
3. さっぱい 　 4. すっぱい

( )⑤ お正月に近所の神社にお参りした。
1. せんじゃ 　 2. じんじゃ
3. かみじゃ 　 4. しんじゃ

問題2

_____の言葉を漢字で書くとき、最もよいものを1・2・3・4から一つ選びなさい。

( )⑥ 彼女は先生の前ではおとなしい。
1. 大人しい 　 2. 音無しい
3. 内気しい 　 4. 温駿しい

( )⑦ 車のライトがまぶしくて思わず目をつぶった。
1. 眩しくて 　 2. 鋭くて
3. 輝しくて 　 4. 亮しくて

( )⑧ 今年から親元をはなれて生活することになった。
1. 離れて 　 2. 放れて
3. 外れて 　 4. 別れて

■ 日文原文與中文翻譯

對照原文翻譯，讓考生百分百理解題目，方能更快掌握解題要點。

模擬試題第一回　中譯及解析

問題1

_____の言葉の読み方として最もよいものを、1・2・3・4から一つ選びなさい。

( )① 最近、白髪が増えて困っている。

　　1. しらが　　　　2. しろはつ

　　3. はくかみ　　　4. しろがみ

中譯 最近，白頭髮增多，很困擾。

解析「白」這個漢字，分別有「白い」（白色的）的「白」、「白雪」（白雪）的「白」、「白書」（白皮書）的「白」幾種重要唸法，非常重要，請牢記。正確答案為選項1「白髪」，其餘選項均無該字，只是混淆視聽而已。

( )② くだらない会議に時間を使うのは惜しい。

　　1. ほしい　　　　2. おしい

　　3. なしい　　　　4. せしい

中譯 把時間花在無謂的會議上是可惜的。

■ 完全解析

——破解考題中的陷阱，點出考生最容易陷入的盲點，矯正錯誤，不重蹈覆轍。

目　錄

Part 1　N2必背單字… 021

あ　022

か　064

さ　119

Part 2　模擬試題+完全解析… 333

本書略語一覽表

名	名詞
代	代名詞
指	指示詞
感	感嘆詞
副	副詞
副助	副助詞
自動	自動詞
他動	他動詞
自他動	自他動詞
イ形	イ形容詞（形容詞）
ナ形	ナ形容詞（形容動詞）
連體	連體詞
接續	接續詞
接頭	接頭語
接尾	接尾語
接助	接續助詞
連語	連語詞組
造語	造語
補動	補助動詞

Part 1

N2 必背單字

　　新日檢N2「文字」共有二大題，第一大題考漢字的發音，第二大題考漢字的寫法，「語彙」題型則包括語彙的用法及語意的掌握。本書精選新日檢N2必背單字，依五十音順序排列，只要循序漸進背誦，就能在短時間內記住關鍵字彙，除了讓考生可以輕鬆通過【言語知識】科目的考試外，更能藉此累積【讀解】科目的閱讀能力。

あ・ア

ああ ⓪ 副 那樣

⓵ 感 （表認同、了解）啊

あい [愛] ⓵ 名 愛

あいかわらず [相変わらず] ⓪ 副 一如往昔、依然、依舊

あいさつ [挨拶] ⓵ 名 打招呼、問候、寒暄、致詞、回應

あいじょう [愛情] ⓪ 名 愛情、愛護、呵護、疼愛

あいず [合図] ⓵ 名 信號、暗號

アイスクリーム ⑤ 名 冰淇淋

あいする [愛する] ③ 他動 愛、心愛、喜愛、熱愛

あいだ [間] ⓪ 名 之間、間隔、關係、中間

あいつぐ [相次ぐ / 相継ぐ] ⓵ 自動 相繼發生

あいて [相手] ③ 名 對方、對象、搭擋

アイデア / アイディア ⓵③ / ⓵③ 名 構想、點子、創意、想法

あいにく ⓪ ナ形 副 不巧、掃興

あいまい ⓪ 名 ナ形 曖昧、模稜兩可

アイロン ⓪ 名 熨斗、燙髮鉗

あう [合う] ⓵ 自動 準、對、合適、正確

あう [会う] ⓵ 自動 見面、遇見

あう [遭う] ⓵ 自動 遇到（不好的事情）

アウト ⓵ 名 （棒球）出局、（網球、桌球）出界

あお【青】① 名 藍色

あおい【青い】② イ形 藍色的、蒼白的

あおぐ【扇ぐ】② 他動 煽、煽風

あおじろい【青白い】④ イ形 蒼白的、臉色發青的

あか【赤】① 名 紅色

あかい【赤い】⓪ イ形 紅色的

あかちゃん【赤ちゃん】① 名 嬰兒

あかり【明かり】⓪ 名 光線、燈

あがる【上がる】⓪ 自動 登上、上升、上學、
（雨、雪、脈搏）停

あかるい【明るい】⓪③ イ形 明亮的、鮮明的、
明朗的、光明的

あかんぼう【赤ん坊】⓪ 名 嬰兒

あき【明き／空き】⓪ 名 空隙、空閒、空缺、職缺

あき【秋】① 名 秋天

あきらか【明らか】② ナ形 明顯、清楚

あきらめる【諦める】④ 他動 放棄、打消～的念頭

あきる【飽きる】② 自動 膩、飽、足夠

あきれる ⓪ 自動 嚇呆

あく【開く】⓪ 自動 拉開、睜開、出現空隙、空間

あく【空く】⓪ 自動 出現空隙、空了、空缺

あくしゅ【握手】① 名 握手、和解、和好

アクセサリー ①③ 名 首飾、裝飾品、配件

アクセント ① 名 重音、語調、重點

あくび ⓪ 名 哈欠

あくま **[悪魔]** ① 名 惡魔、魔鬼

あくまで **[飽くまで]** ①② 副 徹底、始終、堅持到底

あくる～ **[明くる～]** ⓪ 連體 次～、翌～、下一～

あけがた **[明け方]** ⓪ 名 黎明

あける **[開ける]** ⓪ 他動 打開

あける **[明ける]** ⓪ 自他動 空出、天亮、過（年）

あげる **[上げる]** ⓪ 他動 增加、提升、舉、抬高

あげる **[挙げる]** ⓪ 他動 舉、抬高

あげる **[揚げる]** ⓪ 他動 炸

あげる ⓪ 他動 給～

あご **[顎]** ② 名 顎、下顎、下巴

あこがれる **[憧れる]** ⓪ 自動 憧憬、嚮往

あさ **[朝]** ① 名 早晨、早上、上午

あさい **[浅い]** ⓪② イ形 淺的、短淺的、膚淺的

あさって ② 名 後天

あし **[足]** ② 名 腳、腿、步行

あじ **[味]** ⓪ 名 味道、感觸、滋味

アジア ① 名 亞洲

あしあと **[足跡]** ③ 名 足跡、腳印、歷程、功績

あした ③ 名 明天

あしもと **[足元]** ③ 名 腳下、腳步、處境

あじわう **[味わう]** ③⓪ 他動 品嚐、欣賞、體驗

あす **[明日]** ② 名 明天

あずかる **[預かる]** ③ 他動 代人保管、代為照顧、保留、暫緩

あずける **[預ける]** ③ 他動 託付、寄放、委託、倚靠、交由別人決定

あせ **[汗]** ① 名 汗

あそこ ⓪ 代 （指離說話者和聽者都很遠的地方）那裡

あそび **[遊び]** ⓪ 名 遊戲

あそぶ **[遊ぶ]** ⓪ 自動 玩、遊玩、閒置

あたえる **[与える]** ⓪ 他動 給、給予

あたたか **[暖か / 温か]** ③② ナ形 溫暖、溫馨

あたたかい **[暖かい / 温かい]** ④ イ形 溫暖的、和煦的

あたたまる **[暖まる / 温まる]** ④ 自動 升溫、暖和、溫暖

あたためる **[暖める / 温める]** ④ 他動 加溫、弄暖和、重溫、恢復

あたま **[頭]** ③② 名 頭、頭腦

あたらしい **[新しい]** ④ イ形 新的

あたり **[辺り]** ① 名 附近、大致、～左右

あたりまえ ⓪ 名 ナ形 理所當然、應該

あたる **[当たる]** ⓪ 自動 碰撞、猜中、中（獎）、（陽光）照得到

あちこち ②③ 代 到處
　　　　　②③ 名 ナ形 顛倒、相反

あちら／あっち ⓪／③ 代 那裡、那位

あちらこちら ④ 代 到處

　　　　　　　④ ナ形 顛倒、相反

あっ ① 感 （表感動或吃驚）啊、唉呀

あつい [厚い] ⓪ イ形 厚的、深厚的

あつい [暑い] ② イ形 （天氣）熱的、炎熱的

あつい [熱い] ② イ形 （溫度、體溫）熱的、燙的

あつかう [扱う] ⓪③ 他動 處理、操作、對待、
調解、說和

あつかましい [厚かましい] ⑤ イ形 厚顏無恥的、
厚臉皮的

あっしゅく [圧縮] ⓪ 名 壓縮、縮短

あつまり [集まり] ③⓪ 名 集合、聚集、匯集、
聚會

あつまる [集まる] ③ 自動 集合、聚集、匯集、集中

あつめる [集める] ③ 他動 收集、聚集、召集、網羅

あてな [宛て名] ⓪ 名 收件人、收件地址

あてはまる ④ 自動 合適、適用

あてはめる ④ 他動 適用、用作、嵌入

あてる [当てる] ⓪ 自他動 撞、命中、猜

あと [後] ① 名 之後、後方、後來、以外、繼任、
　　　　　　後果

　　　① 副 再〜

あと [跡] ① 名 痕跡、跡象、行蹤、家業

あと ① 接續 之後、以後

あな【穴】② 名 洞、穴、（金錢上的）虧空、空缺

アナウンサー ③ 名 主播、播音員

あなた ② 代 你、妳、您、（妻子對丈夫的稱呼）老公

あに【兄】① 名 哥哥、姊夫、大伯、大舅子

あね【姉】⓪ 名 姊姊、嫂嫂、大姑、大姨子

あの ⓪ 連體 那、那個

　　 ⓪ 感 喂、嗯

アパート ② 名 公寓

あばれる【暴れる】⓪ 自動 胡鬧、動粗

あびる【浴びる】⓪ 他動 淋（溼）、沖（溼）、淋浴

あぶない【危ない】⓪③ イ形 危險的、不穩固的、靠不住的

あぶら【油】⓪ 名 油

あぶら【脂】⓪ 名 脂肪

アフリカ ⓪ 名 非洲

あぶる ② 他動 烘、烤

あふれる ③ 自動 溢出、滿出來、泛濫

あまい【甘い】⓪ イ形 甜的、甜蜜的、不嚴格的

あまど【雨戸】② 名 擋風板、防雨門板

あまやかす【甘やかす】④⓪ 他動 嬌縱、溺愛、寵

あまり【余り】③ 名 剩下、（除法）餘數

　　　　　　 ⓪① 名 剩餘、（除法）餘數

　　　　　　 ⓪ 副 超過～、過度～、（後接否定）（不）太～

あまる **[余る]** ② 自動 剩下、超過

あみもの **[編（み）物]** ②③ 名 編織物、針織物

あむ **[編む]** ① 他動 編、織、編輯

あめ **[雨]** ① 名 雨

あめ **[飴]** ⓪ 名 糖果、甜頭

アメリカ ⓪ 名 美國、美洲

あやうい **[危うい]** ⓪③ イ形 危急的、危險的

あやしい **[怪しい]** ⓪③ イ形 奇怪的、怪異的、可疑的、不妙的

あやまり **[誤り]** ③⓪ 名 錯誤、失誤

あやまる **[誤る]** ③ 自他動 錯誤、搞錯、做錯、犯錯

あやまる **[謝る]** ③ 他動 道歉、賠罪、認錯、折服

あら ①⓪ 感 （表驚訝，女性用語）唉呀

あらい **[荒い]** ⓪② イ形 兇猛的、粗暴的

あらい **[粗い]** ⓪ イ形 粗糙的、稀疏的

あらう **[洗う]** ⓪ 他動 洗、淨化、清查、沖刷

あらし **[嵐]** ① 名 暴風雨、風暴

あらすじ ⓪ 名 概要、大綱

あらそう **[争う]** ③ 他動 爭吵、爭取、競爭、爭奪、戰鬥

あらた **[新た]** ① ナ形 新的、新鮮的、重新

あらためて **[改めて]** ③ 副 改天、重新

あらためる **[改める]** ④ 他動 改變、改正

あらゆる ③ 連體 一切的、全部的、所有的

あらわす **[表（わ）す]** ③ 他動 表示、表現、代表

あらわす **[現（わ）す]** ③ 他動 出現

あらわす **[著（わ）す]** ③ 他動 著作

あらわれ **[表（わ）れ]** ⓪ 名 表現、顯現

あらわれる **[現（わ）れる]** ④ 自動 出現、表現、表露

ありがたい **[有（り）難い]** ④ イ形 感謝的、感激的、難得的

ありがとう。 謝謝。

　　どうもありがとう。 非常謝謝。

　　どうもありがとうございます。 非常謝謝您。

　　どうもありがとうございました。 非常謝謝您了。

ある **[有る / 在る]** ① 自動 （表事物的存在）在、有、發生、舉行

ある **[或る]** ① 連體 某～

あるいは **[或いは]** ② 副 或者、也許

　　　　　　　　　② 接續 或、或者

あるく **[歩く]** ② 自動 走、經過、度過

アルコール ⓪ 名 酒精、酒類、酒

アルバイト ③ 名 打工、工讀生

アルバム ⓪ 名 相簿、集郵冊、書籍式的唱片套

アルミニウム ④ 名 鋁

あれ ⓪ 代 那個、那時、那件事

あれ ⓪① 感 （表驚訝或懷疑時）哎呀

あれこれ ② 代 這個那個、這些那些

　　　　　　② 副 各種、種種

あれる [荒れる] ⓪ 自動 荒廢、荒唐、胡鬧、（皮膚）乾燥

あわ [泡] ② 名 氣泡、泡沫、口沫

あわせる [合（わ）せる] ③ 他動 合併、相加、一致、調合

あわただしい [慌ただしい] ⑤ イ形 慌忙的、不穩定的

あわてる [慌てる] ⓪ 自動 慌張、驚慌

あわれ [哀れ] ① 名 ナ形 憐憫、哀愁、可憐、凄慘

あん [案] ① 名 想法、草案、方案、計畫

あんい [安易] ①⓪ 名 ナ形 容易、老套

あんがい [案外] ①⓪ 名 ナ形 副 意外、沒想到

あんき [暗記] ⓪ 名 背下來、熟記

アンケート ①③ 名 問卷調查、市調

あんしん [安心] ⓪ 名 ナ形 安心、放心

あんぜん [安全] ⓪ 名 ナ形 安全

あんてい [安定] ⓪ 名 ナ形 安定

アンテナ ⓪ 名 天線、觸角

あんな ⓪ ナ形 那樣、那種、那麼

あんない [案内] ③ 名 導遊、導引、帶路

あんなに ⓪ 副 那麼

あんまり ⓪ 副 很、不太

　　　　　　④ ナ形 過分、過度

隨堂測驗

（1）次の言葉の正しい読み方を一つ選びなさい。

（ ）① 暴れる
    1. あほれる   2. あぼれる
    3. あはれる   4. あばれる

（ ）② 扱う
    1. あらかう   2. あつかう
    3. あいそう   4. あいとう

（ ）③ 争う
    1. あらそう   2. あらとう
    3. あかそう   4. あかとう

（2）次の言葉の正しい漢字を一つ選びなさい。

（ ）④ あんがい
    1.暗外   2.安外
    3.案外   4.意外

（ ）⑤ あたま
    1.脳   2.頬
    3.顔   4.頭

（ ）⑥ あそぶ
    1.弄ぶ   2.編ぶ
    3.遊ぶ   4.玩ぶ

解答

（1）① 4 ② 2 ③ 1
（2）④ 3 ⑤ 4 ⑥ 3

い・イ

い **[胃]** ⓪ 名 胃

～い **[～位]** 接尾 第～名、第～位

いい / よい ① / ① イ形 好的、優良的

いいえ / いえ ③ / ② 感 不、不是、不對

いいかえす **[言（い）返す]** ③ 他動 頂嘴、還口

いいかげん **[いい加減]** ⓪ ナ形 隨便、敷衍、不徹底
⓪ 副 相當、頗
連語 適度、適當

いいだす **[言（い）出す]** ③ 他動 說出、開始說

いいつける **[言（い）付ける]** ④ 他動 吩咐、告發

いいなおす **[言（い）直す]** ④ 他動 改口、重說

いいん **[委員]** ① 名 委員

いう **[言う]** ⓪ 自他動 說

いえ **[家]** ② 名 房子

いか **[以下]** ① 名 以下

いがい **[以外]** ① 名 此外、除了～之外

いがい **[意外]** ⓪① 名 ナ形 意外

いかが **[如何]** ② 副 如何

いがく **[医学]** ① 名 醫學

いき / ゆき **[行き]** ⓪ / ⓪ 名 去的路上、往～

いき **[息]** ① 名 氣息、步調

いぎ **[意義]** ① 名 意義

いきいき **[生き生き]** ③ 副 生動、有活力

いきおい **[勢い]** ③ 名 力量、勢力、氣勢、形勢

　　　　　　　③ 副 勢必、當然

いきなり ⓪ 副 突然

いきもの **[生き物]** ③② 名 生物

いきる **[生きる]** ② 自動 生存、生活

いく～ **[幾～]** 接頭 多少～、無數～

いく／ゆく **[行く]** ⓪／⓪ 自動 去

いくじ **[育児]** ① 名 育兒

いくつ **[幾つ]** ① 名 幾個、幾歳、多少

いくぶん **[幾分]** ⓪ 名 一部分

　　　　　　⓪ 副 少許、一些

いくら **[幾ら]** ① 名 多少、多少錢

　　　　　①⓪ 副 多少

いくら～ても **[幾ら～ても]** 連語 無論怎麼～也～

いけ **[池]** ② 名 池塘、水窪

いけばな **[生け花]** ② 名 插花、花道

いけん **[意見]** ① 名 意見

いご **[以後]** ① 名 以後、之後、往後

いこう **[以降]** ① 名 以後、之後

イコール ② 名 ナ形 相等、等於、等號

いさましい **[勇ましい]** ④ イ形 勇敢的、大膽的

いさん **[遺産]** ⓪ 名 遺産

いし **[石]** ② 名 石頭

いし **[医師]** ① 名 醫師

いし [意思] ① 名 意思、想法、打算

いし [意志] ① 名 意志、意願、決心

いじ [維持] ① 名 維持

いしき [意識] ① 名 意識

いじめる ⓪ 他動 欺負、虐待、折磨

いしゃ [医者] ⓪ 名 醫生

いじょう [以上] ① 名 以上、上面、再、更

            ① 接助 既、既然

～いじょう [～以上] 接尾 （表程度、數量、等級等）～以上

いじょう [異常] ⓪ 名 ナ形 異常、反常、非比尋常

いしょくじゅう [衣食住] ③ 名 食衣住

いじわる [意地悪] ③② 名 ナ形 壞心眼、使壞、心術不正的人

いす [椅子] ⓪ 名 椅子

いずみ [泉] ⓪ 名 泉水

いずれ ⓪ 代 哪個、什麼

           ⓪ 副 反正、遲早、不久

いぜん [以前] ① 名 以前、缺乏

いそがしい [忙しい] ④ イ形 忙碌的

いそぐ [急ぐ] ② 自他動 急、趕緊、趕快

いた [板] ① 名 木板、平板、砧板、舞台

いたい [痛い] ② イ形 痛的、痛苦的

いだい [偉大] ⓪ ナ形 偉大

いだく **[抱く]** ② 他動 抱、懷抱

いたす **[致す]** ② 他動 （「する」的謙讓語、禮貌語）做

いたずら ⓪ 名 ナ形 惡作劇、調戲

いただきます。 （用餐前說的）我要開動了。

いただく **[頂く]** ⓪ 他動 （「もらう」的謙讓語）得到、收下、（「<ruby>食<rt>た</rt></ruby>べる」、「<ruby>飲<rt>の</rt></ruby>む」的謙讓語、禮貌語）享用、吃、喝

いたみ **[痛み]** ③ 名 痛、痛苦、毀損、腐壞

いたむ **[痛む]** ② 自動 疼痛、痛苦、破損、腐壞

いためる **[炒める]** ③ 他動 炒、煎

いたる **[至る]** ② 自動 抵達、到

いち **[一]** ② 名 一、第一

いち **[位置]** ① 名 位置

〜いち **[〜一]** 接尾 〜第一

いちいち ② 名 副 一一、逐一

いちおう **[一応]** ⓪ 副 姑且、大致

いちじ **[一時]** ② 名 （時間）一點、一時、當時、一次

いちじるしい **[著しい]** ⑤ イ形 顯著的、明顯的

いちだんと **[一段と]** ⓪ 副 更加、越來越〜

いちど **[一度]** ③ 名 一次

いちどに **[一度に]** ③ 副 一次、同時

いちば **[市場]** ① 名 市場

いちばん [一番] ② 名 第一、最初、最好

　　　　　　　　　　⓪② 副 最、首先

いちぶ [一部] ② 名 一部分、局部、一冊

いちぶぶん [一部分] ③ 名 一部分、一小部分

いちりゅう [一流] ⓪ 名 一流、一派

いつ [何時] ① 代 何時、平時、通常

いつか [五日] ③⓪ 名 五號、五日

いつか [何時か] ① 副 總有一天、（好像）曾經

いっか [一家] ① 名 一家、一派

いっさくじつ [一昨日] ④ 名 前天

いっさくねん [一昨年] ⓪④ 名 前年

いっしゅ [一種] ① 名 一種、某種

　　　　　　　　① 副 一些、稍微

いっしゅん [一瞬] ⓪ 名 瞬間

いっしょ [一緒] ⓪ 名 一起、相同、同時

いっしょう [一生] ⓪ 名 一生、一輩子、畢生

いっしょうけんめい [一生懸命] ⑤ 名 ナ形 拚
命、全力以赴

いっせい [一斉] ⓪ 名 同時

いっせいに [一斉に] ⓪ 副 一齊

いっそう [一層] ⓪ 副 更加、愈～

　　　　　　　　① 名 一層

いったい [一体] ⓪ 名 一體、同心協力、一尊

　　　　　　　　⓪ 副 一般、究竟、本來

いったん **[一旦]** ⓪ 副 一旦、暫時、姑且

いっち **[一致]** ⓪ 名 一致

いつつ **[五つ]** ② 名 五個、五歲

いってい **[一定]** ⓪ 名 一定、固定、穩定

いってきます。 （出門時說的）我走了。

いってまいります。 （比「いってきます。」更為客氣）我走了。

いってらっしゃい。 （對外出者說的話）慢走、路上小心。

いっていらっしゃい。 （比「いってらっしゃい。」稍微客氣）慢走、路上小心。

いつでも ① 副 隨時

いつのまにか ⑤⓪ 副 不知不覺地

いっぱい **[一杯]** ① 名 一杯、一碗
⓪ 副 滿滿地、很多、全部

いっぱん **[一般]** ⓪ 名 ナ形 一般、普通、普遍

いっぱんに **[一般に]** ⓪ 副 一般而言

いっぽう **[一方]** ③ 名 一方、一方面、單方

いつまでも ① 副 永遠

いつも ① 名 副 平時、總是

いてん **[移転]** ⓪ 名 轉移、搬家

いと **[糸]** ① 名 線、絲、弦、線索

いど **[井戸]** ① 名 井

いど **[緯度]** ① 名 緯度

いどう [移動] ⓪ 名 移動、移送

いとこ [従兄弟／従姉妹] ② 名 堂兄弟姉妹或表兄
弟姉妹

〜いない [〜以内] 接尾 〜以內

いなか [田舎] ⓪ 名 鄉下、故鄉

いぬ [犬] ② 名 狗

いね [稲] ① 名 稻子

いねむり [居眠り] ③ 名 打瞌睡

いのち [命] ① 名 生命、壽命

いのる [祈る] ② 他動 祈求、祈禱、祈盼

いばる [威張る] ② 自動 自負、高傲、逞威風

いはん [違反] ⓪ 名 違反、違背

いふく [衣服] ① 名 衣服

いま [今] ① 名 現在、目前、剛才

　　　　　① 副 更、再

いま [居間] ② 名 客廳

いまに [今に] ① 副 遲早、至今仍

いまにも [今にも] ① 副 不久、快要

いみ [意味] ① 名 意思、意義

イメージ ②① 名 形象

いもうと [妹] ④ 名 妹妹

いや [否] ① 感 （表否定）不

いや [嫌] ② ナ形 討厭、不願意

いやいや [嫌々] ⓪ 副 無奈、勉強、不得已

いやがる **[嫌がる]** ③ 他動 不願意、討厭

いやらしい ④ イ形 令人討厭的、下流的

いよいよ ② 副 終於、越來越～、果真

いらい **[依頼]** ⓪ 名 依賴、委託

～いらい **[～以来]** 接尾 ～以來、往後～

いらいら ⓪ 名 焦急感

　　　　　① 副 焦躁、焦慮、著急

いらっしゃい。 歡迎、你來了。

いらっしゃいませ。 歡迎您、您來了、歡迎光臨。

いらっしゃる ④ 自動 （「行く」、「来る」、
「居る」的尊敬語）去、來、在

いりぐち **[入（り）口]** ⓪ 名 入口、開端

いりょう **[医療]** ①⓪ 名 醫療

いる **[居る]** ⓪ 自動 （生物的）存在、在、有

いる **[要る]** ⓪ 自動 需要

いる **[煎る／炒る]** ① 他動 煎、炒

いれかえる **[入れ替える／入れ換える]** ④③ 他動
更換、調換

いれもの **[入れ物]** ⓪ 名 容器

いれる **[入れる]** ⓪ 他動 放入、加入、泡（茶、咖
啡）

いろ **[色]** ② 名 顏色

いろいろ **[色々]** ⓪ 名 ナ形 各式各樣、多種顏色

　　　　　⓪ 副 各式各樣、種種

いわ [岩] ② 名 岩石

いわい [祝い] ②⓪ 名 慶祝、祝賀、賀禮

いわう [祝う] ② 他動 祝賀、恭賀、慶祝、祝福

いわば [言わば] ①② 副 舉例來說、說起來

いわゆる ③② 連體 所謂的

～いん [～員] 接尾 ～（人）員

インク / インキ ⓪①/⓪① 名 墨水、油墨

いんさつ [印刷] ⓪ 名 印刷

いんしょう [印象] ⓪ 名 印象

いんたい [引退] ⓪ 名 引退、退出

インタビュー ①③ 名 採訪、訪問、專訪

いんよう [引用] ⓪ 名 引用

いんりょく [引力] ① 名 （指物體間的吸引力）引力

隨堂測驗

（1）次の言葉の正しい読み方を一つ選びなさい。

（　）① 医療
　　　　1. いみょう　　　　2. にょう
　　　　3. いりょう　　　　4. いきょう

（　）② 居眠り
　　　　1. いなもり　　　　2. いねもり
　　　　3. いなむり　　　　4. いねむり

( ) ③ 移転
　　　 1. いかい　　　　　　2. いてい
　　　 3. いかん　　　　　　4. いてん

(2) 次の言葉の正しい漢字を一つ選びなさい。

( ) ④ いわ
　　　 1. 宝　　　　　　　　2. 砂
　　　 3. 石　　　　　　　　4. 岩

( ) ⑤ いさましい
　　　 1. 痛ましい　　　　　2. 偉ましい
　　　 3. 勇ましい　　　　　4. 忙ましい

( ) ⑥ いいかげん
　　　 1. いい加減　　　　　2. いい増減
　　　 3. いい下減　　　　　4. いい可減

 解答 --

(1) ① 3　② 4　③ 4
(2) ④ 4　⑤ 3　⑥ 1

う・ウ

ウイスキー ③④② 名 威士忌

ウイルス ②① 名 病毒

ウーマン ① 名 （成年）女人、婦女

ウール ① 名 羊毛、羊毛編織物

うえ / うわ [上] ⓪/⓪ 名 上面

ウエーター / ウエイター ②/② 名 男服務生

ウエートレス / ウエイトレス ②/② 名 女服務生

うえき [植木] ⓪ 名 種在庭院或花盆內的樹、盆栽

うえる [植える] ⓪ 他動 種（花、樹）、植
（牙）、播種

うえる [飢える] ② 自動 飢餓、渴望

うお [魚] ⓪ 名 魚

うがい ⓪ 名 漱口

うかがう [伺う] ⓪ 他動 （「聞く」、「尋ねる」、
「訪問する」的謙讓語）請教、拜訪

うかぶ [浮（か）ぶ] ⓪ 自動 浮、漂、飄、浮現

うかべる [浮（か）べる] ⓪ 他動 漂浮、浮現、浮
出、露出

うかる [受かる] ② 自動 （考試）合格、考上

うく [浮く] ⓪ 自動 浮、浮出、浮動

うけたまわる [承る] ⑤ 他動 （「聞く」（聽）、
「引き受ける」（接受）、「承諾する」（承諾）、
「受ける」（接受）的謙讓語）洗耳恭聽、遵從、敬悉

うけつけ **[受付]** ⓪ 名 受理、詢問處（櫃檯）、接待室

うけとり **[受（け）取り]** ⓪ 名 收下、領取、收據、回條

うけとる **[受（け）取る]** ⓪③ 他動 收、領、理解

うけもつ **[受（け）持つ]** ③⓪ 他動 負責、擔任

うける **[受ける]** ② 他動 接受、受到、取得、獲得

うごかす **[動かす]** ③ 他動 啟動、移動、動搖、推動

うごく **[動く]** ② 自動 動、晃動、發動、變動

うさぎ **[兎]** ⓪ 名 兔子

うし **[牛]** ⓪ 名 牛

うしなう **[失う]** ⓪ 他動 失去、迷失

うしろ **[後ろ]** ⓪ 名 後面

うすい **[薄い]** ⓪② イ形 薄的、（顏色）淺的、（味道）淡的

うすぐらい **[薄暗い]** ④⓪ イ形 昏暗的、微暗的

うすめる **[薄める]** ⓪③ 他動 稀釋、沖淡

うそ **[嘘]** ① 名 謊言、錯誤

うた **[歌]** ② 名 歌

うたう **[歌う]** ⓪ 他動 唱

うたがう **[疑う]** ⓪ 他動 懷疑

うち **[内]** ⓪ 名 內、中、裡面

うち **[家]** ⓪ 名 家、房子

うちあわせ **[打（ち）合（わ）せ]** ⓪ 名 事先商量、事前磋商

うちあわせる **[打（ち）合（わ）せる]** ⑤⓪ 他動
相撞、事先商量

うちけす **[打（ち）消す]** ⓪③ 他動 否認、消
除、（音量）蓋過

うちゅう **[宇宙]** ① 名 宇宙、太空

うつ **[打つ]** ① 他動 打、敲、拍

うつ **[討つ]** ① 他動 討伐、斬（首）、攻撃

うつ **[撃つ]** ① 他動 （用槍、炮）發射、射撃

うっかり ③ 副 恍神、不留神、心不在焉

うつくしい **[美しい]** ④ イ形 美的

うつす **[写す]** ② 他動 抄寫、描寫、拍照

うつす **[映す]** ② 他動 映、照、（電影等）放映

うつす **[移す]** ② 他動 轉移、傳染

うったえる **[訴える]** ④③ 他動 起訴、訴說

うつる **[写る]** ② 自動 拍、照

うつる **[映る]** ② 自動 映、相稱

うつる **[移る]** ② 自動 遷移、轉移、感染

うで **[腕]** ② 名 手臂、腕力、扶手、本領

うどん ⓪ 名 烏龍麵

うなずく ③⓪ 自動 （表肯定、理解）點頭

うなる ② 自動 呻吟、讚嘆

うばう **[奪う]** ②⓪ 他動 奪、消耗

うま **[馬]** ② 名 馬

うまい ② イ形 好吃的、美味的

うまれ [生（ま）れ] ⓪ 名 出生、出生地、家世

うまれる [生（ま）れる] ⓪ 自動 出生、誕生、產生

うみ [海] ① 名 海

うめ [梅] ⓪ 名 梅子

うめる [埋める] ⓪ 他動 埋、填、擠滿

うやまう [敬う] ③ 他動 尊敬

うら [裏] ② 名 裡面、背面、後面、背後

うらがえす [裏返す] ③ 他動 翻過來、叛變

うらぎる [裏切る] ③ 他動 背叛、違背、辜負

うらぐち [裏口] ⓪ 名 後門、走後門

うらなう [占う] ③ 他動 占卜、算命

うらみ [恨み] ③ 名 恨

うらむ [恨む] ② 他動 怨恨

うらやましい [羨ましい] ⑤ イ形 羨慕的

うらやむ [羨む] ③ 他動 羨慕

うりあげ [売（り）上げ] ⓪ 名 業績、營業額

うりきれ [売（り）切れ] ⓪ 名 售完

うりきれる [売（り）切れる] ④ 自動 售完

うりば [売（り）場] ⓪ 名 賣場、出售的好時機

うる [売る] ⓪ 他動 賣

うるさい ③ イ形 吵雜的、嘮叨的

うれしい [嬉しい] ③ イ形 高興的、開心的

うれゆき [売れ行き] ⓪ 名 （商品的）銷售狀況

うれる [売れる] ⓪ 自動 暢銷、受歡迎

うろうろ ① 副 徘徊、走來走去

うわぎ [上着] ⓪ 名 上衣、外套

うわさ [噂] ⓪ 名 謠言、傳聞

うん ① 感 （表同意或想起某事）嗯

うん [運] ① 名 運氣、命運

うんが [運河] ① 名 運河

うんてん [運転] ⓪ 名 運轉（機器）、運用（資金）

うんと ①⓪ 副 很多、使勁、非常

うんどう [運動] ⓪ 名 運動

隨堂測驗

（1）次の言葉の正しい読み方を一つ選びなさい。

（ ）① 薄暗い
1. うすくらい　　　2. うすぐらい
3. うらくらい　　　4. うらぐらい

（ ）② 嬉しい
1. うれしい　　　　2. うらしい
3. うましい　　　　4. うわしい

（ ）③ 奪う
1. うはう　　　　　2. うばう
3. うかう　　　　　4. うがう

（2）次の言葉の正しい漢字を一つ選びなさい。

（　）④ うけつけ
　　　　1.受付　　　　　　　2.受理
　　　　3.受問　　　　　　　4.受待

（　）⑤ うえき
　　　　1.種木　　　　　　　2.樹木
　　　　3.植木　　　　　　　4.殖木

（　）⑥ うらぐち
　　　　1.裏口　　　　　　　2.後口
　　　　3.後門　　　　　　　4.裏門

（1）① 2　② 1　③ 2
（2）④ 1　⑤ 3　⑥ 1

え・エ

えっ ① 感 （表驚訝、懷疑或反問時）咦、啥

え [絵] ① 名 圖畫、（電影、電視的）畫面

えいえん [永遠] ⓪ 名 ナ形 永遠

えいが [映画] ①⓪ 名 電影

えいがかん [映画館] ③ 名 電影院

えいきゅう [永久] ⓪ 名 ナ形 永久

えいきょう [影響] ⓪ 名 影響

えいぎょう [営業] ⓪ 名 營業、經營、業務

えいご [英語] ⓪ 名 英語

えいせい [衛生] ⓪ 名 衛生

えいぶん [英文] ⓪ 名 英文文章、英文文學

えいゆう [英雄] ⓪ 名 英雄

えいよう [栄養] ⓪ 名 營養

えいわ [英和] ⓪ 名 英語和日語、（「英和辞典」的簡稱）英日辭典

ええ ①②⓪ 感 （表肯定、喜怒、疑惑、驚訝或講話中途的停頓）是

ええと ⓪ 感 （表談話時思考的聲音）這個嘛

えがお [笑顔] ① 名 笑臉

えがく [描く] ② 他動 畫、描繪

えき [駅] ① 名 車站

えきたい [液体] ⓪ 名 液體、液態

えさ **[餌]** ② ⓪ 名 餌、飼料、誘餌

エスカレーター ④ 名 手扶梯

えだ **[枝]** ⓪ 名 樹枝、分岔

エチケット ① ③ 名 禮儀、禮節

エネルギー ② ③ 名 活力、精力、能量、能源

えのぐ **[絵具]** ⓪ 名 顏料

エプロン ① 名 圍裙

えらい **[偉い]** ② イ形 偉大的、了不起的

えらぶ **[選ぶ]** ② 他動 選擇

える / うる **[得る]** ① / ① 他動 （「得る」為「得る」的文言文）得到、理解

エレベーター ③ 名 電梯

えん **[円]** ① 名 圓、圓形、圓周、日圓

～えん **[～円]** 接尾 ～日圓

～えん **[～園]** 接尾 ～園

えんかい **[宴会]** ⓪ 名 宴會

えんき **[延期]** ⓪ 名 延期

えんぎ **[演技]** ① 名 演技

えんげい **[園芸]** ⓪ 名 園藝

えんげき **[演劇]** ⓪ 名 戲劇

エンジニア ③ 名 （機械、電器、土木等）工程師、技師

えんしゅう **[円周]** ⓪ 名 圓周

えんしゅう **[演習]** ⓪ 名 演習

えんじょ **[援助]** ① 名 援助

エンジン ① 名 引擎

えんぜつ **[演説]** ⓪ 名 演説、演講

えんそう **[演奏]** ⓪ 名 演奏

えんそく **[遠足]** ⓪ 名 遠足

えんちょう **[延長]** ⓪ 名 延長

えんとつ **[煙突]** ⓪ 名 煙囱

えんぴつ **[鉛筆]** ⓪ 名 鉛筆

えんりょ **[遠慮]** ⓪ 名 客氣、推辭、拒絶

隨堂測驗

（1）次の言葉の正しい読み方を一つ選びなさい。

( ) ① 衛生
1. えいせん 2. えいせい
3. えんせん 4. えんせい

( ) ② 園芸
1. えんけい 2. えんげい
3. えいげい 4. えいけい

( ) ③ 永久
1. えいきょう 2. えいきゅう
3. えんきょう 4. えんきゅう

（2）次の言葉の正しい漢字を一つ選びなさい。

（ ）④ えんりょ
1.延慮　　　　　　2.客慮
3.遠慮　　　　　　4.配慮

（ ）⑤ えのぐ
1.画の具　　　　　2.顔の具
3.絵の具　　　　　4.枝の具

（ ）⑥ えがく
1.企く　　　　　　2.会く
3.絵く　　　　　　4.描く

(1) ① 2　② 2　③ 2
(2) ④ 3　⑤ 3　⑥ 4

あ行

か行

さ行

た行

な行

は行

ま行

や行

ら行

わ行

お・オ

お / おん～ **[御～]** 接頭 （「おん御」比「お御」鄭重，表禮貌或對動作主體的敬意）貴～

おい ① 感 （呼喚熟稔的平輩或晚輩時）喂

おい **[甥]** ⓪ 名 姪子、外甥

おいかける **[追（い）掛ける]** ④ 他動 追趕、緊接著

おいこす **[追（い）越す]** ③ 他動 超越

おいしい ⓪③ イ形 美味的、好吃的

おいつく **[追（い）付く]** ③ 自動 趕上、追上、來得及

おいて **[於て]** 連語 （前接「に」）於～、在～、在～方面

おいでになる ⑤ 自動 （「くる来る」、「いく行く」、「いる居る」的尊敬語）來、去、在、蒞臨

オイル ① 名 油、石油

おう **[王]** ① 名 王、國王

おう **[追う]** ⓪ 他動 追趕、追求、趕走、追蹤

おうえん **[応援]** ⓪ 名 聲援、支持、幫助

おうさま **[王様]** ⓪ 名 國王陛下

おうじ **[王子]** ① 名 王子

おうじょ **[王女]** ① 名 公主

おうじる / おうずる **[応じる / 応ずる]** ⓪③ / ⓪③ 自動 回應、按照、配合

おうせつ **[応接]** ⓪ 名 接待、招待

おうたい **[応対]** ⓪① 名 應對、應答

おうだん **[横断]** ⓪ 名 橫越、橫跨

おうふく **[往復]** ⓪ 名 往返、往來

おうべい **[欧米]** ⓪ 名 歐美

おうよう **[応用]** ⓪ 名 應用

おえる **[終える]** ⓪ 他動 做完、結束

おお ⓪ 感 （表驚嘆、回話或突然記起某事時）唉呀、哇

おお ① 感 （男性的招呼語）喂

おお〜 **[大〜]** 接頭 大〜

おおいに **[大いに]** ① 副 非常、很

おおう **[覆う]** ⓪② 他動 覆蓋、籠罩、隱瞞

おおきい **[大きい]** ③ イ形 大的、重大的、誇大的

おおきな **[大きな]** ① 連體 大、多餘

オーケー ①③ 名 OK、好、可以

おおげさ ⓪ 名 ナ形 誇張

オーケストラ ③ 名 管弦樂、管弦樂團

おおざっぱ ③ ナ形 草率、大略

おおぜい **[大勢]** ③ 名 眾多

おおどおり **[大通り]** ③ 名 大馬路

オートバイ ③ 名 機車

オートメーション ④ 名 自動化、全自動裝置

オーバー ① 名 ナ形 超過、過度、誇張

オープン ① 名 ナ形 開張、開業、公開、開放

おおや [大家] ① 名 房東、屋主

おおよそ [大凡] ⓪ 名 大概、大體

⓪ 副 大約、差不多

おか [丘] ⓪ 名 丘陵

おかあさん / おかあさま [お母さん / お母さま]
②/② 名 媽媽、母親、（尊稱）令堂

おかえり。 [お帰り。] 你回來了。

おかえりなさい。 [お帰りなさい。] 您回來了。

おかげ ⓪ 名 託〜的福、多虧

おかけください。 請坐。

おかげさまで。 託您的福。

おかしい ③ イ形 可疑的、奇怪的、滑稽的

おかす [犯す] ②⓪ 他動 犯、違反、侵犯

おかず ⓪ 名 配菜

おかまいなく。 別費心招待我。

おがむ [拝む] ② 他動 （「見る」的謙讓語）看、
拜見、拜、祈求

おかわり [お代（わ）り] ② 名 （同樣的飲食再
追加）續（杯）、再來一份

おき [沖] ⓪ 名 海面上、湖面上

〜おき 接尾 每隔〜

おぎなう [補う] ③ 他動 補、彌補、補償

おきる [起きる] ② 自動 起來、起床

おきのどくに。 [お気の毒に。] 真是遺憾、真可憐。

おく [奥] ① 名 裡面、（內心）深處、（書信的）末尾

おく [置く] ⓪ 他動 放置、設置、留下、放下

おく [億] ① 名 （數量單位）億

おくがい [屋外] ② 名 屋外、室外、戶外

おくさん / おくさま [奥さん / 奥様] ①/① 名 （尊稱他人的太太或備人尊稱女主人）夫人

おくじょう [屋上] ⓪ 名 屋頂、頂樓

おくりもの [贈り物] ⓪ 名 禮物、贈品

おくる [送る] ⓪ 他動 寄、送行、度過、派遣、拖延

おくる [贈る] ⓪ 他動 贈送、授與、報以

おくれる [遅れる] ⓪ 自動 遲到、落後、（錶）慢了

おげんきで。 [お元気で。]（離別時說的）請保重。

おげんきですか。 [お元気ですか。] 您好嗎？

おこさん [お子さん] ⓪ 名 令郎、令嬡

おこす [起（こ）す] ② 他動 叫醒、發起（戰爭）、燃起（幹勁）

おこなう [行（な）う] ⓪ 他動 實行、執行、做

おこる [起（こ）る] ② 自動 發生、燃起（慾望）、萌生（想法）

おこる [怒る] ② 自動 生氣、罵、斥責

おさえる [押（さ）える] ③② 他動 壓、按、捂住、掌握、扣押

おさきに。 [お先に。] 您先請、我先告辭了。

おさない [幼い] ③ イ形 年幼的、幼小的、幼稚的

おさめる **[収める / 納める]** ③ 他動 取得、獲得、收下

おさめる **[治める]** ③ 他動 治理、平定

おじ **[伯父 / 叔父]** ⓪ 名 伯父、叔父、舅父

おしい **[惜しい]** ② イ形 珍惜的、可惜的、捨不得的

おじいさん ② 名 老爺爺、老伯伯

おしいれ **[押（し）入れ]** ⓪ 名 日式壁櫥

おしえる **[教える]** ⓪ 他動 教、告訴

おじぎ **[御辞儀]** ⓪ 名 敬禮、鞠躬、客氣

おじさん **[伯父さん / 叔父さん]** ⓪ 名 （尊稱）伯伯、叔叔、舅舅

おしゃべり ② 名 ナ形 聊天、口風不緊、話多的（人）

おじゃまします。 打擾了。

おしゃれ ② 名 ナ形 時髦的（人）、愛打扮的（人）

おじょうさん **[お嬢さん]** ② 名 令嬡、小姐

おす **[押す]** ⓪ 他動 壓、推

おせわになりました。 **[お世話になりました。]** 承蒙您的關照。

おせん **[汚染]** ⓪ 名 污染

おそい **[遅い]** ⓪② イ形 遲的、晚的、慢的

おそらく **[恐らく]** ② 副 恐怕、或許

おそれ **[恐れ]** ③ 名 害怕、畏懼、恐怕

おそれる **[恐れる]** ③ 他動 敬畏、恐懼、害怕

おそろしい [恐ろしい] ④ イ形 嚇人的、可怕的、驚人的

おそわる [教わる] ⓪ 他動 跟～學習

おだいじに。 [お大事に。] （探病時）請多保重、請好好愛惜。

おたがい [お互い] ⓪ 名 副 雙方、彼此、互相

おたがいに [お互いに] ⓪ 副 彼此、互相

おだやか [穏やか] ② ナ形 沉著穩重、溫和、平靜

おちる [落ちる] ② 自動 掉落、掉入、落榜、遺漏

おっしゃる ③ 他動 （「言う」的尊敬語）說、叫（做）～

おっと [夫] ⓪ 名 丈夫

おてあらい [御手洗い] ③ 名 （「手洗い」的禮貌語）洗手間

おでかけ [お出掛け] ⓪ 名 外出、出去、出門

おてつだいさん [お手伝いさん] ② 名 女傭、幫傭、管家

おと [音] ② 名 （指物體發出的聲響）聲音

おとうさん / おとうさま [お父さん / お父さま]
②/② 名 爸爸、父親、（尊稱）令尊

おとうと [弟] ④ 名 弟弟、妹夫、小叔

おどかす [脅かす] ⓪③ 他動 威脅、恐嚇、使震驚

おとこ [男] ③ 名 男人

おとこのこ [男の子] ③ 名 （年輕的）男孩子

おとこのひと [男の人] ⓪ 名 男的、男性、男人

おとしもの [落（と）し物] ⓪⑤ 名 遺失物

おとす [落（と）す] ② 他動 掉、丟、淘汰

おととい ③ 名 前天

おととし ② 名 前年

おとな [大人] ⓪ 名 大人、成人、成熟

おとなしい ④ イ形 老實的、乖巧聽話的、不吵不鬧的、素雅的

おどり [踊り] ⓪ 名 舞、舞蹈、跳舞

おとる [劣る] ⓪② 自動 差、劣

おどる [踊る] ⓪ 自動 跳、跳舞、跳躍

おどろかす [驚かす] ④ 他動 震驚、轟動

おどろく [驚く] ③ 自動 驚訝、驚恐

おなか ⓪ 名 肚子、腹部

おなじ [同じ] ⓪ ナ形 相同、同樣

　　　　　　 ⓪ 副 反正

おに [鬼] ② 名 鬼怪、魔鬼、幽靈

おにいさん [お兄さん] ② 名 哥哥、令兄

おねえさん [お姉さん] ② 名 姊姊、令姊

おねがいします。[お願いします。] 拜託了。

おのおの [各々] ② 名 各自、一個一個

　　　　　　 ② 代 各位

おば [伯母／叔母] ⓪ 名 伯母、叔母

おばあさん [お婆さん] ② 名 老奶奶、老婆婆

おばさん [伯母さん／叔母さん] ⓪ 名 （尊稱）伯母、叔母、大嬸

おはよう。 [お早う。] 早安。

おはようございます。 [お早うございます。] 早安。

おび [帯] ① 名 （指細長的東西或布）帶子、
（日本和服的）腰帶

おひる [お昼] ② 名 中午、午餐

オフィス ① 名 辦公室

おぼえる [覚える] ③ 他動 記住、學會、覺得

おぼれる [溺れる] ⓪ 自動 淹、溺、沉迷

おまいり [お参り] ⓪ 名 參拜

おまえ ⓪ 代 （對同輩或晚輩的稱呼，大多為男性
在使用）你

おまたせしました。 [お待たせしました。] 讓您久
等了。

おまちください。 [お待ちください。] 請稍等。

おまちどおさま。 [お待ちどおさま。] 讓您久等了。

おまわりさん ② 名 巡警、警察先生

おめでたい ④⓪ イ形 可喜可賀的、憨厚老實的、
過於天真樂觀的

おめでとう。 恭喜。

おめでとうございます。 恭喜您。

おめにかかる [お目に掛かる] 連語 （「会う」的
謙讓語）拜見、見到

おも [主] ① ナ形 主要、重要

おもい [重い] ⓪ イ形 重的、（頭）昏昏沉沉的、
重要的、嚴重的

おもいがけない [思い掛けない] ⑤⑥ イ形 意外的

おもいきり [思い切り] ⓪ 名 死心、斷念

　　　　　　　　　　　⓪ 副 盡量地、充分地

おもいこむ [思い込む] ④⓪ 自動 沉思、深信、
認定、下定決心

おもいだす [思い出す] ④⓪ 他動 想起

おもいっきり [思いっきり] ⓪ 副 盡量地、充分地

おもいつく [思い付く] ④⓪ 自他動 想到

おもいで [思い出] ⓪ 名 回憶

おもう [思う] ② 他動 想、覺得

おもしろい [面白い] ④ イ形 有趣的、可笑的

おもたい [重たい] ⓪ イ形 重的、沉重的

おもちゃ ② 名 玩具

おもて [表] ③ 名 表面、正面、公開、正統、屋外

おもわず [思わず] ② 副 不由得、不自覺地

おや ②① 感 （略帶意外或略感疑惑時）唉呀

おや [親] ② 名 雙親、父母

おやすみ。 [お休み。] （睡前說的）晚安。

おやすみなさい。 [お休みなさい。] （比「お休
み。」更有禮貌）晚安。

おやつ ② 名 點心、零食

おやゆび [親指] ⓪ 名 大姆指

およぎ [泳ぎ] ③ 名 游泳

およぐ [泳ぐ] ② 自動 游泳、穿越（人群）

およそ ⓪ 名 大概、大約、概略

およそ ⓪ 副 凡是、完全（沒）～

およぼす [及ぼす] ③⓪ 他動 波及、給帶來

おりめ [折（り）目] ③⓪ 名 摺痕、摺線

おりる [下りる / 降りる] ② 自他動 下、下來、降、卸任

オリンピック ④ 名 奥運

おる [居る] ① 自動 （「居る」的禮貌用法）在、存在、有

おる [折る] ① 他動 摺疊、折斷、彎（腰）、折服

オルガン ⓪ 名 風琴

おれる [折れる] ② 自動 摺、折斷、轉彎、屈服

オレンジ ② 名 橙、橘子、橘色

おろす [下ろす / 降ろす] ② 他動 放下、提出（存款）、降下、撤掉

おろす [卸す] ② 他動 批發出售、磨碎

おわり [終（わ）り] ⓪ 名 結束、結局、臨終

おわる [終（わ）る] ⓪ 自他動 結束、完

～おわる [～終わる] 補動 （前接動詞ます形，表完成）（做）完

おん [音] ⓪ 名 （從人口中發出的）聲音、音

おん [恩] ① 名 恩惠、恩情

おんがく [音楽] ① 名 音樂

おんけい [恩恵] ⓪ 名 恩惠

おんしつ **[温室]** ⓪ 名 溫室

おんせん **[温泉]** ⓪ 名 溫泉

おんたい **[温帯]** ⓪ 名 （介於寒帶與熱帶之間）
溫帶

おんだん **[温暖]** ⓪ 名 ナ形 溫暖

おんちゅう **[御中]** ① 名 （收件人為公司、學校或
機關團體時，加在收件人後的敬稱）啟、公啟

おんど **[温度]** ① 名 溫度

おんな **[女]** ③ 名 女人

おんなのこ **[女の子]** ③ 名 （年輕的）女孩子

おんなのひと **[女の人]** ⓪ 名 女的、女性、女人

隨堂測驗

（1）次の言葉の正しい読み方を一つ選びなさい。

（　）① 親指
　　　　1. おやゆび　　　　2. おやし
　　　　3. おやじ　　　　　4. おやゆい

（　）② 溺れる
　　　　1. おばれる　　　　2. おぼれる
　　　　3. おじれる　　　　4. おぐれる

（　）③ 泳ぐ
　　　　1. おおぐ　　　　　2. おまぐ
　　　　3. およぐ　　　　　4. おかぐ

（2）次の言葉の正しい漢字を一つ選びなさい。

( ) ④ おじぎ
    1.御敬礼   2.御敬儀
    3.御辞儀   4.御辞礼

( ) ⑤ おとる
    1.劣る   2.至る
    3.悪る   4.折る

( ) ⑥ おおぜい
    1.太勢   2.大勢
    3.多勢   4.沢勢

 解答

（1）① 1 ② 2 ③ 3
（2）④ 3 ⑤ 1 ⑥ 2

か・力

か **[可]** ① 名 可以、認可、合格

か **[蚊]** ⓪ 名 蚊子

か **[課]** ① 名 第～課、部門

～か **[～日]** 接尾 （日期、天數）～日、～天

～か **[～下]** 接尾 （處於某種狀態）～下

～か **[～化]** 接尾 （變化、影響）～化

～か **[～科]** 接尾 部門、（生物分類）～科

～か **[～家]** 接尾 （房屋、專家）～家

～か **[～歌]** 接尾 （漢詩、歌曲）～歌

カー ① 名 車

カーテン ① 名 窗簾

カード ① 名 卡、卡片、紙牌

カーブ ① 名 曲線、彎曲

かい **[会]** ① 名 會議

かい **[回]** ① 名 次數

かい **[貝]** ① 名 貝類、貝殼

～かい **[～回]** 接尾 （次數）～次

～かい **[～階]** 接尾 （樓層）～樓

～かい **[～海]** 接尾 ～海

～かい **[～界]** 接尾 ～界

がい **[害]** ① 名 害、害處

がい～ **[外～]** 接頭 外～

〜がい **[〜外]** 接尾 〜外

かいいん **[会員]** ⓪ 名 會員

かいが **[絵画]** ① 名 繪畫

かいかい **[開会]** ⓪ 名 開會

かいがい **[海外]** ① 名 海外、國外

かいかん **[会館]** ⓪ 名 會館

かいがん **[海岸]** ⓪ 名 海岸

かいぎ **[会議]** ①③ 名 會議

かいけい **[会計]** ⓪ 名 結帳、會計

かいけつ **[解決]** ⓪ 名 解決

かいごう **[会合]** ⓪ 名 聚會、集會

がいこう **[外交]** ⓪ 名 外交、外勤（人員）

がいこく **[外国]** ⓪ 名 外國

かいさつ **[改札]** ⓪ 名 剪票、驗票

かいさん **[解散]** ⓪ 名 解散

かいし **[開始]** ⓪ 名 開始

かいしゃ **[会社]** ⓪ 名 公司

かいしゃく **[解釈]** ① 名 解釋

がいしゅつ **[外出]** ⓪ 名 外出

かいじょう **[会場]** ⓪ 名 會場

かいすいよく **[海水浴]** ③ 名 海水浴

かいすう **[回数]** ③ 名 次數

かいすうけん **[回数券]** ③ 名 套票

かいせい **[改正]** ⓪ 名 （法律或制度的）修訂、改正

かいせい **[快晴]** ⓪ 名 大晴天、晴空萬里

かいせつ **[解説]** ⓪ 名 解説、講解

かいぜん **[改善]** ⓪ 名 改善

かいぞう **[改造]** ⓪ 名 改造

かいだん **[階段]** ⓪ 名 樓梯

かいつう **[開通]** ⓪ 名 開通

かいてき **[快適]** ⓪ 名 ナ形 暢快

かいてん **[回転]** ⓪ 名 旋轉、周轉

ガイド ① 名 指南、導遊、入門

かいとう **[回答]** ⓪ 名 答覆、回答

かいとう **[解答]** ⓪ 名 解答

かいどく **[買（い）得]** ⓪ 名 買得便宜、買得合算

がいぶ **[外部]** ① 名 外部、外面

かいふく **[回復]** ⓪ 名 恢復

かいほう **[解放]** ⓪ 名 解放

かいほう **[開放]** ⓪ 名 開放

かいもの **[買（い）物]** ⓪ 名 購物

かいよう **[海洋]** ⓪ 名 海洋

がいろん **[概論]** ⓪ 名 概論

かいわ **[会話]** ⓪ 名 對話

かう **[買う]** ⓪ 他動 買

かう **[飼う]** ① 他動 飼養

かえす **[返す]** ① 他動 歸還、恢復

かえす **[帰す]** ① 他動 讓～返回、讓～回家

かえって **[却って]** 1 副 反倒、反而

かえり **[帰り]** 3 名 回程、回來

かえる **[代える / 替える / 換える]** 0 他動 代替、換

かえる **[変える]** 0 他動 改變、變更

かえる **[返る]** 1 自動 返還、反射、還原

かえる **[帰る]** 1 自動 回去

かお **[顔]** 0 名 臉、表情

かおく **[家屋]** 1 名 住家、房屋

かおり **[香り]** 0 名 香味

がか **[画家]** 0 名 畫家

かかえる **[抱える]** 0 他動 （雙臂）交抱、背負
（債務）

かかく **[価格]** 0 1 名 價格

かがく **[科学]** 1 名 科學

かがく **[化学]** 1 名 化學

かがみ **[鏡]** 3 名 鏡子

かがやく **[輝く]** 3 自動 閃耀

かかり **[係（り）]** 1 名 負責人

かかる **[掛かる]** 2 自動 花費、掛著

かかる **[罹る]** 2 自動 罹患

かかわる **[係わる]** 3 自動 涉及、拘泥

かぎ **[鍵]** 2 名 鑰匙

かきとめ **[書留]** 0 名 掛號（郵件）

かきとめる **[書（き）留める]** 4 0 他動 寫下
來、記下來

かきとり **[書（き）取り]** ◎ 名 記録、聽寫、默寫

かきね **[垣根]** ②③ 名 柵欄、籬笆

かぎり **[限り]** ①③ 名 限度、界限

かぎる **[限る]** ② 他動 限、限定

かく **[書く]** ① 他動 寫

かく **[搔く]** ① 他動 搔、攪拌

かく ① 他動 出（汗）、出（糗）

かく～ **[各～]** 接頭 各～

～かく **[～画]** 接尾 （筆劃）～劃

かぐ **[嗅ぐ]** ◎ 他動 嗅、聞

かぐ **[家具]** ① 名 家具

がく **[学]** ◎① 名 學識

がく **[額]** ◎② 名 額頭、匾額、（金）額

かくう **[架空]** ◎ 名 ナ形 虚構、架空

かくご **[覚悟]** ①② 名 有決心、心理準備

かくじ **[各自]** ① 名 各自

かくじつ **[確実]** ◎ 名 ナ形 確實

がくしゃ **[学者]** ◎ 名 學者

かくじゅう **[拡充]** ◎ 名 擴充

がくしゅう **[学習]** ◎ 名 學習

がくじゅつ **[学術]** ◎② 名 學術

かくす **[隠す]** ② 他動 隱藏

がくせい **[学生]** ◎ 名 學生

かくだい **[拡大]** ◎ 名 擴大、放大

かくち **[各地]** ① 名 各地

かくちょう **[拡張]** ⓪ 名 擴張、擴充

かくど **[角度]** ① 名 角度、觀點

かくにん **[確認]** ⓪ 名 確認

がくねん **[学年]** ⓪ 名 學年、年級

がくぶ **[学部]** ⓪① 名 （大學的）院、系、學部

がくもん **[学問]** ② 名 學問

かくりつ **[確率]** ⓪ 名 機率、隨機

がくりょく **[学力]** ②⓪ 名 學力

かくれる **[隠れる]** ③ 自動 隱藏、躲藏

かげ **[陰]** ① 名 陰涼處、背後、暗地

かげ **[影]** ① 名 影子

かけざん **[掛（け）算]** ② 名 乘法

かけつ **[可決]** ⓪ 名 贊成、通過

～かげつ **[～箇月]** 接尾 ～個月

かける **[掛ける]** ② 他動 懸掛、架上、戴上、花費、坐、擔心、牽掛

かける **[欠ける]** ⓪ 自動 欠、缺少

かげん **[加減]** ⓪① 名 加減（運算）、適度、狀況

かこ **[過去]** ① 名 過去

かご **[籠]** ⓪ 名 籃、筐

かこう **[火口]** ⓪ 名 火山口、火爐口

かこう **[下降]** ⓪ 名 下降、降落

かこむ **[囲む]** ⓪ 他動 包圍

かさ **[傘]** ① 名 傘

かさい **[火災]** ⓪ 名 火災

かさなる **[重なる]** ⓪ 自動 重疊、累積、不斷

かさねる **[重ねる]** ⓪ 他動 重疊、重複

かざり **[飾り]** ⓪ 名 裝飾

かざる **[飾る]** ⓪ 他動 裝飾

かざん **[火山]** ① 名 火山

かし **[貸し]** ⓪ 名 貸、借出

かし **[菓子]** ① 名 點心、零食

かじ **[火事]** ① 名 火災

かじ **[家事]** ① 名 家事

かしこい **[賢い]** ③ イ形 聰明的

かしこまりました。 遵命。

かしだし **[貸し出し]** ⓪ 名 貸款、貸出

かしつ **[過失]** ⓪ 名 過失

かじつ **[果実]** ① 名 果實

かしま **[貸間]** ⓪ 名 出租的房間

かしや **[貸家]** ⓪ 名 出租的房子

かしゅ **[歌手]** ① 名 歌手

かしょ **[箇所]** ① 名 部分、地方

かじょう **[過剰]** ⓪ 名 ナ形 過剩

かじる ② 他動 咬、啃、略懂

かす **[貸す]** ⓪ 他動 借出

かず **[数]** ① 名 數、數量

ガス ① 名 瓦斯

かぜ **[風]** ◎ 名 風

かぜ **[風邪]** ◎ 名 感冒

かぜい **[課税]** ◎ 名 課税

かせぐ **[稼ぐ]** ② 他動 賺錢

カセット ② 名 (「カセットテープ」的簡稱)錄音帶

かせん **[下線]** ◎ 名 底線

かぞえる **[数える]** ③ 他動 數、計算

かそく **[加速]** ◎ 名 加速、提前

かぞく **[家族]** ① 名 家族、家人

かそくど **[加速度]** ③② 名 加速度、加速、加快

ガソリン ◎ 名 汽油

ガソリンスタンド ⑥ 名 加油站

かた **[方]** ② 名 方法、方面、方、(對人的尊稱)位

かた **[型]** ② 名 型、模型、風格、模式

かた **[肩]** ① 名 肩

〜かた **[〜方]** 接尾 (人的複數的尊稱)〜們

かたい **[堅い / 固い / 硬い]** ◎② イ形 硬的、堅固的、堅定的

〜がたい **[〜難い]** 接尾 難以〜

かたがた **[方々]** ② 名 (「人達<ruby>ひとたち</ruby>」的敬語)諸位、您們

かたかな **[片仮名]** ③ 名 片假名

かたち **[形]** ◎ 名 形、形狀

かたづく **[片付く]** ③ 自動 整理、收拾、做完

かたづける [片付ける] ④ 他動 整理、收拾、解決

かたな [刀] ③② 名 刀

かたまり [塊] ⓪ 名 塊、群

かたまる [固まる] ⓪ 自動 凝固、聚集、鞏固、定型

かたみち [片道] ⓪ 名 單程、單方面

かたむく [傾く] ③ 自動 傾斜、傾向

かたよる [片寄る] ③ 自動 偏、偏向、偏袒

かたる [語る] ⓪ 他動 說、講、談

かち [勝（ち）] ② 名 勝利

かち [価値] ① 名 價值

～がち 接尾 常～、容易～

かちょう [課長] ⓪ 名 課長

かつ [勝つ] ① 自動 贏

～がつ [～月] 接尾 ～月

がっか [学科] ⓪ 名 學科

がっかい [学会] ⓪ 名 學會

がっかり ③ 副 失望、沮喪、無精打采

かっき [活気] ⓪ 名 朝氣、活力

がっき [楽器] ⓪ 名 樂器

がっき [学期] ⓪ 名 學期

がっきゅう [学級] ⓪ 名 班級

かつぐ [担ぐ] ② 他動 扛、哄騙、推舉

かっこ [括弧] ① 名 括弧

かっこう [格好] ⓪ 名 ナ形 外貌、適合

がっこう [学校] ⓪ 名 學校

かつじ [活字] ⓪ 名 活字、鉛字

かって [勝手] ⓪ 名 ナ形 任性、任意、隨便

かつどう [活動] ⓪ 名 活動

カップ ① 名 杯、（有把手的）茶杯

かつやく [活躍] ⓪ 名 活躍

かつよう [活用] ⓪ 名 活用

かつりょく [活力] ② 名 活力

かてい [仮定] ⓪ 名 假定、假設

かてい [家庭] ⓪ 名 家庭

かてい [過程] ⓪ 名 過程

かてい [課程] ⓪ 名 課程

かど [角] ① 名 角、轉角、角落

かな [仮名] ⓪ 名 （指日文的）假名

かない [家内] ① 名 （對外謙稱自己的妻子）內
人、家裡、家眷

かなしい [悲しい] ⓪③ イ形 悲傷的

かなしむ [悲しむ] ③ 他動 悲傷

かなづかい [仮名遣い] ③ 名 （指日文的）假名
用法

かならず [必ず] ⓪ 副 務必、一定

かならずしも [必ずしも] ④ 副 （後接否定）未
必～

かなり ① ナ形 副 相當

かにゅう [加入] ⓪ 名 加入

かね **[金]** ⓪ 名 金屬、金錢

かね **[鐘]** ⓪ 名 鐘、鐘聲

かねつ **[加熱]** ⓪ 名 加熱

かねもち **[金持（ち）]** ③ 名 有錢人

かねる **[兼ねる]** ② 他動 兼

かのう **[可能]** ⓪ 名 ナ形 可能

かのじょ **[彼女]** ① 代 她

　　　　　　　　① 名 女朋友

カバー ① 名 封面、掩護

かばん **[鞄]** ⓪ 名 包包

かはんすう **[過半数]** ②④ 名 過半數

かび ⓪ 名 黴菌

かびん **[花瓶]** ⓪ 名 花瓶

かぶ **[株]** ⓪ 名 股票

かぶせる **[被せる]** ③ 他動 蓋、戴、套、推卸（責任）

かぶる **[被る]** ② 自他動 戴、澆、承擔

かべ **[壁]** ⓪ 名 牆壁

かま **[釜]** ⓪ 名 釜頭

かまいません。 不要緊、沒關係。

かまう **[構う]** ② 自他動 介意、照顧、招待

がまん **[我慢]** ① 名 忍耐

かみ **[上]** ① 名 上、上方

かみ **[神]** ① 名 神

かみ **[紙]** ② 名 紙

かみ **[髪]** ② 名 髪、頭髪

かみくず **[紙屑]** ③ 名 廢紙

かみさま **[神様]** ① 名 神明

かみそり **[剃刀]** ③④ 名 剃刀

かみなり **[雷]** ③④ 名 雷、發火

かみのけ **[髪の毛]** ③ 名 頭髪

かむ **[噛む]** ① 他動 咬、嚼

ガム ① 名 （「チューインガム」的簡稱）口香糖

カメラ ① 名 相機

かもく **[科目]** ⓪ 名 科目、學科

かもしれない 連語 也許

かもつ **[貨物]** ① 名 貨物

かゆい ② イ形 癢的

かよう **[通う]** ⓪ 自動 通（勤）、往返

かよう / か **[火曜 / 火]** ②⓪/① 名 星期二

かよう **[歌謡]** ⓪ 名 歌謡

から **[空]** ② 名 空

から **[殻]** ② 名 殻、皮

がら **[柄]** ⓪ 名 體格、身材、品性、花紋

カラー ① 名 色彩、彩色、特色

からい **[辛い]** ② イ形 辣的、鹹的、嚴格的

からかう ③ 他動 嘲弄、耍

ガラス ⓪ 名 玻璃

からだ **[体]** ⓪ 名 身體

からっぽ **[空っぽ]** ⓪ 名 ナ形 空

かりる **[借りる]** ⓪ 他動 借、借入、租

かる **[刈る]** ⓪ 他動 剪、剃、割

～がる 接尾 感覺～、覺得～、自以為～

かるい **[軽い]** ⓪ イ形 輕的、輕浮的

かるた ① 名 日本紙牌

かれ **[彼]** ① 代 他

　　　　① 名 男朋友

カレー ⓪ 名 咖哩

かれら **[彼ら]** ① 代 （第三人稱代名詞，「彼」
（他）的複數）他們

かれる **[枯れる]** ⓪ 自動 枯萎、乾枯

かれる **[涸れる]** ⓪ 自動 乾涸

カレンダー ② 名 月曆

カロリー ① 名 卡路里、熱量

かわ **[川 / 河]** ② 名 河川

かわ **[皮 / 革]** ② 名 皮革

～がわ **[～側]** 接尾 ～方

かわいい **[可愛い]** ③ イ形 可愛的、討人喜歡的

かわいがる **[可愛がる]** ④ 他動 疼愛、管教

かわいそう **[可哀相 / 可哀想]** ④ ナ形 可憐

かわいらしい **[可愛らしい]** ⑤ イ形 可愛的、嬌小的

かわかす **[乾かす]** ③ 他動 晒乾、烘乾、風乾

かわく **[乾く]** ② 自動 乾

かわく **[渇く]** ② 自動 渴

かわせ **[為替]** ⓪ 名 匯票、匯款、匯兌

かわら **[瓦]** ⓪ 名 瓦

かわり **[代（わ）り]** ⓪ 名 代替、代理、交替

かわりに **[代（わ）りに]** ⓪ 副 代替、替代

かわる **[代（わ）る/替（わ）る]** ⓪/⓪ 自動 代替、代理

かわる **[変（わ）る]** ⓪ 自動 變、變化、改變

かん **[缶]** ① 名 罐、筒、罐頭

かん **[勘]** ⓪ 名 直覺、第六感

～かん **[～刊]** 接尾 （發行、出版、報章雜誌）～刊

～かん **[～間]** 接尾 （期間、之間）～間

～かん **[～巻]** 接尾 （書冊、書畫）～巻

～かん **[～館]** 接尾 （建築物）～館

～かん **[～感]** 接尾 （感覺）～感

かんがえ **[考え]** ③ 名 想法

かんがえる **[考える]** ④③ 他動 思考、考慮

かんかく **[感覚]** ⓪ 名 感覺

かんかく **[間隔]** ⓪ 名 間隔

かんき **[換気]** ⓪ 名 通風

かんきゃく **[観客]** ⓪ 名 觀眾

かんきょう **[環境]** ⓪ 名 環境

かんけい **[関係]** ⓪ 名 關係

かんげい **[歓迎]** ⓪ 名 歡迎

かんげき **[感激]** ⓪ 名 感激

かんこう **[観光]** ⓪ 名 觀光

かんごし **[看護師]** ③ 名 護士

かんさい **[関西]** ① 名 （日本地區的）關西

かんさつ **[観察]** ⓪ 名 觀察

かんじ **[感じ]** ⓪ 名 感覺、知覺、印象、反應

かんじ **[漢字]** ⓪ 名 漢字

がんじつ **[元日]** ⓪ 名 元旦

かんしゃ **[感謝]** ① 名 感謝

かんじゃ **[患者]** ⓪ 名 患者、病患

かんしょう **[鑑賞]** ⓪ 名 鑑賞

かんじょう **[勘定]** ③ 名 計算、數、結帳、付款

かんじょう **[感情]** ⓪ 名 感情

がんじょう **[頑丈]** ⓪ ナ形 強壯、結實、堅固

かんじる / かんずる **[感じる / 感ずる]** ⓪ / ⓪
自他動 感覺、感到

かんしん **[感心]** ⓪ 名 ナ形 佩服、贊成、稱讚

かんしん **[関心]** ⓪ 名 關心、感興趣

かんする **[関する]** ③ 自動 關於

かんせい **[完成]** ⓪ 名 完成

かんせつ **[間接]** ⓪ 名 副 間接

かんせん **[感染]** ⓪ 名 感染、染上

かんぜん **[完全]** ⓪ 名 ナ形 完全

かんそう **[乾燥]** ⓪ 名 乾燥、枯燥

かんそう **[感想]** ⓪ 名 感想

かんそく **[観測]** ⓪ 名 觀測

かんたい **[寒帯]** ⓪ 名 寒帶

かんたん **[簡単]** ⓪ 名 ナ形 簡單

かんちがい **[勘違い]** ③ 名 誤會、誤認

かんちょう **[官庁]** ① 名 官廳、政府機關

かんづめ **[缶詰]** ③④ 名 罐頭

かんでんち **[乾電池]** ③ 名 乾電池

かんとう **[関東]** ① 名 （日本地區的）關東

かんどう **[感動]** ⓪ 名 感動

かんとく **[監督]** ⓪ 名 導演、監督、教練

かんねん **[観念]** ① 名 觀念

かんぱい **[乾杯]** ⓪ 名 乾杯

がんばる **[頑張る]** ③ 自動 加油、努力

かんばん **[看板]** ⓪ 名 招牌

かんびょう **[看病]** ① 名 護理、看護

かんむり **[冠]** ⓪③ 名 冠冕、冠、（漢字的）字頭

かんり **[管理]** ① 名 管理、保管

かんりょう **[完了]** ⓪ 名 結束

かんれん **[関連]** ⓪ 名 關聯

かんわ **[漢和]** ⓪ 名 （「漢和辞典」的簡稱）漢日辭典
　　　　　　　　 ① 名 中國和日本、漢語和日語

かんわ **[緩和]** ⓪ 名 緩和

（1）次の言葉の正しい読み方を一つ選びなさい。

（　）① 頑丈
　　　　1. がんしょう　　　　2. がんちょう
　　　　3. がんじょう　　　　4. がんぎょう

（　）② 監督
　　　　1. かんたく　　　　2. かんだく
　　　　3. かんどく　　　　4. かんとく

（　）③ 過半数
　　　　1. かはんすう　　　　2. かばんすう
　　　　3. かはんかず　　　　4. かばんかず

（2）次の言葉の正しい漢字を一つ選びなさい。

（　）④ かっこう
　　　　1. 格適　　　　2. 外好
　　　　3. 格好　　　　4. 外貌

（　）⑤ かこむ
　　　　1. 包む　　　　2. 囲む
　　　　3. 周む　　　　4. 画む

（　）⑥ かがやく
　　　　1. 耀く　　　　2. 閃く
　　　　3. 輝く　　　　4. 照く

解答

（1）① 3　② 4　③ 1
（2）④ 3　⑤ 2　⑥ 3

き・キ

き [木] ① 名 木、樹

き [気] ⓪ 名 心、性格、度量、熱情、意識、精力、氣氛

～き [～期] 接尾 （時期、期間）～期

～き [～器] 接尾 （器皿、器具）～器

～き [～機] 接尾 （飛機數量）～架、（機器、飛機）～機

きあつ [気圧] ⓪ 名 氣壓

きいろ [黄色] ⓪ 名 ナ形 黄色

きいろい [黄色い] ⓪ イ形 黄色的

ぎいん [議員] ① 名 議員

きえる [消える] ⓪ 自動 （燈）熄滅、消失、（雪）融化

きおく [記憶] ⓪ 名 記憶、（電腦）存檔

きおん [気温] ⓪ 名 氣溫

きかい [機会] ② ⓪ 名 機會、最佳良機

きかい [機械 / 器械] ② 名 機械、機器、儀器

ぎかい [議会] ① 名 議會

きがえ [着替え] ⓪ 名 更衣、（指預備換上的）衣服

きがえる [着替える] ③ 他動 換衣服、換上

きかく [企画] ⓪ 名 企劃

きかん [期間] ② ① 名 期間

きかん **[機関]** ①② 名 （政府、法人、組織等）機關、引擎

きかんしゃ **[機関車]** ② 名 火車頭

ききて **[聞（き）手]** ⓪ 名 聽者

きぎょう **[企業]** ① 名 企業

ききん **[飢饉]** ②① 名 飢荒、缺乏

きく **[聞く]** ⓪ 他動 聽、聽從、打聽、問

きく **[効く]** ⓪ 自動 有效

きぐ **[器具]** ① 名 器具、用具、（架構簡單的）機器

きけん **[危険]** ⓪ 名 ナ形 危險

きげん **[期限]** ① 名 期限

きげん **[機嫌]** ⓪ 名 ナ形 心情、情緒、近況、愉快

きこう **[気候]** ⓪ 名 氣候

きごう **[記号]** ⓪ 名 記號、符號

きこえる **[聞（こ）える]** ⓪ 自動 聽見、聽得見

きざむ **[刻む]** ⓪ 他動 刻、雕刻、切碎、銘記（在心）

きし **[岸]** ② 名 岸、懸崖

きじ **[生地]** ① 名 本性、素質、（未加工的）布料

きじ **[記事]** ① 名 （報章雜誌等）報導、記實、記事

ぎし **[技師]** ① 名 工程師、技師

ぎしき **[儀式]** ① 名 儀式

きしゃ **[汽車]** ② 名 火車

きしゃ **[記者]** ⓵ ② 名 記者

ぎじゅつ **[技術]** ① 名 技術、科技

きじゅん **[基準／規準]** ⓪ 名 基準、標準、準則

きしょう **[起床]** ⓪ 名 起床

きず **[傷]** ⓪ 名 傷口、傷痕、傷害、瑕疵、汙點

きすう **[奇数]** ② 名 奇數

きせつ **[季節]** ② ① 名 季節、時節

きせる **[着せる]** ⓪ 他動 給～穿上

きそ **[基礎]** ① ② 名 基礎

きそく **[規則]** ② ① 名 規則

きた **[北]** ⓪ ② 名 北、北方、北風

ギター ① 名 吉他

きたい **[期待]** ⓪ 名 期待

きたい **[気体]** ⓪ 名 氣體

きたく **[帰宅]** ⓪ 名 回家、返家

きたない **[汚い]** ③ イ形 骯髒的、髒亂的、吝嗇
的、卑鄙的

きち **[基地]** ① ② 名 基地、大本營

きちょう **[貴重]** ⓪ 名 ナ形 貴重、珍貴

ぎちょう **[議長]** ① 名 （主持會議的）司儀、會
議主席、議長

きちんと ② 副 整齊地、整潔地、精準無誤地、規
規矩矩地

きつい ⓪ ② イ形 緊的、窄的、嚴苛的、辛苦的、
好勝的

きっかけ ⓪ 名 契機、動機

きづく [気付く] ② 自動 察覺、發現、注意到、清醒

きっさ [喫茶] ⓪ 名 飲茶、喝茶、(「喫茶店」的簡稱)咖啡店

きっさてん [喫茶店] ⓪ 名 咖啡店

ぎっしり ③ 副 (塞得、擠得、擺得)滿滿地

きっちり ③ 副 緊密地、(多用於數量、時間)正好、剛好

きって [切手] ⓪ 名 郵票

きっと ⓪ 副 一定、務必、嚴肅地、嚴厲地、緊緊地

きっぷ [切符] ⓪ 名 票

きにいる [気に入る] 連語 喜歡、滿意、看上

きにゅう [記入] ⓪ 名 記載、記錄、填上、寫上

きぬ [絹] ① 名 (蠶)絲、絲綢、絲織品

きねん [記念] ⓪ 名 紀念

きのう [機能] ① 名 機能、功能

きのう [昨日] ② 名 昨天

きのどく [気の毒] ③④ 名 ナ形 可憐、可惜、(對他人)過意不去

きばん [基盤] ⓪ 名 基礎、地基、底座

きびしい [厳しい] ③ イ形 嚴格的

きふ [寄付] ① 名 捐款

きぶん [気分] ① 名 心情、情緒、氣氛

きぼう [希望] ⓪ 名 希望、要求、志願

きほん **[基本]** ⓪ 名 基本、基礎

きまり **[決まり]** ⓪ 名 了結、規定、老套

きまる **[決まる]** ⓪ 自動 確定、決定、固定、規定

きみ **[君]** ⓪ 代 （男性對同輩或晚輩的用語）你

きみ **[気味]** ② 名 樣子、心情

~ぎみ **[～気味]** 接尾 有～傾向、有～的樣子

きみょう **[奇妙]** ① ナ形 奇妙、不可思議

ぎむ **[義務]** ① 名 義務

きめる **[決める]** ⓪ 他動 決定、規定、表明（態度）

きもち **[気持ち]** ⓪ 名 心情

きもの **[着物]** ⓪ 名 和服、衣服

ぎもん **[疑問]** ⓪ 名 疑問

きやく **[規約]** ⓪ 名 規約、規章、章程

きゃく **[客]** ⓪ 名 客人、顧客、客戶

ぎゃく **[逆]** ⓪ 名 ナ形 逆、反、顛倒

きゃくせき **[客席]** ⓪ 名 觀眾席、來賓席

きゃくま **[客間]** ⓪ 名 客廳

キャプテン ① 名 隊長、船長、艦長、機長

ギャング ① 名 暴力犯罪集團、幫派組織

キャンパス ① 名 校園

キャンプ ① 名 露營

きゅう **[九]** ① 名 九

きゅう **[旧]** ① 名 舊、農曆

きゅう **[級]** ① 名 級、年級

きゅう **[球]** ① 名 球、圓形物

きゅう **[急]** ⓪ 名 ナ形 急、緊急、急速、陡峭

きゅうか **[休暇]** ⓪ 名 休假

きゅうぎょう **[休業]** ⓪ 名 休業、歇業、停課

きゅうけい **[休憩]** ⓪ 名 休息

きゅうげき **[急激]** ⓪ ナ形 急遽、劇烈

きゅうこう **[急行]** ⓪ 名 趕去、快車

きゅうこう **[休講]** ⓪ 名 停課

きゅうこん **[求婚]** ⓪ 名 求婚

きゅうしゅう **[吸収]** ⓪ 名 吸收

きゅうじょ **[救助]** ① 名 救助、救濟、救護

きゅうそく **[急速]** ⓪ 名 ナ形 迅速

きゅうそく **[休息]** ⓪ 名 休息、中止

きゅうち **[窮地]** ① 名 困境

きゅうに **[急に]** ⓪ 副 忽然、突然

ぎゅうにゅう **[牛乳]** ⓪ 名 牛奶

きゅうよ **[給与]** ① 名 津貼、工資、待遇、分發

きゅうよう **[休養]** ⓪ 名 休養

きゅうりょう **[給料]** ① 名 薪水、工資

きよい **[清い]** ② イ形 清澈的、純潔的、舒暢的

きよう **[器用]** ① 名 ナ形 靈巧

きょう **[今日]** ① 名 今天

〜きょう **[〜教]** 接尾 （宗教）〜教

~ぎょう [~行] 接尾 （行業、修行）~行

~ぎょう [~業] 接尾 （職業）~業

きょういく [教育] ⓪ 名 教育

きょういん [教員] ⓪ 名 教職員、教師

きょうか [強化] ① 名 強化、鞏固

きょうかい [教会] ⓪ 名 教會

きょうかい [境界] ⓪ 名 境界、邊界

きょうかしょ [教科書] ③ 名 教科書

きょうぎ [競技] ① 名 競技、比賽

ぎょうぎ [行儀] ⓪ 名 禮儀、禮貌、秩序

きょうきゅう [供給] ⓪ 名 供給、供應

きょうさん~ [共産~] 接頭 共産~

きょうし [教師] ① 名 教師

ぎょうじ [行事] ①⓪ 名 例行活動、例行儀式

きょうしつ [教室] ⓪ 名 教室

きょうじゅ [教授] ⓪① 名 教授（課程）

　　　　　　　　　　⓪ 名 （大學）教授

きょうしゅく [恐縮] ⓪ 名 惶恐、過意不去、慚愧

きょうそう [競争] ⓪ 名 競爭、比賽

きょうだい [兄弟] ① 名 兄弟、手足

きょうちょう [強調] ⓪ 名 強調

きょうつう [共通] ⓪ 名 ナ形 共通、通用、相同

きょうどう [共同] ⓪ 名 共同、公用

きょうふ [恐怖] ①⓪ 名 恐怖、恐懼

きょうみ **[興味]** ① 名　興趣

きょうよう **[教養]** ⓪ 名　教養、修養、內涵

きょうりょく **[協力]** ⓪ 名　協力、合作

きょうりょく **[強力]** ⓪ 名　ナ形　強力、大力

ぎょうれつ **[行列]** ⓪ 名　隊伍、（排）隊

きょか **[許可]** ① 名　許可、允許

ぎょぎょう **[漁業]** ① 名　漁業

きょく **[曲]** ⓪① 名　歌曲

きょく **[局]** ① 名　局、（「郵便局_{ゆうびんきょく}」的簡稱）郵局

きょくせん **[曲線]** ⓪ 名　曲線、彎曲

きょだい **[巨大]** ⓪ 名　ナ形　巨大

きょねん **[去年]** ① 名　去年

きょり **[距離]** ① 名　距離、差距

きらい **[嫌い]** ⓪ 名　ナ形　討厭、不喜歡

きらう **[嫌う]** ⓪ 他動　討厭、忌諱

きらく **[気楽]** ⓪ ナ形　輕鬆、自在、安逸

きり **[霧]** ⓪ 名　霧

きりくずす **[切（り）崩す]** ④⓪ 他動　砍低、削平、瓦解、破壞

きりたおす **[切（り）倒す]** ④⓪ 他動　砍倒

きりつ **[規律]** ⓪ 名　規律、紀律

きりとる **[切（り）取る]** ③⓪ 他動　切下、砍下、剪下

きりはなす **[切（り）離す]** ⓪④ 他動　割開、斷開

きりひらく **[切（り）開く]** ⓪ 他動 切開、開拓

きる **[切る]** ① 他動 切、剪、中斷、掛（電話）

きる **[斬る]** ① 他動 中斷、斬殺

きる **[着る]** ⓪ 他動 穿、承擔

～きる 接尾 （做）完～、極～

きれ **[布]** ② 名 碎布

～きれ **[～切れ]** 接尾 （片狀的）～片

きれい ① ナ形 漂亮

きれる **[切れる]** ② 自動 斷、完、沒了、反應快、到期

キロ ① 名 （「キログラム」、「キロメートル」、「キロリットル」等簡稱）公斤、公里、公秉

キログラム ③ 名 公斤

キロメートル ③ 名 公里

キロリットル ③ 名 公秉

きろく **[記録]** ⓪ 名 記錄、（破）紀錄

ぎろん **[議論]** ① 名 討論、辯論

きをつける **[気を付ける]** 連語 注意、小心

きん **[金]** ① 名 金、黃金、金錢、金色、星期五

ぎん **[銀]** ① 名 銀、銀色

きんえん **[禁煙]** ⓪ 名 禁菸、戒菸

きんがく **[金額]** ⓪ 名 金額

きんきゅう **[緊急]** ⓪ 名 ナ形 緊急

きんぎょ **[金魚]** ① 名 金魚

きんこ **[金庫]** ① 名 金庫、保險箱、國庫

ぎんこう **[銀行]** ⓪ 名 銀行

きんし **[禁止]** ⓪ 名 禁止

きんじょ **[近所]** ① 名 附近

きんじる / きんずる **[禁じる / 禁ずる]** ⓪③ / ⓪③ 他動 禁止

きんせん **[金銭]** ① 名 金錢

きんぞく **[金属]** ① 名 金屬

きんだい **[近代]** ① 名 近代

きんちょう **[緊張]** ⓪ 名 緊張

きんにく **[筋肉]** ① 名 肌肉

きんゆう **[金融]** ⓪ 名 金融

きんよう / きん **[金曜 / 金]** ③⓪ / ① 名 星期五

きんろう **[勤労]** ⓪ 名 勤勞、勞動、辛勞

隨堂測驗

（1）次の言葉の正しい読み方を一つ選びなさい。

（　）① 清い
　　　　1. きかい　　　　2. きらい
　　　　3. きもい　　　　4. きよい

（　）② ～気味
　　　　1. ～きも　　　　2. ～ぎも
　　　　3. ～きみ　　　　4. ～ぎみ

( ) ③ 絹
   1. きの   2. きぬ
   3. きね   4. きわ

(2) 次の言葉の正しい漢字を一つ選びなさい。

( ) ④ きらく
   1. 気軽   2. 気松
   3. 気快   4. 気楽

( ) ⑤ きのどく
   1. 木の毒   2. 気の得
   3. 木の得   4. 気の毒

( ) ⑥ きんにく
   1. 金肉   2. 筋肉
   3. 肌肉   4. 緊肉

----

(1) ① 4 ② 4 ③ 2
(2) ④ 4 ⑤ 4 ⑥ 2

あ行
か行
さ行
た行
な行
は行
ま行
や行
ら行
わ行

く・ク

く **[九]** ① 名 九

く **[句]** ① 名 句、（日本的短詩）俳句、（日本的詩詞）和歌

ぐあい **[具合]** ⓪ 名 狀況

くいき **[区域]** ① 名 區域

くう **[食う]** ① 他動 吃、費

くう〜 **[空〜]** 接頭 空〜

くうかん **[空間]** ⓪ 名 空間、空地

くうき **[空気]** ① 名 空氣、氣氛

くうこう **[空港]** ⓪ 名 機場

ぐうすう **[偶数]** ③ 名 偶數

ぐうぜん **[偶然]** ⓪ 名 ナ形 偶爾、偶然
⠀⠀⠀⠀⠀⠀⠀⠀⠀⠀⠀ ⓪ 副 偶然、碰巧

くうそう **[空想]** ⓪ 名 空想、幻想

くうちゅう **[空中]** ⓪ 名 空中

クーラー ① 名 冷氣

くぎ **[釘]** ⓪ 名 釘子

くぎる **[区切る]** ② 他動 加標點符號、分隔成、告一段落

くさ **[草]** ② 名 草

くさい **[臭い]** ② イ形 臭的、可疑的

くさり **[鎖]** ⓪③ 名 鍊子、聯繫

くさる **[腐る]** ② 自動 腐壞、生銹、墮落、氣餒

くし **[櫛]** ② 名 梳子

くしゃみ ② 名 噴嚏

くじょう **[苦情]** ⓪ 名 （訴）苦、不滿

くしん **[苦心]** ②① 名 心血

くず **[屑]** ① 名 屑、人渣、廢物

くずす **[崩す]** ② 他動 拆、弄亂

くすり **[藥]** ⓪ 名 藥

くすりゆび **[藥指]** ③ 名 無名指

くずれる **[崩れる]** ③ 自動 崩潰、瓦解、變壞

くせ **[癖]** ② 名 毛病、習慣

くだ **[管]** ① 名 管、筒

ぐたい **[具體]** ⓪ 名 具體

くだく **[砕く]** ② 他動 打碎、用心良苦

くだける **[砕ける]** ③ 自動 破碎

くださる **[下さる]** ③ 他動 給（我）

くたびれる ④ 自動 累、（東西舊了變形）走樣

くだもの **[果物]** ② 名 水果

くだらない 連語 無聊的、沒用的、無價值的

くだり **[下り]** ⓪ 名 下去、下行（列車）

くだる **[下る]** ⓪ 自動 下、下降、下達、投降

くち **[口]** ⓪ 名 口、嘴

～くち **[～口]** 接尾 ～口、～口味

くちびる **[唇]** ⓪ 名 唇

くちべに [口紅] ⓪ 名 口紅

くつ [靴] ② 名 鞋

くつう [苦痛] ⓪ 名 痛苦

くつした [靴下] ②④ 名 襪子

ぐっすり ③ 副 沉沉地（睡）

くっつく ③ 自動 附著、癒合、黏住

くっつける ④ 他動 把～黏起來、把～合併、撮合

くどい ② イ形 囉嗦的、濃的、油膩的

くとうてん [句読点] ② 名 句讀點、標點符號

くに [国] ⓪ 名 國家

くばる [配る] ② 他動 分發、分派、留心、留意

くび [首] ⓪ 名 頸、頭、解雇

くふう [工夫] ⓪ 名 設想、辦法

くぶん [区分] ⓪① 名 區分、分類

くべつ [区別] ① 名 區別、分辨

くみ [組] ② 名 組、班級、幫派

くみあい [組合] ⓪ 名 組合、合作社、工會

くみあわせ [組（み）合（わ）せ] ⓪ 名 分組、組合、搭配

くみかわす [酌（み）交わす] ④⓪ 他動 對飲、對酌

くみたてる [組（み）立てる] ④⓪ 他動 組裝、組織

くむ [組む] ① 自他動 搭擋、跟～一組、交叉、盤（腿）

くむ **[汲む / 酌む]** ⓪ 他動 打（水）、倒（茶）、酙酌

くも **[雲]** ① 名 雲

くもり **[曇り]** ③ 名 陰天、朦朧、汙點

くもる **[曇る]** ② 自動 （天）陰、朦朧、愁（容）

くやしい **[悔しい]** ③ イ形 不甘心的

くやむ **[悔（や）む]** ② 他動 後悔、哀悼

くらい **[位]** ⓪ 名 地位、身分、位數

くらい **[暗い]** ⓪ イ形 暗的

～くらい / ～ぐらい 副助 約～、～左右

くらし **[暮（ら）し]** ⓪ 名 生活、生計

クラシック ③② 名 ナ形 古典

クラス ① 名 班級、等級

くらす **[暮（ら）す]** ⓪ 自動 生活、過日子

グラス ① 名 玻璃杯、玻璃、眼鏡、望遠鏡

クラブ ① 名 俱樂部、社團

グラフ ① 名 圖表

くらべる **[比べる]** ⓪ 他動 比較、比賽

グラム ① 名 （重量單位）克

グランド / グラウンド ⓪ / ⓪ 名 運動場、土地

クリーニング ②④ 名 洗衣店

クリーム ② 名 奶油、乳酪、乳霜

くりかえす **[繰り返す]** ③⓪ 他動 反覆、重複

クリスマス ③ 名 聖誕節

くる [来る] ① 自動 來

くるう [狂う] ② 自動 發瘋、失常、不準確、打亂了

グループ ② 名 團體

くるしい [苦しい] ③ イ形 痛苦的、為難的

くるしむ [苦しむ] ③ 自動 受苦、苦於、難以

くるしめる [苦しめる] ④ 他動 折磨

くるま [車] ⓪ 名 車

くるむ ② 他動 包、裹

くれ [暮れ] ⓪ 名 （日）暮、（季）末、（年）底

くれぐれも ③② 副 再三、再次、由衷

くれる ⓪ 他動 （多用於平輩之間）給（我）

くれる [暮れる] ⓪ 自動 日落、天黑

くろ [黒] ① 名 黑色

くろい [黒い] ② イ形 黑色的

くろう [苦労] ① 名 辛勞、操心

くわえる [加える] ⓪③ 他動 相加、加、加入

くわえる ⓪③ 他動 叼、銜

くわしい [詳しい] ③ イ形 詳細的

くわわる [加わる] ⓪③ 自動 增加、加入

くん [訓] ⓪ 名 （字義的）解釋、（日文漢字的）訓讀

～くん [～君] 接尾 （多用於同輩或平輩的男性人名之後，表禮貌）～君

ぐん [軍] ① 名 軍隊、戰爭

ぐん **[郡]** ① 名 （日本行政單位）郡

ぐんたい **[軍隊]** ① 名 軍隊

くんれん **[訓練]** ① 名 訓練

隨堂測驗

(1) 次の言葉の正しい読み方を一つ選びなさい。

( ) ① 繰り返す
     1. くりはんす　　　　2. くりばんす
     3. くりかえす　　　　4. くりがえす

( ) ② 果物
     1. くたもの　　　　　2. くだもの
     3. くたぶつ　　　　　4. くだぶつ

( ) ③ 砕く
     1. くじく　　　　　　2. くがく
     3. くだく　　　　　　4. くびく

(2) 次の言葉の正しい漢字を一つ選びなさい。

( ) ④ くせ
     1.慣　　　　　　　　2.精
     3.病　　　　　　　　4.癖

( ) ⑤ くじょう
     1.苦満　　　　　　　2.苦状
     3.苦性　　　　　　　4.苦情

あ行
か行
さ行
た行
な行
は行
ま行
や行
ら行
わ行

( ) ⑥ くふう
　　　 1.工夫　　　　　　　　2.供風
　　　 3.工風　　　　　　　　4.供夫

解 答 --

(1) ① 3　② 2　③ 3

(2) ④ 4　⑤ 4　⑥ 1

け・ケ

け **[毛]** ⓪ 名 毛、毛髮、頭髮

～け **[～家]** 接尾 ～家、～家族

げ **[下]** ①⓪ 名 下、下等、下卷

けい **[計]** ① 名 計畫、總計

～けい **[～形 / ～型]** 接尾 ～形、～型

けいい **[敬意]** ① 名 敬意

けいえい **[経営]** ⓪ 名 經營

けいかく **[計画]** ⓪ 名 計畫

けいかん **[警官]** ⓪ 名 警官、警察

けいき **[景気]** ⓪ 名 景氣、繁榮、振奮

けいき **[契機]** ① 名 契機、轉機

けいけん **[経験]** ⓪ 名 經驗、體驗

けいこ **[稽古]** ① 名 （武藝、才藝等）學習、練習

けいご **[敬語]** ⓪ 名 敬語

けいこう **[傾向]** ⓪ 名 傾向、趨勢

けいこうとう **[蛍光灯]** ⓪ 名 日光燈

けいこく **[警告]** ⓪ 名 警告

けいざい **[経済]** ① 名 經濟、節省、省錢

けいさつ **[警察]** ⓪ 名 警察

けいさん **[計算]** ⓪ 名 計算、算計、考量

けいじ **[掲示]** ⓪ 名 公布、布告

けいじ **[刑事]** ① 名 刑警、刑事（案件）

けいしき **[形式]** ⓪ 名 形式

げいじゅつ **[芸術]** ⓪ 名 藝術

けいぞく **[継続]** ⓪ 名 繼續

けいたい **[携帯]** ⓪ 名 隨身攜帶、手機

けいと **[毛糸]** ⓪ 名 毛線

けいど **[経度]** ① 名 經度

けいとう **[系統]** ⓪ 名 系統

げいのう **[芸能]** ⓪ 名 藝術技能、演藝（圈）

けいば **[競馬]** ⓪ 名 賽馬

けいび **[警備]** ① 名 警備、戒備

けいべつ **[軽蔑]** ⓪ 名 輕蔑、輕視

けいやく **[契約]** ⓪ 名 契約、合約

けいゆ **[経由]** ⓪① 名 經過、經由

けいようし **[形容詞]** ③ 名 形容詞、イ形容詞

けいようどうし **[形容動詞]** ⑤ 名 形容動詞、ナ形容詞

ケーキ ① 名 蛋糕

ケース ① 名 盒、箱、情形、案例

ゲーム ① 名 比賽、（二人以上，帶有比賽性質的）遊戲

けが **[怪我]** ② 名 傷、受傷、過失

げか **[外科]** ⓪ 名 外科

けがれる **[汚れる]** ③ 自動 變髒

けがわ **[毛皮]** ⓪ 名 毛皮

げき [劇] ① 名 劇、戲劇

げきじょう [劇場] ⓪ 名 劇場

げきぞう [激増] ⓪ 名 劇增

けさ [今朝] ① 名 今早

けしき [景色] ① 名 景色、風景

けしゴム [消しゴム] ⓪ 名 橡皮擦

げしゃ [下車] ① 名 下車

げしゅく [下宿] ⓪ 名 寄宿

げじゅん [下旬] ⓪ 名 下旬

けしょう [化粧] ② 名 化妝

けす [消す] ⓪ 他動 關（燈）、消除

げすい [下水] ⓪ 名 污水、廢水、下水道

けずる [削る] ⓪ 他動 削

けた [桁] ⓪ 名 床或房子的橫樑

げた [下駄] ⓪ 名 木屐

けち ① 名 ナ形 小氣鬼、吝嗇、小心眼

けつあつ [血圧] ⓪ 名 血壓

けつえき [血液] ② 名 血、血液

けっか [結果] ⓪ 名 結果

けっかん [欠陥] ⓪ 名 缺陷、問題

げっきゅう [月給] ⓪ 名 月薪

けっきょく [結局] ④⓪ 名 結果

⠀⠀⠀⠀⠀⠀⠀⠀⓪ 副 結果、終究

けっこう [結構] ⓪③ 名 結構、架構

⓵ ナ形 足夠、可以、相當好

⓵ 副 滿～

けっこん [結婚] ⓪ 名 結婚

けっさく [傑作] ⓪ 名 ナ形 傑作、滑稽

けっして [決して] ⓪ 副 （後接否定）絕對（不）～

けっしん [決心] ⓵ 名 決心

けっせき [欠席] ⓪ 名 缺席

けってい [決定] ⓪ 名 決定

けってん [欠点] ③ 名 缺點

げつまつ [月末] ⓪ 名 月底

げつよう / げつ [月曜 / 月] ③⓪/⓵ 名 星期一

けつろん [結論] ⓪ 名 結論

けはい [気配] ⓵② 名 感覺、樣子、情形、跡象

げひん [下品] ② 名 ナ形 下流

けむい [煙い] ⓪② イ形 薰人的、嗆人的

けむり [煙] ⓪ 名 煙

げり [下痢] ⓪ 名 腹瀉

ける [蹴る] ⓵ 他動 踢、拒絕

けれど / けれども ⓵/⓵ 接續 可是

けわしい [険しい] ③ イ形 危險的、險峻的

けん [券] ⓵ 名 券、票

～けん [～県] 接尾 （日本行政單位）～縣

~けん **[～軒]** 接尾 （量詞）～間、～家

~けん **[～権]** 接尾 （権利）～権

げん~ **[現～]** 接頭 （現今）現～

げんいん **[原因]** ⓪ 名 原因

けんか **[喧嘩]** ⓪ 名 吵架

けんかい **[見解]** ⓪ 名 見解、意見

げんかい **[限界]** ⓪ 名 極限、限度

けんがく **[見学]** ⓪ 名 參觀、觀摩

げんかん **[玄関]** ① 名 正門

げんき **[元気]** ① 名 ナ形 健康、精神奕奕

けんきゅう **[研究]** ⓪ 名 研究

けんきょ **[謙虚]** ① ナ形 謙虚

げんきん **[現金]** ③ 名 ナ形 現金

げんご **[言語]** ① 名 語言

けんこう **[健康]** ⓪ 名 ナ形 健康

げんこう **[原稿]** ⓪ 名 原稿

けんさ **[検査]** ① 名 檢查

げんざい **[現在]** ① 名 現在

げんさん **[原産]** ⓪ 名 原産

げんし **[原始]** ① 名 原始

げんじつ **[現実]** ⓪ 名 現實

けんしゅう **[研修]** ⓪ 名 研修、進修

げんじゅう **[厳重]** ⓪ ナ形 嚴重、嚴格

げんしょう **[現象]** ⓪ 名 現象

あ行
か行
さ行
た行
な行
は行
ま行
や行
ら行
わ行

げんしょう **[減少]** ⓪ 名 減少

げんじょう **[現状]** ⓪ 名 現狀

けんせつ **[建設]** ⓪ 名 建設

けんそん **[謙遜]** ⓪ 名 謙遜、謙虚

げんだい **[現代]** ① 名 現代

けんちく **[建築]** ⓪ 名 建築

けんちょう **[県庁]** ①⓪ 名 縣政府

げんど **[限度]** ① 名 限度

けんとう **[見当]** ③ 名 估計、推測、大約、方向

けんとう **[検討]** ⓪ 名 研究、討論

げんに **[現に]** ① 副 實際

げんば **[現場]** ⓪ 名 （事故）現場、工地

けんびきょう **[顕微鏡]** ⓪ 名 顯微鏡

けんぶつ **[見物]** ⓪ 名 觀賞、遊覽

けんぽう **[憲法]** ① 名 憲法

けんめい **[懸命]** ⓪ ナ形 拚命

けんり **[権利]** ① 名 權利

げんり **[原理]** ① 名 原理

げんりょう **[原料]** ③ 名 原料

隨堂測驗

（1）次の言葉の正しい読み方を一つ選びなさい。

（　）① 原稿
1. げんこう　　　　2. げんごう
3. げんたか　　　　4. げんだか

（　）② 煙い
1. けむい　　　　　2. けもい
3. けわい　　　　　4. けたい

（　）③ 月末
1. けつもう　　　　2. けつまつ
3. げつまつ　　　　4. げつもう

（2）次の言葉の正しい漢字を一つ選びなさい。

（　）④ けさ
1. 今早　　　　　　2. 今朝
3. 現早　　　　　　4. 現朝

（　）⑤ けんちょう
1. 県府　　　　　　2. 県政
3. 県庁　　　　　　4. 県町

（　）⑥ けがれる
1. 毒れる　　　　　2. 環れる
3. 染れる　　　　　4. 汚れる

解答

（1）① 1　② 1　③ 3
（2）④ 2　⑤ 3　⑥ 4

こ・コ

こ [子] ⓪ 名 孩子

こ～ [小～] 接頭 小～

～こ [～個] 接尾 （量詞）～個

～こ [～湖] 接尾 ～湖

ご [五] ① 名 五

ご [後] ⓪ 名 後

ご [語] ① 名 語

ご [碁] ⓪① 名 圍棋

ご～ [御～] 接頭 一般多接在音讀漢語名詞前，表尊敬或謙遜

こい [恋] ① 名 戀、戀愛

こい [濃い] ① イ形 （飲料）濃的、烈的、（顏色）深的、濃密的

ごい [語彙] ① 名 語彙

こいしい [恋しい] ③ イ形 眷戀的、愛慕的、懷念的

こいびと [恋人] ⓪ 名 戀人

こう ⓪ 指 這麼、這樣

こう～ [高～] 接頭 高～

～こう [～校] 接尾 （學校、校對）～校、～所

～こう [～港] 接尾 ～港

～ごう [～号] 接尾 （定期發行的刊物期數）第～期

こういん **[工員]** ⓪ 名 員工、工人

ごういん **[強引]** ⓪ 名 ナ形 強行

こううん **[幸運]** ⓪ 名 ナ形 幸運

こうえん **[公園]** ⓪ 名 公園

こうえん **[講演]** ⓪ 名 演講

こうえん **[公演]** ⓪ 名 公演

こうか **[効果]** ① 名 効果、成果

こうか **[硬貨]** ① 名 硬幣

こうか **[高価]** ① 名 ナ形 高價、昂貴

ごうか **[豪華]** ① 名 ナ形 豪華

こうかい **[公開]** ⓪ 名 公開

こうがい **[郊外]** ① 名 郊外

こうがい **[公害]** ⓪ 名 公害

ごうかく **[合格]** ⓪ 名 合格

こうかん **[交換]** ⓪ 名 交換

こうぎ **[講義]** ③ 名 講課、上課

こうきゅう **[高級]** ⓪ 名 ナ形 高級

こうきょう **[公共]** ⓪ 名 公共

こうぎょう **[工業]** ① 名 工業

こうくう **[航空]** ⓪ 名 航空

こうけい **[光景]** ⓪① 名 光景、情景、景色

こうげい **[工芸]** ⓪ 名 工藝

ごうけい **[合計]** ⓪ 名 合計

こうげき **[攻撃]** ⓪ 名 攻撃、抨撃、指責

こうけん **[貢献]** ⓪ 名 貢獻

こうこう **[孝行]** ① 名 ナ形 孝順

こうこう **[高校]** ⓪ 名 （「高等学校」的簡稱）高中

こうこく **[広告]** ⓪ 名 廣告

こうさ **[交差]** ①⓪ 名 交叉

こうさい **[交際]** ⓪ 名 交際、交往

こうさてん **[交差点]** ⓪③ 名 十字路口、交叉路口

こうし **[講師]** ① 名 講師

こうじ **[工事]** ① 名 施工

こうしき **[公式]** ⓪ 名 正式、公式

こうじつ **[口実]** ⓪ 名 藉口

こうして ⓪ 副 這樣

⓪ 接續 如此一來

こうしゃ **[校舎]** ① 名 校舍

こうしゃ **[後者]** ① 名 後者

こうしゅう **[公衆]** ⓪ 名 公眾、大眾

こうじょう / こうば **[工場]** ③ / ③ 名 工場、工廠

こうすい **[香水]** ⓪ 名 香水

こうずい **[洪水]** ⓪ 名 洪水

こうせい **[公正]** ⓪ 名 ナ形 公正

こうせい **[構成]** ⓪ 名 構成、組成

こうせき **[功績]** ⓪ 名 功績

こうせん **[光線]** ⓪ 名 光線

こうそう **[高層]** ⓪ 名 高層、多層、高空

こうぞう **[構造]** ⓪ 名 構造、結構

こうそく **[高速]** ⓪ 名 高速、快速

こうたい **[交替 / 交代]** ⓪ 名 交替、替換、交接、換

こうち **[耕地]** ① 名 耕地

こうちゃ **[紅茶]** ⓪ 名 紅茶

こうちょう **[校長]** ⓪ 名 （小學、國中、高中的）校長

こうつう **[交通]** ⓪ 名 交通

こうつうきかん **[交通機関]** ⑥⑤ 名 交通設施

こうてい **[校庭]** ⓪ 名 （學校的）操場、校園

こうてい **[肯定]** ⓪ 名 肯定

こうど **[高度]** ① 名 ナ形 高度

こうとう **[高等]** ⓪ 名 ナ形 高等、高級

こうどう **[行動]** ⓪ 名 行動

こうどう **[講堂]** ⓪ 名 大廳、禮堂

ごうとう **[強盗]** ⓪ 名 強盗

ごうどう **[合同]** ⓪ 名 聯合、合併

こうとうがっこう **[高等学校]** ⑤ 名 高中

こうにゅう **[購入]** ⓪ 名 購入、買進

こうはい **[後輩]** ⓪ 名 後輩、晚輩、學弟學妹

こうばい **[購買]** ⓪ 名 購買

こうばん **[交番]** ⓪ 名 派出所、交替

こうひょう **[公表]** ⓪ 名 公布、發表

こうひょう **[好評]** ⓪ 名 好評

こうふく **[幸福]** ⓪ 名 ナ形 幸福

こうぶつ **[鉱物]** ① 名 礦物

こうへい **[公平]** ⓪ 名 ナ形 公平、公正

こうほ **[候補]** ① 名 候補、候選人

こうむ **[公務]** ① 名 公務

こうもく **[項目]** ⓪ 名 項目、索引

こうよう **[紅葉]** ⓪ 名 紅葉、楓葉

ごうり **[合理]** ① 名 合理

こうりゅう **[交流]** ⓪ 名 交流

ごうりゅう **[合流]** ⓪ 名 匯合、合併

こうりょ **[考慮]** ① 名 考慮

こうりょく **[効力]** ① 名 效力

こえ **[声]** ① 名 聲音

こえる **[越える / 超える]** ⓪ 自動 越過、超越、超過、跳過

ごえんりょなく。 **[ご遠慮なく。]** 您別客氣。

コース ① 名 課程、路線、路程

コーチ ① 名 教練

コート ① 名 外套、（網球、排球、籃球等）球場

コード ① 名 暗號、記號

コーヒー ③ 名 咖啡

コーラス ① 名 合唱、合唱團、合唱曲

こおり **[氷]** ⓪ 名 冰

こおる **[凍る]** ⓪ 自動 結冰、結凍、凝固

ゴール ① 名 終點、球門

ごかい [誤解] ⓪ 名 誤解、誤會

ごがく [語学] ①⓪ 名 語言學、外語

こがす [焦がす] ② 他動 烤焦、焦急

こぎって [小切手] ② 名 支票

こきゅう [呼吸] ⓪ 名 呼吸、步調、竅門

こきょう [故郷] ① 名 故郷

～こく [～国] 接尾 ～國

こぐ [漕ぐ] ① 他動 踩（腳踏車）、划（船）

ごく [極] ① 名 極品、頂級

      ① 副 極、最、非常

こくおう [国王] ③ 名 國王

こくご [国語] ⓪ 名 國語

こくさい [国際] ⓪ 名 國際

こくせき [国籍] ⓪ 名 國籍

こくはく [告白] ⓪ 名 告白、坦白

こくばん [黒板] ⓪ 名 黑板

こくふく [克服] ⓪ 名 克服

こくみん [国民] ⓪ 名 國民

こくもつ [穀物] ② 名 穀物

こくりつ [国立] ⓪ 名 國立

ごくろうさま。[ご苦労さま。] 您辛苦了。

こげる [焦げる] ② 自動 燒焦

ここ ⓪ 代 （近稱指示代名詞）這裡

ごご **[午後]** ① 名 下午

こごえる **[凍える]** ⓪ 自動 凍僵

ここのか **[九日]** ④ 名 九號、九日

ここのつ **[九つ]** ② 名 九個

こころ **[心]** ③② 名 心

こころあたり **[心当たり]** ④ 名 線索

こころえ **[心得]** ③④ 名 須知、基礎、經驗、代理

こころえる **[心得る]** ④ 他動 理解、答應、試過

こころがける **[心掛ける]** ⑤ 他動 留心、注意、準備

こころみる **[試みる]** ④ 他動 嘗試、企圖

～ございます 補動 「～ある」的禮貌語，例如「ありがとうございます」等

こし **[腰]** ⓪ 名 腰

こしかけ **[腰掛 (け)]** ③④ 名 凳子、臨時的住所或職業

こしかける **[腰掛ける]** ④ 自動 坐下

ごじゅうおん **[五十音]** ② 名 （日語基本音節的總稱）五十音

こしょう **[故障]** ⓪ 名 故障

こしょう **[胡椒]** ② 名 胡椒

こしらえる ⓪ 他動 做、製作、生育、籌（錢）

こじん **[個人]** ① 名 個人

こす **[越す / 超す]** ⓪ 他動 越過、超越、超過、度過

こす **[越す]** ⓪ 自動 遷居、搬家

こする **[擦る]** ② ⓪ 他動 擦、摩擦、搓

こせい **[個性]** ① 名 個性

ごぜん **[午前]** ① 名 上午

ごぞんじですか。 **[ご存知ですか。]** 您知道嗎、您認識嗎？

こたい **[固体]** ⓪ 名 固體

こたえ **[答え]** ② 名 回答、回應、回覆

こたえる **[答える]** ③ ② 自他動 回答

ごちそう **[ご馳走]** ⓪ 名 款待、盛筵

ごちそうさま。 **[ご馳走さま。]** 謝謝你的款待。

ごちそうさまでした。 **[ご馳走さまでした。]** 謝謝您的款待。

こちら / こっち ⓪/③ 代 這位、這邊

こちらこそ。 彼此彼此。

こっか **[国家]** ① 名 國家

こっかい **[国会]** ⓪ 名 國會

こづかい **[小遣い]** ① 名 零用錢

こっきょう **[国境]** ⓪ 名 國境

コック ① 名 廚師

こっせつ **[骨折]** ⓪ 名 骨折

こっそり ③ 副 偷偷地、悄悄地

こづつみ **[小包]** ② 名 包裹、小包

コップ ⓪ 名 水杯、（圓筒形的）玻璃容器

こてん **[古典]** ⓪ 名 古典

こと **[事]** ② 名 事情、事件

こと **[琴]** ① 名 古箏、琴

〜ごと **[〜毎]** 接尾 （前面接名詞或動詞連體形）
毎〜

〜ごと 接尾 連同〜一起〜

ことし **[今年]** ◎ 名 今年

ことづける **[言付ける]** ④ 他動 轉達、以〜為藉口

ことなる **[異なる]** ③ 自動 不同

ことば **[言葉]** ③ 名 詞、話、語言

ことばづかい **[言葉遣い]** ④ 名 用詞、措詞、表達

こども **[子供]** ◎ 名 小孩、兒童

ことり **[小鳥]** ◎ 名 小鳥

ことわざ **[諺]** ◎ 名 諺語

ことわる **[断る]** ③ 他動 拒絕

こな / こ **[粉]** ②/① 名 粉末、粉、麵粉

この ◎ 連體 這個

このあいだ **[この間]** 連語 上次、之前

このごろ **[この頃]** 連語 最近

このみ **[好み]** ①③ 名 偏好、喜好

このむ **[好む]** ② 他動 喜愛、愛好

ごはん **[御飯]** ① 名 飯

コピー ① 名 影印、複製、副本

ごぶさた **[御無沙汰]** ◎ 名 久疏問候

こぼす ② 他動 灑出、落下、抱怨

こぼれる ③ 自動 溢出、流出

こまかい [細かい] ③ イ形 細小的、詳細的、細心的、小氣的

こまやか [細やか] ② ナ形 詳細、深厚

こまる [困る] ② 自動 煩惱、困擾、難受

こみあげる [込（み）上げる] ⓪ 自動 湧現、湧上來、想吐

ごみ ② 名 垃圾、塵土

コミュニケーション ④ 名 溝通

こむ [混む / 込む] ① 自動 擁擠、混亂

～こむ [～込む] 接尾 ～進、徹底～、一直～

ゴム ① 名 橡膠、橡皮

こむぎ [小麦] ⓪② 名 小麥

こめ [米] ② 名 米

こめる [込める] ② 他動 裝、包含～在內、傾注、集中

ごめん [御免] ⓪ 名 對不起

ごめんください。 （登門拜訪時）請問有人在嗎？

ごめんなさい。 抱歉。

コメント ⓪① 名 評論

こや [小屋] ②⓪ 名 小屋、臨時搭的棚子

こゆび [小指] ⓪ 名 小姆指、情婦

こらえる ③ 他動 忍耐、忍住

ごらく [娯楽] ⓪ 名 娛樂

ごらん [御覧] ⓪ 名 （「見ること」的尊敬語）看

これ ⓪ 代 這個

これから ④⓪ 名 從現在起、今後、將來

コレクション ② 名 收藏（品）、服裝發表會

これら ② 代 （「これ」（這個）的複數）這些

ころ【頃】① 名 時候、時節、時期

～ごろ【～頃】 接尾 ～前後、～左右

ころがす【転がす】⓪ 他動 滾動、弄翻、眸倒

ころがる【転がる】⓪ 自動 滾、躺下、倒下、跌倒

ころす【殺す】⓪ 他動 殺、殺害

ころぶ【転ぶ】⓪ 自動 跌倒、滾動

こわい【怖い】② イ形 恐怖的

こわす【壊す】② 他動 弄壞、（將鈔票）找開

こわれる【壊れる】③ 自動 壞了、故障、告吹

こん【紺】① 名 藏藍、藏藍色

こん～【今～】① 連體 這、這個、今天的、這次的

こんかい【今回】① 名 這次

コンクール ③ 名 比賽

コンクリート ④ 名 混凝土、水泥

こんご【今後】⓪① 名 往後

こんごう【混合】⓪ 名 混合

コンサート ①③ 名 音樂會、演奏會、演唱會

こんざつ【混雑】① 名 混亂、混雜

コンセント ①③ 名 插座

コンタクト ①③ 名 接觸、交際、（「コンタクト
レンズ」的簡稱）隱形眼鏡

こんだて **[献立]** ⓪ 名 菜單、清單、明細

コンテスト ① 名 競賽

こんど **[今度]** ① 名 這次、最近一次、下次

こんな ⓪ ナ形 這樣的

こんなに ⓪ 副 如此、這樣

こんなん **[困難]** ① 名 ナ形 困難

こんにち **[今日]** ① 名 今天、今日、現代

こんにちは。**[今日は。]** （白天打招呼用語）你好、
日安。

こんばん **[今晩]** ① 名 今晩、今夜

こんばんは。**[今晩は。]** （晚間打招呼用語）你好、
晚安。

コンピューター ③ 名 電腦

こんやく **[婚約]** ⓪ 名 婚約

こんらん **[混乱]** ⓪ 名 混亂

隨堂測驗

（1）次の言葉の正しい読み方を一つ選びなさい。

（　）① 校庭
　　　　1. こうてん　　　　2. こうてい
　　　　3. こうにわ　　　　4. こうにん

（　）② 恋しい
　　　　1. こいしい　　　　2. こうしい
　　　　3. こんしい　　　　4. こわしい

（　）③ 献立
 1. こんたて　　　　　　2. こんだて
 3. こいたて　　　　　　4. こいだて

(2) 次の言葉の正しい漢字を一つ選びなさい。

（　）④ ごぶさた
 1. 御無沙汰　　　　　　2. 御無久汰
 3. 御不沙久　　　　　　4. 御不沙汰

（　）⑤ こぎって
 1. 小支手　　　　　　　2. 小切符
 3. 小支票　　　　　　　4. 小切手

（　）⑥ ころぶ
 1. 倒ぶ　　　　　　　　2. 転ぶ
 3. 回ぶ　　　　　　　　4. 誤ぶ

 解答 --

 (1) ① 2　② 1　③ 2
 (2) ④ 1　⑤ 4　⑥ 2

さ・サ

さ **[差]** ⓪ 名 差距、差別

さあ ① 感 （表勸誘、催促或疑惑）來、好、那麼、這個嘛……

サーカス ① 名 馬戲（團）、雜技（團）

サークル ①⓪ 名 社團、同好會、圓

サービス ① 名 服務、廉價出售

さい **[際]** ① 名 ～之際、～時候、～之間

さい～ **[再～]** 接頭 再～、再次、重新

さい～ **[最～]** 接頭 最～

～さい **[～歳]** 接尾 （年齡、滿幾年）～歳

～さい **[～祭]** 接尾 （祭典、節日）～祭

ざいがく **[在学]** ⓪ 名 在學、就學、上學

さいきん **[最近]** ⓪ 名 最近

さいご **[最後]** ① 名 最後

さいこう **[最高]** ⓪ 名 ナ形 最高、最棒、（心情）絕佳

さいさん **[再三]** ⓪ 副 再三

ざいさん **[財産]** ①⓪ 名 財產

さいじつ **[祭日]** ⓪ 名 節日、節慶、祭典、祭禮、祭祀日

さいしゅう **[最終]** ⓪ 名 最終、最後、末班車

さいしょ **[最初]** ⓪ 名 最初

サイズ ① 名 尺寸、大小

さいそく **[催促]** ① 名 催促

さいちゅう **[最中]** ① 名 副 正在〜、在〜、正中央、（最精采的階段）高潮

さいてい **[最低]** ⓪ 名 ナ形 最低、最差、下流

さいてん **[採点]** ⓪ 名 計分、評分

さいなん **[災難]** ③ 名 災難

さいのう **[才能]** ⓪ 名 才能

さいばん **[裁判]** ① 名 裁判、判決、審判

さいふ **[財布]** ⓪ 名 錢包

さいほう **[裁縫]** ⓪ 名 裁縫

ざいもく **[材木]** ⓪ 名 建材、（家具專用的）木材

ざいりょう **[材料]** ③ 名 材料、素材、題材

サイレン ① 名 警報器

さいわい **[幸い]** ⓪ 名 ナ形 副 幸好、慶幸

サイン ① 名 暗號、簽名

さか **[坂]** ②① 名 坡、斜坡

さかい **[境]** ② 名 邊境、境界

さかさ **[逆さ]** ⓪ 名 ナ形 顛倒、反向

さかさま **[逆様]** ⓪ 名 ナ形 反向、顛倒

さがす **[捜す / 探す]** ⓪ 他動 捜査、找

さかな **[魚]** ⓪ 名 魚

さかのぼる **[遡る]** ④ 自動 回溯、追溯

さかば **[酒場]** ⓪③ 名 酒館、酒吧

さからう **[逆らう]** ③ 自動 逆向、逆流、忤逆、違抗

さかり **[盛り]** ⓪③ 名 旺季、顛峰期、發情期

さがる **[下がる]** ② 自動 下降、後退、退步

さかん **[盛ん]** ⓪ ナ形 旺盛、熱烈、積極

さき **[先]** ⓪ 名 先、前端、早、將來、後面、（前往的）地點

さきおととい ⑤ 名 大前天

さきほど **[先程]** ⓪ 名 不久前、剛剛

さぎょう **[作業]** ① 名 作業、（主要指勞動的）工作

さく **[咲く]** ⓪ 自動 開（花）

さく **[裂く]** ① 他動 分裂、挑撥離間、撕開

さく～ **[昨～]** 接頭 昨～、去～

さくいん **[索引]** ⓪ 名 索引

さくしゃ **[作者]** ① 名 作者

さくじょ **[削除]** ① 名 刪除

さくせい **[作成/作製]** ⓪ 名 （文件、計畫等）完成、製作、擬定

さくひん **[作品]** ⓪ 名 作品

さくぶん **[作文]** ⓪ 名 作文

さくもつ **[作物]** ② 名 作物

さくら **[桜]** ⓪ 名 櫻花

さぐる **[探る]** ⓪② 他動 刺探、探訪

さけ **[酒]** ⓪ 名 酒

さけぶ **[叫ぶ]** ② 自動 叫、主張

さける **[避ける]** ② 他動 避開

さげる **[下げる]** ② 他動 下降

ささえる **[支える]** ◎③ 他動 支撐

ささやく **[囁く]** ③◎ 自動 小聲說、竊竊私語

ささる **[刺さる]** ② 自動 刺

さじ **[匙]** ②① 名 湯匙

さしあげる **[差（し）上げる]** ◎④ 他動 高舉、
（「あたえる」、「やる」的謙讓語）獻給、給、吶喊

さしおさえる **[差（し）押（さ）える]** ⑤◎ 他動
按住、扣住、扣押、查封、沒收

ざしき **[座敷]** ③ 名 （鋪著榻榻米的房間）和室

さしつかえ **[差（し）支え]** ◎ 名 妨礙、不方便

さして ①◎ 副 （後接否定）（並不是）那麼～

さしひかえる **[差（し）控える]** ⑤◎ 自他動 控
制、節制、謝絕

さしひく **[差（し）引く]** ③ 他動 扣除、減去

さしみ **[刺（し）身]** ③ 名 生魚片

さす **[刺す]** ① 他動 刺、扎、叮

さす **[差す]** ① 他動 撐（傘）

　　　　　　　① 自動 照射、映射

さす **[指す]** ① 他動 指向、朝向、指摘

さす **[挿す]** ① 他動 插入、插進、夾帶

さす **[注す]** ① 他動 注射、點（藥水）、塗（口紅）

さす **[射す]** ① 自動 照射

さすが ⓪ 副 不愧

さずかる [授かる] ③ 自動 被授予、被賜予、受孕、受教

ざせき [座席] ⓪ 名 座位

さそう [誘う] ⓪ 他動 邀、引誘

さつ [札] ⓪ 名 紙鈔

～さつ [～冊] 接尾 ～冊

さつえい [撮影] ⓪ 名 攝影

ざつおん [雑音] ⓪ 名 雜音、噪音

さっか [作家] ⓪ 名 作家

さっき ① 名 先前、剛才

さっきゅう [早急] ⓪ 名 ナ形 緊急、火速、趕忙

さっきょく [作曲] ⓪ 名 作曲

さっさと ① 副 快、趕緊

さっし [冊子] ①⓪ 名 手冊

ざっし [雑誌] ⓪ 名 雜誌

さつじん [殺人] ⓪ 名 殺人

さっそく [早速] ⓪ 名 ナ形 副 立刻、馬上、趕緊

ざっと ⓪ 副 大略、簡略

さっとう [殺到] ⓪ 名 蜂擁而至

さっぱり ③ 副 完全（不）～、爽快、清淡

さて ① 副 一旦

　　① 接續 （用於承接下一個話題時）那麼

　　① 感 （常用於自言自語時，表示猶豫）究竟

さてい **[査定]** ⓪ 名 核定、審定、評定

さとう **[砂糖]** ② 名 砂糖

さどう **[作動]** ⓪ 名 運轉、工作

さばく **[砂漠]** ⓪ 名 沙漠

さび **[錆]** ② 名 鏽、惡果、惡報

さびしい **[寂しい]** ③ イ形 寂寞的

さびる **[錆びる]** ② 自動 生鏽、聲音沙啞、聲音蒼老

ざぶとん **[座布団 / 座蒲団]** ② 名 坐墊

さべつ **[差別]** ① 名 歧視、差別

さほう **[作法]** ① 名 禮節、禮儀、（文章的）寫法

さま **[様]** ② 名 樣子、情況、模樣
　　　　　② 代 你、那位

〜さま **[〜様]** 接尾 （表尊稱）〜先生、〜小
姐、〜大人、（表禮貌）承蒙〜

さまがわり **[様変（わ）り]** ③ 名 情況發生變化

さまざま **[様々]** ② 名 ナ形 各式各樣、各種

さます **[冷ます]** ② 他動 弄涼、冷卻

さます **[覚ます]** ② 他動 弄醒、清醒

さまたげる **[妨げる]** ④ 他動 妨礙、阻礙

さむい **[寒い]** ② イ形 冷的

さむけ **[寒気]** ③ 名 發冷、寒意、寒氣

さめ **[鮫]** ⓪ 名 鯊魚

さめる **[冷める]** ② 自動 變冷、涼、冷卻

さめる **[覚める]** ② 自動 醒來、醒悟、冷靜

さゆう **[左右]** ① 名 左右、兩側、支配、影響

さよう **[作用]** ① 名 作用、功能

さようなら。/ さよなら。 （道別時說的）再見。

さら **[皿]** ⓪ 名 盤子、碟子

さらいげつ **[再来月]** ⓪② 名 下下個月

さらいしゅう **[再来週]** ⓪ 名 下下週

さらいねん **[再来年]** ⓪ 名 後年

サラダ ① 名 沙拉

さらに **[更に]** ① 副 更加、進一步

　　　　　　 ① 接續 而且、一點也（不）～

サラリーマン ③ 名 上班族

さる **[去る]** ① 自他動 離開、過去、消失、死去、
相隔、相距、除去

さる **[猿]** ① 名 猿、猴

さる ① 連體 某、那樣、那種

さわがしい **[騒がしい]** ④ イ形 喧嘩的、吵鬧的、
騷動的

さわぎ **[騒ぎ]** ① 名 吵鬧、騷動

さわぐ **[騒ぐ]** ② 自動 吵鬧、騷動、慌亂

さわやか **[爽やか]** ② ナ形 清爽、爽朗

さわる **[触る]** ⓪ 自動 觸摸

さん **[三]** ⓪ 名 三

～さん **[～山]** 接尾 ～山

～さん **[～産]** 接尾 ～產地、～出產

あ行
か行
さ行
た行
な行
は行
ま行
や行
ら行
わ行

～さん 接尾 ～先生、～小姐

さんか [参加] ⓪ 名 參加

さんかく [三角] ① 名 三角

さんぎょう [産業] ⓪ 名 産業

ざんぎょう [残業] ⓪ 名 加班

さんこう [参考] ⓪ 名 參考

さんじ [惨事] ① 名 悲惨事件、惨案

ざんしょ [残暑] ① 名 餘暑

さんすう [算数] ③ 名 算數、計算

さんせい [賛成] ⓪ 名 賛成

さんせい [酸性] ⓪ 名 酸性

さんそ [酸素] ① 名 氧氣

サンダル ⓪① 名 拖鞋、涼鞋

さんち [産地] ① 名 産地

サンドイッチ ④ 名 三明治

ざんねん [残念] ③ ナ形 遺憾

さんぱい [参拝] ⓪ 名 參拜

サンプル ① 名 樣品、樣本、標本

さんぽ [散歩] ⓪ 名 散步

さんみゃく [山脈] ⓪ 名 山脈

さんりん [山林] ⓪ 名 山林

隨堂測驗

（1）次の言葉の正しい読み方を一つ選びなさい。

（ ）① 参加
    1. さいが   2. さいか
    3. さんか   4. さんが

（ ）② 爽やか
    1. さんやか   2. さわやか
    3. さもやか   4. さおやか

（ ）③ 騒がしい
    1. さわがしい   2. さいがしい
    3. さんがしい   4. さくがしい

（2）次の言葉の正しい漢字を一つ選びなさい。

（ ）④ さけ
    1. 泊   2. 波
    3. 酒   4. 洋

（ ）⑤ さっそく
    1. 立刻   2. 立速
    3. 早速   4. 早刻

（ ）⑥ さかさ
    1. 対さ   2. 相さ
    3. 反さ   4. 逆さ

解答

（1） ① 3 ② 2 ③ 1
（2） ④ 3 ⑤ 3 ⑥ 4

し・シ

し **[四]** ① 名 （數字）四

し **[市]** ① 名 市、市場

し **[氏]** ① 名 氏、姓氏、家族、氏族

　　　　 ① 代 他、她

し **[死]** ① 名 死

し **[詩]** ⓪ 名 詩

~し **[~史]** 接尾 （歷史）~史

~し **[~紙]** 接尾 （紙、報紙）~紙

じ **[字]** ① 名 字、字跡

~じ **[~時]** 接尾 （時間）~點、時候

~じ **[~寺]** 接尾 （寺廟）~寺

しあい **[試合]** ⓪ 名 比賽

しあがる **[仕上（が）る]** ③ 自動 做完、完成

しあさって ③ 名 大後天

しあわせ **[幸せ]** ⓪ 名 ナ形 幸福

シーズン ① 名 季節、旺季

シーツ ① 名 床罩、被單

ジーパン ⓪ 名 牛仔褲

じいん **[寺院]** ① 名 寺廟

ジーンズ ① 名 牛仔褲、丹寧布

しいんと ⓪ 副 靜悄悄、寂靜

じえい **[自衛]** ⓪ 名 自衛

しえん **[支援]** ⓪ 名 支援

ジェットき **[ジェット機]** ③ 名 噴射機

しお **[塩]** ② 名 鹽

しおからい **[塩辛い]** ④ イ形 鹹的

しかい **[司会]** ⓪ 名 司儀、主持人

しがい **[死骸]** ⓪ 名 屍體、遺骸

じかい **[次回]** ①⓪ 名 下次、下回、下屆

しかく **[四角]** ③ 名 ナ形 四角、四方形

しかくい **[四角い]** ⓪③ イ形 四角形的、方的

しかし ② 接續 但是

しかた **[仕方]** ⓪ 名 辦法、方法

しかたない **[仕方ない]** ④ イ形 沒辦法的

しかたがない **[仕方がない]** 連語 沒辦法

じかに **[直に]** ① 副 直接、親自

しかも ② 接續 而且

じかようしゃ **[自家用車]** ③ 名 私家車

しかりつける **[叱り付ける]** ⑤ 他動 斥責、狠狠責備

しかる **[叱る]** ⓪② 他動 責備、罵

じかん **[時間]** ⓪ 名 時間

〜じかん **[〜時間]** 接尾 〜（個）小時

〜じかんめ **[〜時間目]** 接尾 第〜小時、第〜堂、
第〜節

じかんわり **[時間割]** ⓪ 名 課表、時間表

しき **[式]** ②① 名 典禮、儀式、樣式、風格

~しき [~式] 接尾 ～典禮、～儀式、～式

しき [四季] ②① 名 四季

しき [指揮] ②① 名 指揮

じき [直] ⓪ 名 ナ形 直接、（時間、距離）接
近、近、馬上
⓪ 副 立刻、馬上

じき [時期] ① 名 時期

しぎかい [市議会] ② 名 市議會

しきち [敷地] ⓪ 名 建築用地

しきべつ [識別] ⓪ 名 識別

しきゅう [支給] ⓪ 名 支付

しきゅう [至急] ⓪ 名 緊急、急速

しきりに ⓪ 副 屢次、不斷、連續、一直

しく [敷く] ⓪ 他動 鋪、墊、公布、發布、設置

しぐさ [仕草] ①⓪ 名 姿勢、行為、表情

しくむ [仕組む] ② 他動 （情節等的）設計、企圖

しげき [刺激] ⓪ 名 刺激

しげる [茂る] ② 自動 茂盛、茂密

しけん [試験] ② 名 考試、測驗

しげん [資源] ① 名 資源

じけん [事件] ① 名 事件、案件

じげん [次元] ⓪① 名 次元、（對事物的）看法、
立場

しご [死後] ① 名 死後、後事

じこ [事故] ① 名 事故、意外

じこ **[自己]** ① 名 自己、自身

しこう **[思考]** ⓪ 名 思考

じこく **[時刻]** ① 名 時刻、好時機

じこく **[自国]** ⓪① 名 本國

しごと **[仕事]** ⓪ 名 工作

しさ **[示唆]** ① 名 暗示、啟發

しざい **[資材]** ① 名 資產、財產

じさつ **[自殺]** ⓪ 名 自殺

じさん **[持参]** ⓪ 名 攜帶、帶去

しじ **[指示]** ① 名 指示

じしつ **[自室]** ⓪ 名 自己的房間

じじつ **[事実]** ① 名 事實

　　　　　　　 ① 副 實際上

ししゃ **[死者]** ① 名 死者

じしゃく **[磁石]** ① 名 磁鐵、指南針、磁石

ししゃごにゅう **[四捨五入]** ① 名 四捨五入

しじゅう **[始終]** ① 名 始終、始末

　　　　　　　 ① 副 一直

じしゅう **[自習]** ⓪ 名 自習、自學

ししゅつ **[支出]** ⓪ 名 支出

ししゅんき **[思春期]** ② 名 青春期

じしょ **[辞書]** ① 名 辭典

ししょう **[支障]** ⓪ 名 故障

ししょう **[死傷]** ⓪ 名 死傷、傷亡

じじょう **[事情]** ⓪ 名 苦衷、緣故、情況

しじん **[詩人]** ⓪ 名 詩人

じしん **[自信]** ⓪ 名 自信

じしん **[自身]** ① 名 自己、自身

じしん **[地震]** ⓪ 名 地震

しすう **[指数]** ② 名 指數

しずか **[静か]** ① ナ形 安靜、平靜、文靜

システム ① 名 系統

しずまりかえる **[静まり返る]** ⑤ 自動 （變得）鴉雀無聲

しずまる **[静まる]** ③ 自動 變安靜、平息

しずまる **[鎮まる]** ③ 自動 氣勢變弱、（疼痛等）有所緩和

しずむ **[沈む]** ⓪ 自動 沉、沉入、陷入、淪落、淡雅、樸實

しせい **[姿勢]** ⓪ 名 態度、姿勢

じせい **[自制]** ⓪ 名 自制

しせん **[視線]** ⓪ 名 視線

しぜん **[自然]** ⓪ 名 ナ形 自然

　　　　　　　　 ⓪ 副 自然而然

しぜんかがく **[自然科学]** ④ 名 自然科學

しそう **[思想]** ⓪ 名 思想

じそく **[時速]** ⓪① 名 時速

しそん **[子孫]** ① 名 子孫、後裔

した **[下]** ⓪ 名 下、下面

した [舌] ② 名 舌頭

したい [死体] ⓪ 名 屍體

しだい [私大] ⓪ 名 （「私立大学」的簡稱）
私立大學

しだい [次第] ⓪ 名 次序、順序、視～而定

しだいに [次第に] ⓪ 副 逐漸、依序

じたい [事態] ① 名 事態、情況

じだい [時代] ⓪ 名 時代

したがう [従う] ⓪③ 自動 遵守、服從、順從、跟隨

したがき [下書き] ⓪ 名 草稿、底稿、原稿

したがって ⓪ 接續 因此

したぎ [下着] ⓪ 名 貼身衣物、內衣褲

したく [支度 / 仕度] ⓪ 名 準備

じたく [自宅] ⓪ 名 自己的家、私宅

したしい [親しい] ③ イ形 親近的、熟悉的

したまち [下町] ⓪ 名 （都市中靠河或海、地勢
低窪的小型工商業者聚集或居住的區域，如東京的
「浅草」、「下谷」等地區）下町

したまわる [下回る] ④③ 自動 減少、低於、
在～以下

しち [七] ② 名 七

じち [自治] ① 名 自治

しちょう [市長] ①② 名 市長

しつ [質] ② 名 品質、內容、質量、性質、素質

しつ～ [室～] 接頭 （房間）室～

～しつ [～室] 接尾 （房間）～室

～じつ【～日】接尾 ～日、～號、～天

じつえき【実益】◎ 名 實際利益、現實利益

じつえん【実演】◎ 名 實際演出、當場表演

しっかり ③ 副 可靠、振作、堅定、穩健、紮實

じっかん【実感】◎ 名 真實感

しつぎょう【失業】◎ 名 失業

しっけ／しっき【湿気】◎／◎ 名 溼氣

じっけい【失敬】③ 名 失禮、對不起、沒禮貌、
再見

じっけん【実験】◎ 名 實驗、試驗、實際經驗

じつげん【実現】◎ 名 實現

しつこい ③ イ形 執著的、濃厚的、膩的

しっこう【執行】◎ 名 執行

じっこう【実行】◎ 名 實行、執行

じっさい【実際】◎ 名 實際、事實
◎ 副 真、實在

じっし【実施】◎ 名 實施

じっしゅう【実習】◎ 名 實習

じっせいかつ【実生活】③ 名 實際生活

じっせき【実績】◎ 名 實際成績、實際成果

しつど【湿度】②① 名 溼度

じっと ◎ 副 一動也不動地、目不轉睛地

しっとり ③ 副 溼潤

じつに【実に】② 副 確實、實在

じつは [実は] ② 副 其實

しっぱい [失敗] ⓪ 名 失敗

しっぴつ [執筆] ⓪ 名 執筆

じつぶつ [実物] ⓪ 名 實物、現貨

しっぽ ③ 名 尾巴、末端

しつぼう [失望] ⓪ 名 失望

しつもん [質問] ⓪ 名 問題

じつよう [実用] ⓪ 名 實用

じつりょく [実力] ⓪ 名 實力

しつれい [失礼] ② 名 ナ形 失禮

しつれいします。 [失礼します。] 告辭了、打擾了。

しつれいしました。[失礼しました。] 抱歉、不好意思、打擾了。

じつれい [実例] ⓪ 名 實例

しつれん [失恋] ⓪ 名 失戀

してい [指定] ⓪ 名 指定

してき [私的] ⓪ ナ形 私人、個人

してつ [私鉄] ⓪ 名 （民營鐵路）私鐵

してん [支店] ⓪ 名 分店

じてん [辞典] ⓪ 名 字典

じてんしゃ [自転車] ②⓪ 名 自行車

しどう [指導] ⓪ 名 指導

じどう [児童] ① 名 兒童

じどう [自動] ⓪ 名 自動

じどうしゃ **[自動車]** ② ⓪ 名 汽車

しな **[品]** ⓪ 名 物品、商品、等級

しなもの **[品物]** ⓪ 名 物品、商品

しぬ **[死ぬ]** ⓪ 自動 死亡

しはい **[支配]** ① 名 支配、統治、管理

しばい **[芝居]** ⓪ 名 （尤指日本傳統的）戲劇、
演技、花招、把戲

しばしば ① 副 屢次、常常、再三

しばふ **[芝生]** ⓪ 名 草坪

しはらい **[支払い]** ⓪ 名 支付、付款

しはらう **[支払う]** ③ 他動 支付、付款

しばらく ② 副 暫時、一陣子、許久

しばりつける **[縛り付ける]** ⑤ 他動 絆住、綁到〜
上、捆結實

しばる **[縛る]** ② 他動 束縛、受限、綁

じばん **[地盤]** ⓪ 名 地盤、地基

じびき **[字引]** ③ 名 字典

しびれる ③ 自動 麻木、陶醉

じぶん **[自分]** ⓪ 代 自己

じぶんかって **[自分勝手]** ④ 名 ナ形 任性、自私

しへい **[紙幣]** ① 名 紙鈔、鈔票

しぼう **[死亡]** ⓪ 名 死、死亡

しぼむ ⓪ 自動 枯萎、凋零

しぼる **[絞る]** ② 他動 擰、絞盡、榨、擠、把聲音
調小、縮小範圍

しほん **[資本]** ⓪ 名 資本、資金

しま **[島]** ② 名 島

しま **[縞]** ② 名 條紋

しまい ⓪ 名 結束、停止、末尾、售完

しまい **[姉妹]** ① 名 姉妹

しまう ⓪ 自他動 結束、做完

しまった ② 感 完了、糟了

しまる **[閉まる]** ② 自動 關閉

じまん **[自慢]** ⓪ 名 自滿、自豪

じみ **[地味]** ② 名 ナ形 樸素、不起眼

しみじみ ②③ 副 深切地、心平氣和地

しみん **[市民]** ① 名 市民

じむ **[事務]** ① 名 事務、辦公

しめい **[氏名]** ① 名 姓名

しめきり **[締（め）切り]** ⓪ 名 截止、到期

しめきる **[締（め）切る]** ③⓪ 他動 截止、結束

しめくくり **[締（め）括り]** ⓪ 名 結束、管理

しめくくる **[締（め）括る]** ④⓪ 他動 扎緊、結束、總結、管理

しめす **[示す]** ② 他動 出示、指示、標示、露出

じめじめ ① 副 溼潤

しめた ① 感 太好了、好極了

しめつ **[死滅]** ⓪ 名 滅絕、絕種

しめる **[占める]** ② 他動 占據

しめる **[湿る]** ⓪ 自動 潮溼

しめる **[閉める]** ② 他動 關閉

しめる **[締める]** ② 他動 繫緊、綁緊

じめん **[地面]** ① 名 地面

しも **[下]** ② 名 下、下游、下方

しも **[霜]** ② 名 霜

〜しゃ **[〜車]** 接尾 〜輛、〜車

〜しゃ **[〜者]** 接尾 〜者、〜人

〜しゃ **[〜社]** 接尾 〜社、〜公司

しゃいん **[社員]** ① 名 公司職員

じゃ / じゃあ ①/① 感 那麼、再見

ジャーナリスト ④ 名 新聞工作者、記者、編輯

しゃかい **[社会]** ① 名 社會

しゃかいかがく **[社会科学]** ④ 名 社會科學

しゃがむ ⓪ 自動 蹲、蹲下

じゃくしゃ **[弱者]** ① 名 弱者

しやくしょ **[市役所]** ② 名 市政府

じゃぐち **[蛇口]** ⓪ 名 水龍頭

じゃくてん **[弱点]** ③ 名 弱點

じゃけん **[邪険]** ① 名 ナ形 無情、狠毒

しゃこ **[車庫]** ① 名 車庫

しゃしょう **[車掌]** ⓪ 名 車掌、列車長、售票員

しゃしん **[写真]** ⓪ 名 照片

しゃせい **[写生]** ⓪ 名 寫生

しゃせつ **[社説]** ⓪ 名 社論

しゃちょう **[社長]** ⓪ 名 社長、總經理

シャツ ① 名 襯衫

しゃっきん ③ **[借金]** 名 借款

しゃっくり ① 名 打嗝

シャッター ① 名 快門、百葉窗

しゃどう **[車道]** ⓪ 名 車道

しゃない **[社内]** ① 名 公司內部、神社內

しゃぶる ⓪ 他動 含、放在嘴裡舔

しゃべる ② 自他動 說

じゃま **[邪魔]** ⓪ 名 ナ形 打擾、干擾

ジャム ① 名 果醬

しゃりょう **[車両]** ⓪ 名 車輛

しゃりん **[車輪]** ⓪ 名 車輪

しゃれ **[洒落]** ⓪ 名 俏皮話、幽默、華麗

シャワー ① 名 淋浴

じゃんけん ③⓪ 名 猜拳

ジャンプ ① 名 跳躍

〜しゅ **[〜手]** 接尾 〜手

〜しゅ **[〜酒]** 接尾 〜酒

〜しゅ **[〜種]** 接尾 〜種

しゅう **[週]** ① 名 週

しゅう **[州]** ① 名 州

〜しゅう **[〜集]** 接尾 （詩、文章等合集）〜集

あ行 か行 さ行 た行 な行 は行 ま行 や行 ら行 わ行

じゅう **[自由]** ② 名 ナ形 自由

じゅう **[十]** ① 名 十

じゅう **[銃]** ① 名 槍

じゅう～ **[重～]** 接頭 重～

～じゅう **[～重]** 接尾 ～重、～層

～じゅう **[～中]** 接尾 （範圍、時間）整～、全～

しゅうい **[周囲]** ① 名 周圍、環境、周圍的人

しゅうかい **[集会]** ⓪ 名 集會

しゅうかく **[収穫]** ⓪ 名 收穫

しゅうかん **[週間]** ⓪ 名 一週

しゅうかん **[習慣]** ⓪ 名 習慣、風俗

じゅうきゅう **[週休]** ⓪ 名 一週的休息日

じゅうきょ **[住居]** ① 名 住所、住宅

しゅうきょう **[宗教]** ① 名 宗教

しゅうきん **[集金]** ⓪ 名 收款、催收、催收的錢

しゅうごう **[集合]** ⓪ 名 集合

しゅうじ **[習字]** ⓪ 名 習字

じゅうし **[重視]** ①⓪ 名 重視

じゅうしょ **[住所]** ① 名 地址

しゅうしょく **[就職]** ⓪ 名 就職

ジュース ① 名 果汁

しゅうせい **[修正]** ⓪ 名 修正

しゅうぜん **[修繕]** ⓪① 名 修繕、修理

じゅうたい **[渋滞]** ⓪ 名 塞車、道路擁擠

じゅうたい **[重体]** ⓪ 名 病危

じゅうだい **[重大]** ⓪ ナ形 重大

じゅうたく **[住宅]** ⓪ 名 住宅

しゅうだん **[集団]** ⓪ 名 集團

じゅうたん ① 名 地毯、絨毯

しゅうちゅう **[集中]** ⓪ 名 集中

しゅうてん **[終点]** ⓪ 名 終點

じゅうてん **[重点]** ③⓪ 名 重點

じゅうどう **[柔道]** ① 名 柔道

じゅうなん **[柔軟]** ⓪ ナ形 柔軟、靈活

しゅうにゅう **[収入]** ⓪ 名 收入

しゅうにん **[就任]** ⓪ 名 就任、上任

しゅうふく **[修復]** ⓪ 名 修復

じゅうぶん **[十分]** ③ 名 ナ形 十分、充分

　　　　　　　　　③ 副 相當

しゅうへん **[周辺]** ⓪ 名 周邊

しゅうまつ **[週末]** ⓪ 名 週末

じゅうまん **[充満]** ⓪ 名 充滿

じゅうみん **[住民]** ⓪③ 名 居民

じゅうやく **[重役]** ⓪ 名 要職、要員

じゅうよう **[重要]** ⓪ 名 ナ形 重要

しゅうり **[修理]** ① 名 修理

しゅうりょう **[終了]** ⓪ 名 結束

じゅうりょう **[重量]** ③ 名 重量

じゅうりょく **[重力]** ① 名 重力、引力

しゅぎ **[主義]** ① 名 主義

じゅぎょう **[授業]** ① 名 上課、授課

じゅく **[塾]** ① 名 補習班

じゅくご **[熟語]** ⓪ 名 慣用句、片語、複合詞、成語

しゅくじつ **[祝日]** ⓪ 名 國定假日、節慶、節日

しゅくしょう **[縮小]** ⓪ 名 縮小

しゅくだい **[宿題]** ⓪ 名 作業

しゅくはく **[宿泊]** ⓪ 名 投宿、住宿

しゅくふく **[祝福]** ⓪ 名 祝福

じゅくれん **[熟練]** ⓪ 名 熟練

じゅけん **[受験]** ⓪ 名 報考、考試

しゅご **[主語]** ① 名 主詞

しゅざい **[取材]** ⓪ 名 採訪、收集材料

しゅし **[種子]** ① 名 種子

しゅじゅつ **[手術]** ① 名 手術

しゅしょう **[首相]** ⓪ 名 首相

しゅじん **[主人]** ① 名 主人、家長、丈夫、雇主、老闆

しゅだん **[手段]** ① 名 手段、方式、辦法

しゅちょう **[主張]** ⓪ 名 主張

しゅっきん **[出勤]** ⓪ 名 上班

じゅつご **[述語]** ⓪ 名 述語、謂語

しゅつじょう **[出場]** ⓪ 名 出場、上場、出站

しゅっしん **[出身]** ⓪ 名 出身、戶籍、從～畢業

しゅっせい **[出生]** ⓪ 名 出生、誕生

しゅっせき **[出席]** ⓪ 名 出席

しゅつだい **[出題]** ⓪ 名 出題

しゅっちょう **[出張]** ⓪ 名 出差

しゅっぱつ **[出発]** ⓪ 名 出發

しゅっぱん **[出版]** ⓪ 名 出版

しゅと **[首都]** ①② 名 首都

しゅふ **[主婦]** ① 名 家庭主婦

しゅみ **[趣味]** ① 名 興趣、嗜好

じゅみょう **[寿命]** ⓪ 名 壽命

しゅやく **[主役]** ⓪ 名 主角

しゅよう **[主要]** ⓪ 名 ナ形 主要

じゅよう **[需要]** ⓪ 名 需要、需求

しゅりゅう **[主流]** ⓪ 名 主流

しゅるい **[種類]** ① 名 種類

じゅわき **[受話器]** ② 名 話筒、聽筒

じゅん **[順]** ⓪ 名 ナ形 順序、溫順

しゅんかん **[瞬間]** ⓪ 名 瞬間

じゅんかん **[循環]** ⓪ 名 循環

じゅんさ **[巡査]** ⓪① 名 巡查、巡察

じゅんじゅん **[順々]** ③ 名 依序

じゅんじょ **[順序]** ① 名 順序

じゅんじょう **[純情]** ⓪ 名 ナ形 純情、天真、單純

じゅんすい **[純粋]** ⓪ 名 ナ形 純粹

じゅんちょう **[順調]** ⓪ 名 ナ形 順利

じゅんばん **[順番]** ⓪ 名 按照順序、輪流

じゅんび **[準備]** ① 名 準備

しょ～ **[初～]** 接頭 初～、第一次～

しょ～ **[諸～]** 接頭 諸～

～しょ／～じょ **[～所]** 接尾 （場所）～處

じょ～ **[助～]** 接頭 助～

じょ～ **[女～]** 接頭 女～

～じょ **[～女]** 接尾 （用於女性的名、號之後）～女

しよう **[使用]** ⓪ 名 使用

しょう **[小]** ① 名 小

しょう **[章]** ① 名 章

しょう **[賞]** ① 名 獎

しょう～ **[省～]** 接頭 省～

～しょう **[～省]** 接尾 ～省（部）

～しょう **[～商]** 接尾 ～商

～しょう **[～勝]** 接尾 （計算比賽贏了幾回合）～勝

じょう **[上]** ① 名 上

～じょう **[～状]** 接尾 （狀況、文書、公文）～狀

～じょう **[～場]** 接尾 （場所、設備）～場

～じょう **[～畳]** 接尾 （榻榻米）～張

しょうか **[消化]** ⓪ 名 消化

じょうか **[浄化]** ①⓪ 名 淨化

しょうかい **[紹介]** ⓪ 名 介紹

しょうがい **[障害]** ⓪ 名 障礙、缺陷

しょうがくきん **[奨学金]** ⓪ 名 獎學金

しょうがくせい **[小学生]** ③④ 名 小學生

しょうがつ **[正月]** ④ 名 （國曆）一月、新年

しょうがっこう **[小学校]** ③ 名 小學

しょうがない / しようがない **[仕様がない]** 連語 沒辦法

しょうぎ **[将棋]** ⓪ 名 （日本象棋）將棋

じょうき **[蒸気]** ① 名 蒸氣、水蒸氣

じょうぎ **[定規]** ① 名 尺、尺度、標準

じょうきゃく **[乗客]** ⓪ 名 乘客

しょうきゅう **[昇給]** ⓪ 名 加薪

じょうきゅう **[上級]** ⓪ 名 上級、高級

しょうぎょう **[商業]** ① 名 商業

じょうきょう **[上京]** ⓪ 名 進京、去東京

じょうきょう **[状況]** ⓪ 名 狀況

しょうきょくてき **[消極的]** ⓪ ナ形 消極

しょうきん **[賞金]** ⓪ 名 賞金、獎金

じょうげ **[上下]** ① 名 上下、高低

じょうけい **[情景]** ⓪ 名 情景

じょうけん **[条件]** ③ 名 條件

しょうご **[正午]** ① 名 正午

しょうさん **[賞賛]** ⓪ 名 稱讚、讚揚

しょうじ **[障子]** ⓪ 名 （和室的）拉門

じょうし **[上司]** ① 名 上司

しょうじき **[正直]** ③④ 名 ナ形 正直、誠實

　　　　　　　　　③④ 副 其實、老實說

じょうしき **[常識]** ⓪ 名 常識

しょうしゃ **[商社]** ① 名 商社、公司

じょうしゃ **[乗車]** ⓪ 名 乘車、上車

じょうじゅん **[上旬]** ⓪ 名 上旬

しょうじょ **[少女]** ① 名 少女

しょうしょう **[少々]** ① 名 少量、少許

　　　　　　　　　① 副 稍微

しょうじょう **[症状]** ③ 名 症狀

しょうじる／しょうずる **[生じる／生ずる]** ⓪③／
⓪③ 自他動 長出、產生

じょうず **[上手]** ③ 名 ナ形 擅長、高明

しょうすう **[小数]** ③ 名 小數

しょうする **[証する]** ③ 他動 證明、保證、擔保

しょうずる **[生ずる]** ⓪③ 他動 發生、產生

しょうせつ **[小説]** ⓪ 名 小說

じょうそう **[上層]** ⓪ 名 上層、上流

しょうぞう **[肖像]** ⓪ 名 肖像

しょうたい **[招待]** ① 名 招待、邀請

じょうたい **[状態]** ⓪ 名 狀態、狀況

じょうたつ **[上達]** ⓪ 名 進步、向上傳達、上呈

じょうだん **[冗談]** ③ 名 開玩笑

しょうち **[承知]** ⓪ 名 知道、同意、許可、饒恕

しょうてん **[商店]** ① 名 商店

しょうてん **[焦点]** ① 名 焦點

じょうとう **[上等]** ⓪ 名 ナ形 上等、高級

しょうどく **[消毒]** ⓪ 名 消毒

しょうとつ **[衝突]** ⓪ 名 衝突、相撞

しょうにん **[商人]** ① 名 商人

しょうにん **[承認]** ⓪ 名 承認、認可

しょうねん **[少年]** ⓪ 名 少年

しょうはい **[勝敗]** ⓪ 名 勝敗

しょうばい **[商売]** ① 名 做生意、買賣、經商、行業

じょうはつ **[蒸発]** ⓪ 名 蒸發、失蹤

しょうひ **[消費]** ⓪① 名 消費

しょうひん **[商品]** ① 名 商品

しょうひん **[賞品]** ⓪ 名 獎品

じょうひん **[上品]** ③ 名 ナ形 高尚、高雅、高級品

しょうぶ **[勝負]** ① 名 勝負、比賽

じょうぶ **[丈夫]** ⓪ ナ形 堅固、結實、健壯

しょうべん **[小便]** ③ 名 小便、尿

しょうぼう **[消防]** ⓪ 名 消防、消防隊

じょうほう **[情報]** ⓪ 名 情報、資訊

しょうぼうしょ **[消防署]** ⑤⓪ 名 消防署

しょうみ **[正味]** ① 名 淨重、實質、實際、批發價、實物

しょうめい **[証明]** ⓪ 名 證明

しょうめん **[正面]** ③ 名 正面、對面

しょうもう **[消耗]** ⓪ 名 消耗、耗費

しょうゆ **[しょう油]** ⓪ 名 醬油

しょうらい **[将来]** ① 名 將來

しょうりゃく **[省略]** ⓪ 名 省略

じょおう **[女王]** ② 名 女王

しょきゅう **[初級]** ⓪ 名 初級

じょきょうじゅ **[助教授]** ② 名 （大學）副教授

しょく **[職]** ⓪ 名 職務、職業、工作

～しょく **[～色]** 接尾 （顏色）～色

しょくえん **[食塩]** ② 名 食鹽

しょくぎょう **[職業]** ② 名 職業

しょくじ **[食事]** ⓪ 名 用餐、吃飯

しょくたく **[食卓]** ⓪ 名 餐桌

しょくどう **[食堂]** ⓪ 名 餐廳

しょくにん **[職人]** ⓪ 名 工匠、木匠

しょくば **[職場]** ⓪③ 名 職場、工作崗位

しょくひん **[食品]** ⓪ 名 食品

しょくぶつ **[植物]** ② 名 植物

しょくもつ **[食物]** ② 名 食物

しょくよく **[食欲]** ⓪② 名 食欲

しょくりょう **[食料]** ② 名 食物、食材、伙食費、餐費

しょくりょう **[食糧]** ② 名 糧食

しょさい **[書斎]** ⓪ 名 書房

じょし **[女子]** ① 名 女子

じょしゅ **[助手]** ⓪ 名 助手、（大學）助教

しょじゅん **[初旬]** ⓪ 名 初旬、上旬

じょじょに **[徐々に]** ① 副 徐徐地、慢慢地

じょせい **[女性]** ⓪ 名 女性

しょせき **[書籍]** ①⓪ 名 書籍

しょっき **[食器]** ⓪ 名 餐具

しょっぱい ③ イ形 鹹的

ショップ ① 名 商店

しょてん **[書店]** ⓪① 名 書店

しょどう **[書道]** ① 名 書法

しょほ **[初歩]** ① 名 初歩、入門

しょめい **[署名]** ⓪ 名 署名、簽名

しょもつ **[書物]** ① 名 書籍

じょゆう **[女優]** ⓪ 名 女演員

しょり **[処理]** ① 名 處理

しょるい **[書類]** ⓪ 名 文件、文書、資料

しらが **[白髪]** ③ 名 白髪

しらせ **[知らせ]** ⓪ 名 通知

しらせる **[知らせる]** ⓪ 他動 通知

しらべる **[調べる]** ③ 他動 調查

しり **[尻]** ② 名 臀部、末尾

しりあい **[知り合い]** ⓪ 名 熟人

シリーズ ②① 名 系列

しりつ **[私立]** ① 名 私立

しりょう **[資料]** ① 名 資料

しる **[汁]** ① 名 汁液、湯、漿

しる **[知る]** ⓪ 他動 知道、認識

しるし **[印]** ⓪ 名 記號、標記、象徵、徵兆

しろ **[白]** ① 名 白、清白、空白

しろ **[城]** ⓪ 名 城、城堡

しろい **[白い]** ② イ形 白色的

しろうと **[素人]** ①② 名 外行人

しわ ⓪ 名 皺褶、皺紋

しん **[芯]** ① 名 花蕊、燭芯、芯

しん～ **[新～]** 接頭 新～

～じん **[～人]** 接尾 ～人

しんがく **[進学]** ⓪ 名 升學

しんかんせん **[新幹線]** ③ 名 新幹線

しんくう **[真空]** ⓪ 名 真空、空白

しんけい **[神経]** ① 名 神經

しんけん **[真剣]** ⓪ 名 ナ形 認真

しんこう **[信仰]** ⓪ 名 信仰

しんごう **[信号]** ⓪ 名 信號、訊號

じんこう **[人口]** ⓪ 名 人口、輿論

じんこう **[人工]** ⓪ 名 人工、人造、人為

しんこく **[深刻]** ⓪ 名 ナ形 深刻

じんざい **[人材]** ⓪ 名 人才

しんさつ **[診察]** ⓪ 名 診察

しんし **[紳士]** ① 名 紳士

じんじ **[人事]** ① 名 人事

じんじゃ **[神社]** ① 名 神社

じんしゅ **[人種]** ⓪ 名 人種、族群

しんじる / しんずる **[信じる / 信ずる]** ③ / ③ 他動
相信、信奉

しんしん **[心身]** ① 名 身心

しんせい **[申請]** ⓪ 名 申請

じんせい **[人生]** ① 名 人生

しんせき **[親戚]** ⓪ 名 親戚

しんせつ **[親切]** ① 名 ナ形 親切

しんせん **[新鮮]** ⓪ ナ形 新鮮

しんぞう **[心臓]** ⓪ 名 心臓

じんぞう **[人造]** ⓪ 名 人造

しんたい **[身体]** ① 名 身體

しんだい **[寝台]** ⓪ 名 床鋪、床位、臥鋪

しんだん **[診断]** ⓪ 名 診斷

しんちょう **[身長]** ⓪ 名 身高

しんちょう **[慎重]** ⓪ 名 ナ形 慎重、謹慎

しんにゅう **[侵入]** ⓪ 名 侵略、入侵、闖入

しんねん **[信念]** ① 名 信念

しんぱい **[心配]** ⓪ 名 ナ形 擔心

しんぱん **[審判]** ⓪ 名 審判、裁判

しんぴん **[新品]** ⓪ 名 新貨

じんぶつ **[人物]** ① 名 人物、人品、人才

しんぶん **[新聞]** ⓪ 名 報紙

じんぶんかがく **[人文科學]** ⑤ 名 人文科學

しんぽ **[進步]** ① 名 進步

しんぼうづよい **[辛抱強い]** ⑥ イ形 有耐心的、能忍耐的

しんみつ **[親密]** ⓪ 名 ナ形 親密、密切

じんみゃく **[人脈]** ⓪ 名 人際關係、人脈

しんみり ③ 副 深刻地、沉思地、悲傷鬱悶地

じんめい **[人命]** ⓪ 名 人命

しんや **[深夜]** ① 名 深夜

しんゆう **[親友]** ⓪ 名 摯友

しんよう **[信用]** ⓪ 名 信用

しんらい **[信頼]** ⓪ 名 信賴、信任

しんり **[心理]** ① 名 心理

しんりん **[森林]** ⓪ 名 森林

しんるい **[親類]** ⓪ 名 親戚、同類

じんるい **[人類]** ① 名 人類

しんろ **[針路]** ① 名 航路、方向、方針

しんわ **[神話]** ⓪ 名 神話

隨堂測驗

(1) 次の言葉の正しい読み方を一つ選びなさい。

( ) ① 縛る
    1. しわる   2. しはる
    3. しばる   4. しまる

( ) ② 辛抱強い
    1. しんばうつよい   2. しんばうづよい
    3. しんぼうつよい   4. しんぼうづよい

( ) ③ 刺激
    1. しけき   2. しげき
    3. しから   4. しがら

(2) 次の言葉の正しい漢字を一つ選びなさい。

( ) ④ しょうじき
    1. 正直   2. 正実
    3. 老実   4. 老直

( ) ⑤ しゅみ
    1. 趣魅   2. 趣味
    3. 興趣   4. 種味

( ) ⑥ しろうと
    1. 外人   2. 素人
    3. 素徒   4. 外徒

解答 --

(1) ① 3 ② 4 ③ 2
(2) ④ 1 ⑤ 2 ⑥ 2

す・ス

す **[巣]** ①⓪ 名 巣、穴、窩

す **[酢]** ① 名 醋

ず **[図]** ⓪ 名 圖

すいえい **[水泳]** ⓪ 名 游泳

すいさん **[水産]** ⓪ 名 水產、海產

すいじ **[炊事]** ⓪ 名 做飯

すいじゅん **[水準]** ⓪ 名 水準

すいじょうき **[水蒸気]** ③ 名 水蒸氣

すいせん **[推薦]** ⓪ 名 推薦

すいそ **[水素]** ① 名 氫、氫氣

すいちょく **[垂直]** ⓪ 名 ナ形 垂直

スイッチ ②① 名 開關

すいてい **[推定]** ⓪ 名 推定、推斷、估計

すいてき **[水滴]** ⓪ 名 水滴

すいとう **[水筒]** ⓪ 名 水壺

すいどう **[水道]** ⓪ 名 自來水（管）

ずいひつ **[随筆]** ⓪ 名 隨筆

すいぶん **[水分]** ① 名 水分

ずいぶん **[随分]** ① ナ形 過分、太不像話

　　　　　　　　① 副 相當、非常

すいへい **[水平]** ⓪ 名 水平

すいへいせん **[水平線]** ⓪ 名 水平線

すいみん **[睡眠]** ⓪ 名 睡眠

すいめん **[水面]** ⓪ 名 水面、水上

すいよう / すい **[水曜 / 水]** ③⓪ / ① 名 星期三

すう **[吸う]** ⓪ 他動 吸

すう **[数]** ① 名 數、數量、數字

すうがく **[数学]** ⓪ 名 數學

すうじ **[数字]** ⓪ 名 數字

ずうずうしい ⑤ イ形 厚顏無恥的

スーツ ① 名 套裝

スーツケース ④ 名 旅行箱、行李箱

ずうっと ⓪ 副 （「ずっと」的強調用法）一直、～多了、很～

スーパー ① 名 （「スーパーマーケット」的簡稱）超市

スーパーマーケット ⑤ 名 超市

スープ ① 名 湯

すえ **[末]** ⓪ 名 末

すえっこ **[末っ子]** ⓪ 名 老么

すがた **[姿]** ① 名 模樣、樣子、姿態

スカート ② 名 裙子

スカーフ ② 名 圍巾、頭巾、披巾

ずかん **[図鑑]** ⓪ 名 圖鑑

すき **[好き]** ② 名 ナ形 喜歡

すき ⓪ 名 縫隙、空閒

すぎ **[杉]** ⓪ 名 杉木、杉樹

～すぎ **[～過ぎ]** 接尾 超過～、過度～、過分～

スキー ② 名 滑雪

すききらい **[好き嫌い]** ②③ 名 好惡、挑剔

すきずき **[好き好き]** ② 名 各有所好

すきとおる **[透き通る]** ③ 自動 透明、清澈、清脆

すきま **[隙間]** ⓪ 名 縫、閒暇

すぎる **[過ぎる]** ② 自動 超過、經過、流逝

～すぎる **[～過ぎる]** 接尾 過度～、過分～

すく **[空く]** ⓪ 自動 空、空腹、空閒、通暢

すぐに ① 副 馬上、立刻

すくう **[救う]** ⓪ 他動 救、拯救、獲救

スクール ② 名 學校

すくない **[少ない]** ③ イ形 少的

すくなくとも **[少なくとも]** ③ 副 至少、起碼

スクリーン ③ 名 螢幕、電影銀幕、屏風

すぐれる **[優れる]** ③ 自動 優秀、卓越、(狀態)佳

ずけい **[図形]** ⓪ 名 圖形

スケート ⓪② 名 溜冰鞋、溜冰

スケジュール ②③ 名 行程(表)

すごい ② イ形 厲害的

すこし **[少し]** ② 副 稍微、一點點、一會兒

すこしも **[少しも]** ②⓪ 副 (後接否定)一點也
(不)～

すごす **[過ごす]** ② 他動 度過、超過

すじ **[筋]** ① 名 大綱、概要、素質、筋、腱

すず **[鈴]** ⓪ 名 鈴、鈴鐺

すずしい **[涼しい]** ③ イ形 涼爽的、明亮的

すすむ **[進む]** ⓪ 自動 前進、進展順利、（時間）快～

すずむ **[涼む]** ② 自動 乘涼、納涼

すすめる **[進める]** ⓪ 他動 使前進、推行、使順利、晉升、調快（時間）

すすめる **[勧める]** ⓪ 他動 勸

すそ ⓪ 名 下擺、（山）腳

スター ② 名 明星

スタート ②⓪ 名 開始、起點

スタイル ② 名 風格

スタンド ⓪ 名 檯燈、看臺、角架

スチュワーデス ③ 名 空中小姐

～ずつ 副助 每～、各～

ずつう **[頭痛]** ⓪ 名 頭痛、擔心、煩惱

すっかり ③ 副 完全、徹底

すっきり ③ 副 舒暢、暢快

すっと ⓪① 副 迅速地、痛快地

ずっと ⓪ 副 一直

すっぱい ③ イ形 酸的

ステーキ ② 名 牛排

ステージ ② 名 舞臺、（電影）攝影棚

すてき ⓪ ナ形 極漂亮、絕佳

すでに **[既に]** ① 副 已經

すてる **[捨てる / 棄てる]** ⓪ 他動 拋棄、捨棄

ステレオ ⓪ 名 立體聲、立體音響

ストーブ ② 名 火爐、暖爐

ストッキング ② 名 絲襪、（過膝的）長筒襪

ストップ ② 名 停止、停靠站

スト ①② 名 （「ストライキ」的簡稱）罷工、罷課、罷考

ストライキ ③ 名 罷工、罷課、罷考

ストレス ② 名 壓力

すな **[砂]** ⓪ 名 沙子

すなお **[素直]** ① ナ形 老實

すなわち ② 名 當時

　　　　　② 副 馬上、即

　　　　　② 接續 即、換言之

ずのう **[頭腦]** ① 名 頭腦

すばらしい **[素晴らしい]** ④ イ形 出色的、極佳的、了不起的

スピーカー ②⓪ 名 演講者、喇叭、擴音器

スピーチ ② 名 演講

スピード ⓪ 名 速度

ずひょう **[図表]** ⓪ 名 圖表

スプーン ② 名 湯匙

すべて **[全て]** ① 副 全部

すべる **[滑る]** ② 自動 滑、打滑、落榜

スポーツ ② 名 運動、體育

ズボン ②① 名 褲子

スマート ② ナ形 苗條

すまい **[住（ま）い]** ① 名 住所、居住

すませる **[済ませる]** ③ 他動 完成

すまない 連語 不好意思

すみ **[隅／角]** ① 名 角落

すみ **[墨]** ② 名 墨、油墨

〜ずみ **[〜済み]** 接尾 表完成、完了

すみません。 抱歉、不好意思。

すみやか ② ナ形 敏捷、迅速

すむ **[住む]** ① 自動 住

すむ **[澄む／清む]** ① 自動 清澈、清脆、純淨、清靜

すむ **[済む]** ① 自動 完成、結束

すもう **[相撲]** ⓪ 名 相撲

スライド ⓪ 名 幻燈片、載玻片、滑、浮動

ずらす ② 他動 挪、錯開

ずらり ②③ 副 羅列、並列

すり ① 名 扒手

スリッパ ①② 名 拖鞋

する **[刷る]** ① 他動 印、印刷

する ⓪ 他動 做

ずるい [狡い] ② イ形　狡猾的、奸詐的

すると ⓪ 接續　於是

するどい [鋭い] ③ イ形　敏銳的、尖銳的、銳利的

すれちがう [すれ違う] ④⓪ 自動　錯過、走岔

ずれる ② 自動　偏離、錯位

すわる [座る] ⓪ 他動　坐

すんぽう [寸法] ⓪ 名　尺寸、長短、計畫

隨堂測驗

（1）次の言葉の正しい読み方を一つ選びなさい。

（　）① 相撲
　　　　1. すまう　　　　　2. すもう
　　　　3. すらう　　　　　4. すこう

（　）② 既に
　　　　1. すがに　　　　　2. すでに
　　　　3. すばに　　　　　4. すどに

（　）③ 頭脳
　　　　1. ずねう　　　　　2. ずのう
　　　　3. ずもう　　　　　4. ずこう

（2）次の言葉の正しい漢字を一つ選びなさい。

（　）④ すじ
　　　　1. 臓　　　　　　　2. 肺
　　　　3. 肌　　　　　　　4. 筋

( ) ⑤ すがた
  1.態   2.様
  3.姿   4.勢

( ) ⑥ すなお
  1.実老   2.実直
  3.素老   4.素直

解答 --------

(1) ① 2 ② 2 ③ 2
(2) ④ 4 ⑤ 3 ⑥ 4

せ・セ

せ／せい **[背]** ①／① 名 背、身高

せい **[正]** ① 名 正

せい **[生]** ① 名 活、生命

        ① 代 （男子自謙的用語）小生

せい **[性]** ① 名 生性、本性、性別

せい **[姓]** ① 名 姓氏

せい **[所為]** ① 名 縁故

～せい **[～製]** 接尾 （製造）～製

～せい **[～性]** 接尾 （性質、傾向）～性

ぜい **[税]** ① 名 税

せいい **[誠意]** ① 名 誠意

せいおう **[西欧]** ⓪ 名 西歐

せいかい **[正解]** ⓪ 名 正確解答

せいかい **[政界]** ⓪ 名 政界

せいかく **[性格]** ⓪ 名 性格

せいかく **[正確]** ⓪ 名 ナ形 正確、準確

せいかつ **[生活]** ⓪ 名 生活

ぜいかん **[税関]** ⓪ 名 海關

せいき **[世紀]** ① 名 世紀

せいぎ **[正義]** ① 名 正義

せいきゅう **[請求]** ⓪ 名 請求、要求

ぜいきん **[税金]** ⓪ 名 税金

せいけつ [清潔] ⓪ 名 ナ形 清潔、乾淨、清廉

せいげん [制限] ③ 名 限制

せいこう [成功] ⓪ 名 成功

せいざ [星座] ⓪ 名 星座

せいさく [製作] ⓪ 名 製作、製造、生產

せいさく [制作] ⓪ 名 創造 (藝術作品)

せいさん [生産] ⓪ 名 生產

せいじ [政治] ⓪ 名 政治

せいしき [正式] ⓪ 名 ナ形 正式

せいしつ [性質] ⓪ 名 性質、性格

せいじつ [誠実] ⓪ 名 ナ形 誠實、誠心誠意

せいしゅん [青春] ⓪ 名 青春

せいしょ [清書] ⓪ 名 謄寫

せいじょう [正常] ⓪ 名 ナ形 正常

せいしょうねん [青少年] ③ 名 青少年

せいしん [精神] ① 名 精神

せいじん [成人] ⓪ 名 成人

せいすう [整数] ③ 名 整數

せいぜい [精々] ① 副 盡量、頂多

せいせき [成績] ⓪ 名 成績

せいそう [清掃] ⓪ 名 清掃

せいぞう [製造] ⓪ 名 製造

せいぞん [生存] ⓪ 名 生存

ぜいたく [贅沢] ③④ 名 ナ形 奢侈、浪費

せいちょう **[成長]** ⓪ 名 成長、成熟、發展

せいちょう **[生長]** ⓪ 名 （動植物、事物等）生長、發育

せいと **[生徒]** ① 名 學生

せいど **[制度]** ① 名 制度

せいとう **[政党]** ⓪ 名 政黨

せいねん **[青年]** ⓪ 名 青年

せいねんがっぴ **[生年月日]** ⑤ 名 出生年月日

せいのう **[性能]** ⓪ 名 性能、效能、天分

せいはんたい **[正反対]** ③ 名 ナ形 完全相反

せいび **[整備]** ① 名 配備、維修、保養

せいひん **[製品]** ⓪ 名 產品

せいふ **[政府]** ① 名 政府

せいふく **[制服]** ⓪ 名 制服

せいぶつ **[生物]** ①⓪ 名 生物

せいぶん **[成分]** ① 名 成分

せいべつ **[性別]** ⓪ 名 性別

せいほうけい **[正方形]** ③⓪ 名 正方形

せいめい **[生命]** ① 名 生命

せいもん **[正門]** ⓪ 名 正門

せいよう **[西洋]** ① 名 西洋、西方

せいり **[整理]** ① 名 整理、清理、淘汰

せいりつ **[成立]** ⓪ 名 成立

せいれき **[西暦]** ⓪ 名 西曆、西元

セーター ① 名 毛衣

セール ① 名 特價、拍賣、促銷

せおう **[背負う]** ② 他動 背、背負

せかい **[世界]** ① 名 世界

せかせか ① 副 急忙、慌慌張張

せき **[席]** ① 名 座位

せき **[咳]** ② 名 咳嗽

～せき **[～隻]** 接尾 （船）～艘

せきたん **[石炭]** ③ 名 煤炭

せきどう **[赤道]** ⓪ 名 赤道

せきにん **[責任]** ⓪ 名 責任

せきゆ **[石油]** ⓪ 名 石油

せけん **[世間]** ① 名 世間、世上、世人

せそう **[世相]** ⓪ 名 世態

せつ **[説]** ① 名 學說、言論、傳說、傳聞

せっかく **[折角]** ④⓪ 名 特意、難得

⓪ 副 特意、難得

せっきょく **[積極]** ⓪ 名 積極

せっきょくてき **[積極的]** ⓪ ナ形 積極的

せっきん **[接近]** ⓪ 名 接近、靠近

せっけい **[設計]** ⓪ 名 設計

せっけん **[石けん]** ⓪ 名 肥皂

せっする **[接する]** ③⓪ 自他動 接觸、連接、接
待、接上、接連

せっせと ① 副 拚命地

せつぞく **[接続]** ⓪ 名 連接、接續

ぜったい **[絶対]** ⓪ 名 ナ形 絕對

ぜったいに **[絶対に]** ⓪ 副 絕對地

セット ① 名 組合、一套、佈景

せつび **[設備]** ① 名 設備

せつめい **[説明]** ⓪ 名 說明

ぜつめつ **[絶滅]** ⓪ 名 滅絕

せつやく **[節約]** ⓪ 名 節約

せともの **[瀬戸物]** ⓪ 名 陶瓷器

せなか **[背中]** ⓪ 名 背

ぜひ **[是非]** ① 名 是非

　　　　　 ① 副 務必

ぜひとも ① 副 無論如何、務必

せびろ **[背広]** ⓪ 名 西裝

せまい **[狭い]** ② イ形 窄的

せまる **[迫る]** ② 自他動 逼近、逼迫、強迫

ゼミ ① 名 （「ゼミナール」的簡稱）研討會

せめて ① 副 至少、起碼

せめる **[攻める]** ② 他動 攻打

せめる **[責める]** ② 他動 譴責

セメント ⓪ 名 水泥

せりふ **[台詞]** ⓪ 名 台詞

ゼロ ① 名 （數字）零

せわ **[世話]** ② 名 關照、照料

せん **[千]** ① 名 千

せん **[栓]** ① 名 栓、塞子

せん **[線]** ① 名 線

〜せん **[〜船]** 接尾 〜船

〜せん **[〜戦]** 接尾 〜戰

ぜん **[善]** ① 名 善

ぜん〜 **[全〜]** 接頭 所有〜、全〜

ぜん〜 **[前〜]** 接頭 之前〜、前（任）〜

〜ぜん **[〜前]** 接尾 〜之前

ぜんいん **[全員]** ⓪ 名 所有人員、全體、大家

せんきょ **[選挙]** ① 名 選舉

せんげん **[宣言]** ③ 名 宣言

ぜんご **[前後]** ① 名 前後、差不多、左右、先後

せんこう **[専攻]** ⓪ 名 主修、專攻

ぜんこく **[全国]** ① 名 全國

せんざい **[洗剤]** ⓪ 名 清潔劑

せんじつ **[先日]** ⓪ 名 前幾天、前些日子、上次

ぜんしゃ **[前者]** ① 名 前者

せんしゅ **[選手]** ① 名 （運動）選手

ぜんしゅう **[全集]** ⓪ 名 全集

ぜんしん **[全身]** ⓪ 名 全身、渾身

ぜんしん **[前進]** ⓪ 名 前進、進步、提升

せんす **[扇子]** ⓪ 名 扇子

せんせい **[先生]** ③ 名 老師

せんせい **[専制]** ⓪ 名 專制、獨裁

ぜんせい **[全盛]** ⓪① 名 全盛

ぜんぜん **[全然]** ⓪ 副 （後接否定）完全（不）～

せんせんげつ **[先々月]** ③⓪ 名 上上個月

せんせんしゅう **[先々週]** ⓪③ 名 上上週

せんぞ **[先祖]** ① 名 祖先

せんそう **[戦争]** ⓪ 名 戰爭

センター ① 名 中心、中央

ぜんたい **[全体]** ⓪ 名 全體、全身
　　　　　　　　 ① 副 原本、究竟

せんたく **[洗濯]** ⓪ 名 洗衣

せんたく **[選択]** ⓪ 名 選擇

せんたん **[先端]** ⓪ 名 尖端、頂端

センチ ① 名 （「センチメートル」的簡稱）公
分、釐米

センチメートル ④ 名 公分

せんでん **[宣伝]** ⓪ 名 宣傳

せんとう **[先頭]** ⓪ 名 最前面

せんぱい **[先輩]** ⓪ 名 前輩、學長學姊

ぜんぱん **[全般]** ⓪ 名 全體、全面、全部

ぜんぶ **[全部]** ① 名 全部

せんぷうき **[扇風機]** ③ 名 電風扇

せんめん **[洗面]** ⓪ 名 洗臉

せんもん **[専門]** ⓪ 名 専門、専業、専家

せんりょう **[占領]** ⓪ 名 占領

ぜんりょう **[善良]** ⓪ 名 ナ形 善良

せんりょく **[戦力]** ① 名 戦力

ぜんりょく **[全力]** ⓪ 名 全力

せんろ **[線路]** ① 名 線路、（火車、電車等的）軌道

隨堂測驗

（1）次の言葉の正しい読み方を一つ選びなさい。

（　）① 扇子
　　　1. せんし　　　　　2. せんこ
　　　3. せいす　　　　　4. せんす

（　）② 石油
　　　1. せきあ　　　　　2. せきゆ
　　　3. せきう　　　　　4. せきよ

（　）③ 絶対に
　　　1. せったいに　　　2. ぜったいに
　　　3. せいたいに　　　4. せいだいに

（2）次の言葉の正しい漢字を一つ選びなさい。

（　）④ せそう
　　　1. 世様　　　　　　2. 世態
　　　3. 世相　　　　　　4. 世姿

( )⑤ せいび
    1.整準   2.整備
    3.整置   4.整護

( )⑥ ぜいかん
    1.税関   2.税官
    3.勢関   4.勢官

 解答 --

(1) ① 4 ② 2 ③ 2
(2) ④ 3 ⑤ 2 ⑥ 1

そ・ソ

〜ぞい [〜沿い] 接尾 沿著〜、順著〜

そう ⓪ 副 那樣、那麼

　　　① 感 是、沒錯

そう [沿う] ⓪① 自動 沿著、按照、符合

そう [添う] ⓪① 自動 增添、跟隨、結婚

そう〜 [総〜] 接頭 （後接名詞，表包含全部）
總〜

〜そう [〜艘] 接尾 （較小的船）〜艘、〜隻

ぞう [象] ① 名 大象

ぞう [像] ① 名 肖像、影像、雕像

そうい [相違] ⓪ 名 差別、不符合、差異

そういえば 連語 說起來

ぞうお [憎悪] ① 名 憎惡、憎恨

そうおん [騒音] ⓪ 名 噪音

ぞうか [増加] ⓪ 名 增加

ぞうき [臓器] ① 名 內臟器官

ぞうきん [雑巾] ⓪ 名 抹布

ぞうげん [増減] ⓪③ 名 增減

そうこ [倉庫] ① 名 倉庫

そうご [相互] ① 名 互相

そうさ [操作] ① 名 操作

そうさく [創作] ⓪ 名 創作、創造、捏造

そうじ **[掃除]** ⓪ 名 打掃

そうしき **[葬式]** ⓪ 名 喪禮

そうして ⓪ 接續 然後、而且、還有

ぞうしょく **[増殖]** ⓪ 名 增殖、繁殖、增加

そうすう **[総数]** ③ 名 總數

ぞうせん **[造船]** ⓪ 名 造船

そうそう **[早々]** ⓪ 名 匆忙

⓪ 副 剛～就～

そうぞう **[想像]** ⓪ 名 想像

そうぞうしい **[騒々しい]** ⑤ イ形 吵雜的、動盪不安的

そうぞく **[相続]** ⓪① 名 繼承、接續

ぞうだい **[増大]** ⓪ 名 （數量、程度）增加、提高

そうだん **[相談]** ⓪ 名 商量

そうち **[装置]** ① 名 裝置、安裝

そうとう **[相当]** ⓪ 名 ナ形 副 相當

そうべつ **[送別]** ⓪ 名 送別、送行

ぞうり **[草履]** ⓪ 名 草鞋

そうりだいじん **[総理大臣]** ④ 名 總理大臣、首相

そうりょう **[送料]** ①③ 名 運費、郵資

～そく **[～足]** 接尾 （鞋、襪）～雙

ぞくしゅつ **[続出]** ⓪ 名 連續發生、不斷發生

ぞくする **[属する]** ③ 自動 屬於

ぞくぞく **[続々]** ⓪① 副 陸續

そくたつ **[速達]** ⓪ 名 快遞

そくてい **[測定]** ⓪ 名 測量

そくど **[速度]** ① 名 速度

そくりょう **[測量]** ⓪② 名 測量

そくりょく **[速力]** ② 名 速度

そこ ⓪ 名 （第二人稱）你

　　　 ⓪ 代 那裡

そこ **[底]** ⓪ 名 底部

そこで ⓪ 接續 因此

そしき **[組織]** ① 名 組織

そしつ **[素質]** ⓪ 名 素質、潛能、天分

そして ⓪ 接續 （「そうして」的口語用法）然後、於是

そせん **[祖先]** ① 名 祖先

そそぐ **[注ぐ]** ⓪② 自他動 注入、流入、澆

そそっかしい ⑤ イ形 冒失的、粗心大意的、草率的

そだつ **[育つ]** ② 自動 成長、發育、進步

そだてる **[育てる]** ③ 他動 養育、培養

そちら / そっち ⓪/③ 代 那裡、那邊、那位、您

そつぎょう **[卒業]** ⓪ 名 畢業

そっくり ③ ナ形 一模一樣、極像

　　　　 ③ 副 完全

そっちょく **[率直]** ⓪ 名 ナ形 坦率、爽快

そっと ⓪ 副 悄悄地

そで **[袖]** ⓪ 名 袖子

そと **[外]** ① 名 外面、表面

そなえる **[備える / 具える]** ③ 他動 設置、準備、具備

その ⓪ 連體 那～、那個～

そのうえ ⓪ 接續 而且

そのうち ⓪ 副 改天、過幾天、最近、不久

そのころ ③ 名 那陣子、那個時候

そのため ⓪ 接續 為此、因此

そのほか ② 名 除此之外

そのまま ④ 名 直接、就那樣、原封不動地

そば **[側]** ① 名 旁邊

そば **[蕎麦]** ① 名 麵

そふ **[祖父]** ① 名 祖父

ソファー ① 名 沙發

ソフト ① 名 ナ形 柔軟

そぼ **[祖母]** ① 名 祖母

そまつ **[粗末]** ① 名 ナ形 粗糙

そら **[空]** ① 名 天空

そり ① 名 雪橇

そる **[剃る]** ① 他動 剃、刮

それ ⓪ 代 那個

　　　① 感 你看

それから ⓪ 接續 然後、還有

それぞれ ② ③ 副 各自

それで ⓪ 接續 然後、因此

それでは ③ 接續 接下來、那麼、那樣的話

それでも ③ 接續 即使如此

それと ⓪ 接續 還有

それとも ③ 接續 或、還是

それなのに ③ 接續 僅管如此、然而卻～

それなら ③ 接續 如果那樣的話、那麼

それに ⓪ 接續 而且、再加上

それはいけませんね。 那可不行哪。

それほど ⓪ 副 那麼、那樣、（沒）那麼

それゆえ ⓪ ③ 接續 因此、正因如此

それる [逸れる] ② 自動 偏、錯開、偏離

～そろい [～揃い] 接尾 （量詞）～套、～組

そろう [揃う] ② 自動 一致、齊全、到齊

そろえる [揃える] ③ 他動 使一致、使整齊、備齊

そろそろ ① 副 差不多、慢慢

そろばん [算盤] ⓪ 名 算盤

そん [損] ① 名 ナ形 損失、吃虧、虧本

そんがい [損害] ⓪ 名 損害

そんけい [尊敬] ⓪ 名 尊敬

そんざい [存在] ⓪ 名 存在

ぞんじる / ぞんずる [存じる / 存ずる] ③ ⓪ / ③ ⓪
自他動 （謙讓語）認為、知道

そんちょう **[尊重]** ⓪ 名 尊重

そんとく **[損得]** ① 名 得失、盈虧

そんな ⓪ ナ形 那種

そんなに ⓪ 副 那麼、那樣

隨堂測驗

（1）次の言葉の正しい読み方を一つ選びなさい。

( ) ① 属する
    1. そんする   2. ぞんする
    3. そくする   4. ぞくする

( ) ② 早々
    1. そんそん   2. ぞんぞん
    3. そうそう   4. ぞうぞう

( ) ③ 率直
    1. そうちょく   2. そんちょく
    3. そいちょく   4. そっちょく

（2）次の言葉の正しい漢字を一つ選びなさい。

( ) ④ そる
    1. 剃る   2. 備る
    3. 添る   4. 卒る

( ) ⑤ ぞくしゅつ
    1. 続発   2. 続出
    3. 続生   4. 続起

( ) ⑥ そうだん
　　1.双談　　　　　　　2.想談
　　3.商談　　　　　　　4.相談

(1) ① 4　② 3　③ 4
(2) ④ 1　⑤ 2　⑥ 4

あ行

か行

さ行

た行

な行

は行

ま行

や行

ら行

わ行

た・タ

た / たんぼ [田 / 田んぼ] ① / ⓪ 名 稲田、田地

た [他] ① 名 其他、他人、他處

たい [隊] ① 名 （組）隊、隊伍

たい [対] ① 名 對、比、對等

〜たい [〜隊] 接尾 〜隊

だい [大] ① 名 ナ形 大、很、極

だい [台] ① 名 臺、架、底座

だい [題] ① 名 題目

だい〜 [第〜] 接頭 （後面接數字表順序）第〜

〜だい [〜台] 接尾 （車輛、機器）〜台、〜
部、〜輛

〜だい [〜題] 接尾 （考試等的題目）〜題

〜だい [〜代] 接尾 （地位傳承、年代）第〜
代、〜代

たいいく [体育] ① 名 體育

だいいち [第一] ① 名 第一、最好、最重要

　　　　　　　　　　① 副 優先、首先

たいいん [退院] ⓪ 名 出院

たいおう [対応] ⓪ 名 對應、符合

たいおん [体温] ① 名 體溫

たいかい [大会] ⓪ 名 大會

だいがく [大学] ⓪ 名 大學

だいがくいん [大学院] ④ 名 研究所

たいき **[大気]** ① 名 大氣

だいきん **[代金]** ①⓪ 名 （買方付給賣方的）貨款

だいく **[大工]** ① 名 木工

たいくつ **[退屈]** ⓪ 名 ナ形 無聊、厭倦

たいけい **[体系]** ⓪ 名 體系、系統

たいけん **[体験]** ⓪ 名 經驗、體驗

たいこ **[太鼓]** ⓪ 名 鼓、（敲）邊鼓、幫腔

たいざい **[滞在]** ⓪ 名 停滯、滯留

たいさく **[対策]** ⓪ 名 對策

たいし **[大使]** ① 名 （外交）大使

だいじ **[大事]** ①③ 名 大事

　　　　　　⓪③ ナ形 重要、關鍵、愛惜、保重

たいした **[大した]** ① 連體 了不起的～、（後接否
定）（不是什麼）大不了的～

たいして **[大して]** ① 副 特別、那麼

たいじゅう **[体重]** ⓪ 名 體重

たいしょう **[対象]** ⓪ 名 對象

たいしょう **[対照]** ⓪ 名 對照、比對

だいしょう **[大小]** ① 名 大小

だいじょうぶ **[大丈夫]** ③ ナ形 不要緊、沒問題

　　　　　　　　③ 副 沒錯、一定

だいじん **[大臣]** ① 名 （國務）大臣

たいする **[対する]** ③ 自動 面對、相對、關於、相
較於

たいせい **[体制]** ⓪ 名 體制

たいせき **[体積]** ① 名 體積

たいせつ **[大切]** ⓪ ナ形 重要、珍貴、珍惜、小心、情況緊急

たいせん **[大戦]** ⓪ 名 大規模的戰爭、大戰

たいそう **[大層]** ① ナ形 副 非常

たいそう **[体操]** ⓪ 名 體操

だいたい **[大体]** ⓪③ 名 概要、大略

　　　　　　　　　⓪ 副 大致、差不多、根本、本來

たいてい **[大抵]** ⓪ 名 大部分、大體

　　　　　　　　　⓪ ナ形 差不多、通常

　　　　　　　　　⓪ 副 大概、非常、相當

たいど **[態度]** ① 名 態度、行為舉止

だいとうりょう **[大統領]** ③ 名 總統

だいどころ **[台所]** ⓪ 名 廚房

たいはん **[大半]** ⓪③ 名 大部分、超過一半

だいひょう **[代表]** ⓪ 名 代表

タイプ ① 名 類型、款式、（「タイプライター」的簡稱）打字機、打字

だいぶ **[大分]** ⓪ 副 很、甚

たいふう **[台風]** ③ 名 颱風

だいぶぶん **[大部分]** ③ 名 大部分

タイプライター ④ 名 打字機

たいへん **[大変]** ⓪ 名 ナ形 大事件、辛苦、不容易

　　　　　　　　　⓪ 副 相當、非常

たいほ **[逮捕]** ① 名 逮捕

たいぼく **[大木]** ⓪ 名 大樹、巨木

だいめい **[題名]** ⓪ 名 題目

だいめいし **[代名詞]** ③ 名 代名詞

タイヤ ⓪ 名 輪胎

ダイヤ ① 名 （「ダイヤモンド」的簡稱）鑽石、
（「ダイヤグラム」的簡稱）路線圖或列車時刻表、
（撲克牌）方塊、棒球內野

ダイヤル ⓪ 名 （電話的）撥號鍵

たいよう **[太陽]** ① 名 太陽

たいら **[平ら]** ⓪ 名 ナ形 平地、隨意坐、穩重

だいり **[代理]** ⓪ 名 代理

たいりく **[大陸]** ⓪① 名 大陸、（日本指）中國
大陸、（英國指）歐洲大陸

たいりつ **[対立]** ⓪ 名 對立

たうえ **[田植え]** ③ 名 插秧

ダウンする ① 自動 下降、倒下

たえず **[絶えず]** ① 副 一直、反覆

だえん **[楕円]** ⓪ 名 橢圓

たおす **[倒す]** ② 他動 打倒、弄倒

タオル ① 名 毛巾

たおれる **[倒れる]** ③ 自動 倒下、病倒、倒塌

だが ① 接續 但是、可是

たかい **[高い]** ② イ形 高的、高空的、貴的

たがい **[互い]** ⓪ 名 互相、彼此

たかめる **[高める]** ③ 他動 提高、提升

たがやす **[耕す]** ③ 他動 耕種

たから **[宝]** ③ 名 寶物、貴重物品

だから ① 接續 因此、所以

たき **[滝]** ⓪ 名 瀑布、急流

たく **[宅]** ⓪ 名 家、住宅

たく **[炊く]** ⓪ 他動 煮（飯）

たく **[焚く]** ⓪ 他動 燒、焚

だく **[抱く]** ⓪ 他動 懷抱、抱持著

たくさん ③ 名 ナ形 足夠

　　　　③⓪ 副 許多、很多

タクシー ① 名 計程車

たくましい ④ イ形 堅毅不拔的、蓬勃的、旺盛的

たくみ **[匠 / 巧み]** ⓪① 名 工匠、技巧、技術

たくわえる **[蓄える]** ④③ 他動 貯蓄、貯備

たけ **[竹]** ⓪ 名 竹子

だけど ① 接續 可是、不過

たしか ① 副 （表示不太確定，印象中）好像、
應該、大概

たしか **[確か]** ① ナ形 確實、確定、可靠

たしかめる **[確かめる]** ④ 他動 確認

たしょう **[多少]** ⓪ 名 多少

　　　　⓪ 副 稍微、一些

たす **[足す]** ⓪ 他動 加

だす **[出す]** ① 他動 拿出、伸出、發表、開設、出現、付錢、交出

～だす 補動 （前接動詞ます形）開始～、～起來

たすかる **[助かる]** ③ 自動 得救、脫險、得到幫助

たすける **[助ける]** ③ 他動 救、幫忙、促進

たずねる **[尋ねる]** ③ 他動 問、打聽、尋找

たずねる **[訪ねる]** ③ 他動 拜訪

ただ ① 名 免費、普通、平常

ただ **[只 / 唯]** ① 副 只是、唯一

ただいま。 （外出回來時說的）我回來了。

たたかい **[戦い]** ⓪ 名 戰鬥、比賽

たたかう **[戦う]** ⓪ 自動 戰鬥、戰爭、競賽

たたく **[叩く]** ② 他動 敲、詢問、攻擊

ただし **[但し]** ① 接續 不過

ただしい **[正しい]** ③ イ形 正確的、標準的

ただちに **[直ちに]** ① 副 立即、直接

たたみ **[畳]** ⓪ 名 榻榻米

たたむ **[畳む]** ⓪ 他動 折疊

～たち **[～達]** 接尾 （前接名詞、代名詞，表複數）～們

たちあう **[立（ち）会う]** ⓪③ 自動 到場、在場、會同

たちあがる **[立（ち）上がる]** ⓪④ 自動 站起來、振作、冒（煙）

たちいり [立（ち）入り] ⓪ 名 進入

たちいる [立（ち）入る] ⓪③ 自動 進入、干預、干涉、深入

たちきる [立（ち）切る] ③⓪ 他動 割斷、切斷、斷絕、截斷

たちつくす [立（ち）尽（く）す] ④⓪ 自動 始終站著、站到最後

たちどまる [立（ち）止（ま）る] ⓪④ 自動 停下腳步、停住、站住

たちば [立場] ①③ 名 立場

たちまち ⓪ 副 突然、一下子

たつ [立つ] ① 自動 站、離開、起、生、冒

たつ [建つ] ① 自動 蓋、建

たつ [発つ] ① 自動 出發、離開

たつ [経つ] ① 自動 （時間）過去、流逝、經過

たっする [達する] ⓪③ 自他動 到達、傳達、接近、達成

だっせん [脱線] ⓪ 名 （電車等）脫軌、（言行）反常、離題

たった [唯] ⓪ 副 （「ただ」的轉音）只、僅

だって ① 接續 （反駁對方時）因為、可是

たっぷり ③ 副 充滿、足夠、寬大

たて [縦] ① 名 長、縱

〜だて [〜建て] 接尾 （前接建築物的構造或樓層）〜的建築

たてもの **[建物]** ②③ 名 建築物

たてる **[立てる]** ② 他動 豎起、冒、作聲、制定

たてる **[建てる]** ② 他動 建造、建立

だとう **[妥当]** ⓪ 名 ナ形 妥當、妥善、適合

たとえ ⓪② 副 （後接「～とも」、「～ても」、「～たって」）即使、哪怕、儘管

たとえば **[例えば]** ② 副 例如、比如

たとえる **[例える]** ③ 他動 以～為例、比方

たどる **[辿る]** ②⓪ 他動 邊摸索邊走、跟著～走

たな **[棚]** ⓪ 名 書架、書櫃

たに **[谷]** ② 名 山谷、溪谷

たにん **[他人]** ⓪ 名 其他人、別人

たね **[種]** ① 名 種籽、種類、品種、原因

たのしい **[楽しい]** ③ イ形 愉快的、開心的

たのしみ **[楽しみ]** ③④ 名 ナ形 樂趣、滿心期待

たのしむ **[楽しむ]** ③ 自他動 享受、期待

たのみ **[頼み]** ③① 名 請託

たのむ **[頼む]** ② 他動 拜託、請求

たのもしい **[頼もしい]** ④ イ形 可靠的、備受期待的、富裕的

たば **[束]** ① 名 （指捆在一起的東西）捆、把

たばこ ⓪ 名 香菸

たび **[足袋]** ① 名 （日式）白色布襪

たび **[度]** ② 名 次、每次、次數

たび **[旅]** ② 名 旅行

~たび **[~度]** 接尾 ～次、～回

たびたび ⓪ 副 好幾次

ダブる ② 自動 重疊

たぶん **[多分]** ⓪ 名 ナ形 很多、大部分

　　　　　① 副 應該、可能

たべもの **[食べ物]** ③② 名 食物

たべる **[食べる]** ② 他動 吃

たま **[玉／球]** ② 名 圓形物、（淚）滴、球、燈泡

たま **[弾]** ② 名 子彈

たま **[偶]** ⓪ 名 ナ形 碰巧、剛好、難得

たまご **[卵／玉子]** ②⓪ 名 （鳥、魚、蟲）卵、雞蛋、將來會有成就有待栽培的人

だます ② 他動 欺騙

たまたま **[偶々]** ⓪ 副 偶然、有時、碰巧

たまに 連語 偶爾、難得

たまらない 連語 受不了、～（得）不得了

たまる **[溜まる]** ⓪ 自動 堆積

だまる **[黙る]** ② 自動 沉默

ダム ① 名 水庫、水壩

ため **[為]** ② 名 有效、有利、為了、由於

だめ **[駄目]** ② 名 ナ形 不行、不可能、沒用、壞掉了

ためいき **[溜息]** ③ 名 嘆息

ためし **[試し]** ③ 名 試、嘗試

ためす **[試す]** ② 他動 嘗試、測試

ためらう ③ 自動 躊躇、猶豫

ためる **[溜める]** ⓪ 他動 積、聚集

たより **[便り]** ① 名 信、音訊、消息

たよる **[頼る]** ② 自他動 依靠、拄（柺杖）

～だらけ 接尾 （前接名詞）全是～、沾滿～

だらしない ④ イ形 雜亂的、邋遢的

たりる **[足りる]** ⓪ 自動 足夠、值得

たる **[足る]** ⓪ 自動 滿足、足夠、足以

だれ **[誰]** ① 代 誰

だれか **[誰か]** 連語 （指不特定的某人）誰、哪個人

たん～ **[短～]** 接頭 短～

だん **[段]** ① 名 台階、段落

～だん **[～団]** 接尾 ～團

たんい **[単位]** ① 名 單位、學分

だんかい **[段階]** ⓪ 名 階段、等級

たんき **[短期]** ① 名 短期

たんご **[単語]** ⓪ 名 單字

たんこう **[炭鉱]** ⓪ 名 煤礦

だんし **[男子]** ① 名 男子、男子漢

たんじゅん **[単純]** ⓪ 名 ナ形 單純

たんしょ **[短所]** ① 名 缺點

たんじょう **[誕生]** ⓪ 名 出生、產生、出現

たんす ⓪ 名 衣櫥、櫥櫃

ダンス ① 名 舞蹈

たんすい **[淡水]** ⓪ 名 淡水

だんすい **[断水]** ⓪ 名 停水

たんすう **[単数]** ③ 名 單數

だんせい **[男性]** ⓪ 名 男性

だんたい **[団体]** ⓪ 名 團體、集團

だんだん **[段段]** ① 名 台階、樓梯

③ ⓪ 副 逐漸、漸漸

だんち **[団地]** ⓪ 名 （新興）住宅區、（新興）工業區

だんてい **[断定]** ⓪ 名 斷定

たんとう **[担当]** ⓪ 名 負責

たんなる **[単なる]** ① 連體 僅、只是

たんに **[単に]** ① 副 （後面常和「だけ」或「のみ」一起使用）只不過是～（而已）

たんぺん **[短編]** ⓪ 名 短篇（小説或詩歌）

だんぼう **[暖房]** ⓪ 名 暖氣

随堂測験

（1）次の言葉の正しい読み方を一つ選びなさい。

（　）① 蓄える
    1. たくわえる　　　　2. たかわえる
    3. たしなえる　　　　4. たまなえる

（　）② 便り
    1. たより　　　　　　2. たいり
    3. たんり　　　　　　4. たかり

（　）③ 耕す
    1. たがます　　　　　2. たがやす
    3. たがなす　　　　　4. たがわす

（2）次の言葉の正しい漢字を一つ選びなさい。

（　）④ たたく
    1. 畳く　　　　　　　2. 倒く
    3. 叩く　　　　　　　4. 頼く

（　）⑤ たしょう
    1. 加減　　　　　　　2. 大小
    3. 多少　　　　　　　4. 太少

（　）⑥ だいどころ
    1. 台所　　　　　　　2. 台厨
    3. 台処　　　　　　　4. 台場

解答

（1） ① 1　② 1　③ 2
（2） ④ 3　⑤ 3　⑥ 1

ち・チ

ち [血] ◎ 名 血、血緣

ち [地] ① 名 地面、土地、地方

ちい [地位] ① 名 地位

ちいき [地域] ① 名 地域

ちいさい [小さい] ③ イ形 小的、不重要的

ちいさな [小さな] ① 連體 小

チーズ ① 名 起司

チーム ① 名 團隊、團體

ちえ [知恵] ② 名 智慧

チェック ① 名 確認

ちか [地下] ①② 名 地下

ちかい [近い] ② イ形 近的

ちがい [違い] ◎ 名 不同、差別

ちがいない [違いない] 連語 一定

ちかう [誓う] ◎② 他動 發誓

ちがう [違う] ② 自動 不同、不是、背對

ちかく [近く] ②① 名 附近、接近

　　　　　　　②① 副 不久、最近、快要、幾乎

ちかごろ [近頃] ② 名 近來、這些日子

ちかすい [地下水] ② 名 地下水

ちかぢか [近々] ②◎ 副 近期內、不久

ちかづく [近付く] ③◎ 自動 靠近、接近、親近、相似

ちかづける **[近付ける]** ④⓪ 他動 靠近、讓～靠近

ちかてつ **[地下鉄]** ⓪ 名 地下鐵、捷運

ちかよる **[近寄る]** ③⓪ 自動 靠近

ちから **[力]** ③ 名 力量

ちからづよい **[力強い]** ⑤ イ形 堅強的、強而有力的、自信滿滿的

ちきゅう **[地球]** ⓪ 名 地球

ちぎる ② 他動 撕碎、摘下

ちく **[地区]** ①② 名 地區

ちこく **[遅刻]** ⓪ 名 遲到

ちじ **[知事]** ① 名 （日本都道府縣之首長）知事

ちしき **[知識]** ① 名 知識、見識、認識

ちしつ **[地質]** ⓪ 名 地質

ちじん **[知人]** ⓪ 名 熟人、朋友

ちず **[地図]** ① 名 地圖

ちたい **[地帯]** ① 名 地帶

ちち **[父]** ②① 名 父親

ちちおや **[父親]** ⓪ 名 父親

ちぢまる **[縮まる]** ⓪ 自動 縮短

ちぢむ **[縮む]** ⓪ 自動 縮短、收縮

ちぢめる **[縮める]** ⓪ 他動 縮小、縮短

ちぢれる **[縮れる]** ⓪ 自動 巻起來、翹起來、起皺褶

ちっとも ③ 副 （後接否定）一點也（不）～、完全（不）～

チップ ① 名 小費

ちてん **[地点]** ①⓪ 名 地點、位置

ちのう **[知能]** ① 名 智能、智力

ちへいせん **[地平線]** ⓪ 名 地平線

ちほう **[地方]** ②① 名 地方

ちめい **[地名]** ⓪ 名 地名

ちゃ **[茶]** ⓪ 名 茶

ちゃいろ **[茶色]** ⓪ 名 咖啡色、棕色

ちゃいろい **[茶色い]** ⓪ イ形 咖啡色的、棕色的

～ちゃく **[～着]** 接尾 抵達～、（順序、名次）第～、第～名

ちゃくちゃく **[着々]** ⓪ 副 穩穩地、順利地

ちゃわん **[茶碗]** ⓪ 名 （陶瓷製的）碗、飯碗

～ちゃん 接尾 （接在人名之後，用於熟人之間）小～

チャンス ① 名 機會、時機

ちゃんと ⓪ 副 確實、完全

チャンネル ⓪① 名 （電視、廣播）頻道

ちゅう **[中]** ① 名 （程度）中等、中庸

ちゅう **[注]** ⓪ 名 注釋、注解

～ちゅう **[～中]** 接尾 ～當中、正在～

ちゅうい **[注意]** ① 名 注意、留意、規勸、忠告

ちゅうおう **[中央]** ③⓪ 名 中央

ちゅうがく **[中学]** ① 名 （「中学校」的簡稱）國中

ちゅうかん **[中間]** ⓪ 名 中間

ちゅうこ **[中古]** ⓪ 名 中古貨、二手貨

ちゅうし **[中止]** ⓪ 名 中止

ちゅうしゃ **[注射]** ⓪ 名 注射、專注

ちゅうしゃ **[駐車]** ⓪ 名 停車

ちゅうじゅん **[中旬]** ⓪ 名 中旬

ちゅうしょう **[抽象]** ⓪ 名 抽象

ちゅうしょく **[昼食]** ⓪ 名 午餐

ちゅうしん **[中心]** ⓪ 名 中心、中央

ちゅうせい **[中世]** ① 名 中世

ちゅうせい **[中性]** ⓪ 名 中性

ちゅうと **[中途]** ⓪ 名 中途、途中

ちゅうねん **[中年]** ⓪ 名 中年

ちゅうもく **[注目]** ⓪ 名 注目、注視

ちゅうもん **[注文]** ⓪ 名 訂購

ちょう〜 **[長〜]** 接頭 （長輩、長度）長〜

〜ちょう **[〜庁]** 接尾 （行政機關之官廳）〜廳

〜ちょう **[〜兆]** 接尾 （數量單位）〜兆

〜ちょう **[〜町]** 接尾 （日本行政單位）〜街、〜鎮

〜ちょう **[〜長]** 接尾 （職銜）〜長

〜ちょう **[〜帳]** 接尾 （書本）〜簿、〜本

ちょうか **[超過]** ⓪ 名 超過

ちょうかん **[朝刊]** ⓪ 名 日報、早報

ちょうき **[長期]** ① 名 長期

ちょうこく **[彫刻]** ⓪ 名 雕刻

ちょうさ **[調査]** ① 名 調査

ちょうし **[調子]** ⓪ 名 情況、狀況

ちょうしょ **[長所]** ① 名 長處、優點

ちょうじょ **[長女]** ① 名 長女

ちょうじょう **[頂上]** ③ 名 山頂、頂點、頂峰

ちょうしんき **[聴診器]** ③ 名 聽診器

ちょうせい **[調整]** ⓪ 名 調整

ちょうせつ **[調節]** ⓪ 名 調節、調整

ちょうせん **[挑戦]** ⓪ 名 挑戰

ちょうだい ③⓪ 名 收下、給我

～ちょうだい 補動 （前接動詞て形）（同「下<ruby>さ<rt>くだ</rt></ruby>い」）請

ちょうたん **[長短]** ① 名 長短、優缺點、盈虧、長度

ちょうてい **[調停]** ⓪ 名 調停

ちょうてん **[頂点]** ① 名 頂點、極限

ちょうど ⓪ 副 正好、恰好、恰似

ちょうなん **[長男]** ①③ 名 長男

ちょうふく **[重複]** ⓪ 名 重複

ちょうへん **[長編]** ⓪ 名 長篇（小說）

ちょうほう **[重宝]** ⓪① 名 重要的寶物

ちょうほうけい **[長方形]** ③⓪ 名 長方形

ちょうみりょう **[調味料]** ③ 名 調味料

～ちょうめ **[～丁目]** 接尾 （日本區劃街道的單位）～街

ちょうり **[調理]** ① 名 調理、料理

ちょうわ **[調和]** ⓪ 名 調和

チョーク ① 名 粉筆

ちょきん **[貯金]** ⓪ 名 存款

ちょくご **[直後]** ①⓪ 名 ～之後不久、正後方

ちょくせつ **[直接]** ⓪ 名 副 直接

ちょくせん **[直線]** ⓪ 名 直線

ちょくぜん **[直前]** ⓪ 名 ～前不久、正前方

ちょくちょく ① 副 時常、常常

ちょくつう **[直通]** ⓪ 名 直通、直達

ちょくめん **[直面]** ⓪ 名 面對

ちょくりゅう **[直流]** ⓪ 名 （電流）直流

ちょしゃ **[著者]** ① 名 作者、筆者

ちょしょ **[著書]** ① 名 著作

ちょぞう **[貯蔵]** ⓪ 名 貯藏、貯存

ちょちく **[貯蓄]** ⓪ 名 儲蓄

ちょっかく **[直角]** ⓪ 名 ナ形 直角

ちょっかん **[直感]** ⓪ 名 直覺

ちょっけい **[直径]** ⓪ 名 （圓、橢圓的）直徑

ちょっと ①⓪ 副 一點點、一下下
　　　　　 ① 感 （叫住對方時）喂

ちょめい **[著名]** ⓪ 名 ナ形 著名、有名

ちらかす **[散らかす]** ⓪ 他動 （把東西弄得）散落一地、亂七八糟

ちらかる **[散らかる]** ⓪ 自動 （東西）散落一地、亂七八糟

ちらす **[散らす]** ⓪ 他動 散落、飄落、落下、（精神）渙散

ちり **[地理]** ① 名 地理

ちりがみ **[塵紙]** ⓪ 名 衛生紙

ちりょう **[治療]** ⓪ 名 治療

ちる **[散る]** ⓪ 自動 凋零、散落

隨堂測驗

（1）次の言葉の正しい読み方を一つ選びなさい。

（ ）① 著名
　　　　1. ちゃめい　　　　2. ちゅめい
　　　　3. ちょめい　　　　4. しょめい

（ ）② 調味料
　　　　1. ちゃうみりょう　　2. ちょうみりん
　　　　3. ちょうみりょう　　4. ちゃうみりん

（ ）③ 中年
　　　　1. ちょうねん　　　　2. ちょうどし
　　　　3. ちゅうねん　　　　4. ちゅうどし

（2）次の言葉の正しい漢字を一つ選びなさい。

あ行

（　）④　ちょうしょ
　　　　1.長処　　　　　　　2.長所
　　　　3.長点　　　　　　　4.長署

か行

（　）⑤　ちじん
　　　　1.熟仁　　　　　　　2.熟人
　　　　3.知仁　　　　　　　4.知人

さ行

（　）⑥　ちゃわん
　　　　1.茶碗　　　　　　　2.茶椀
　　　　3.飯碗　　　　　　　4.飯椀

た行

解答 --

（1）①3 ②3 ③3
（2）④2 ⑤4 ⑥1

な行

は行

ま行

や行

ら行

わ行

つ・ツ

つい ① 副 不知不覺、無意中、（表距離或時間離得很近）方才、剛剛

ついか [追加] ⓪ 名 追加

ついたち [一日] ④ 名 一號、一日、元旦

ついに [遂に] ① 副 好不容易、終於、（後接否定）終究還是（沒）～

～（に）ついて 連語 關於～、每～

ついで [序で] ⓪ 名 順便、有機會、順序

ついでに [序でに] ⓪ 副 順便、就便

～つう [～通] 接尾 （書信或文件）～封、～件、精通～

つうか [通過] ⓪ 名 通過、經過

つうか [通貨] ① 名 （流通的）貨幣

つうがく [通学] ⓪ 名 通學

つうきん [通勤] ⓪ 名 通勤

つうこう [通行] ⓪ 名 通行、通用

つうじょう [通常] ⓪ 名 通常、平常、普通

つうじる／つうずる [通じる／通ずる] ⓪／⓪ 自他動 通往、理解、通用、精通

つうしん [通信] ⓪ 名 通信、通訊

つうち [通知] ⓪ 名 通知

つうちょう [通帳] ⓪ 名 存摺、帳本

つうやく **[通訳]** ① 名 口譯

つうよう **[通用]** ⓪ 名 通用、通行

つうろ **[通路]** ① 名 通路、通道

～づかい **[～遣い]** 接尾 派去的人、出去辦事、幫人跑腿

つかう **[使う]** ⓪ 他動 使用、耍（手段）、動（腦筋）、花費（時間或金錢）、使喚

つかまえる **[捕まえる]** ⓪ 他動 捕捉、抓住

つかまる **[捕まる]** ⓪ 自動 被逮捕、被抓住

つかむ **[掴む]** ② 他動 抓住

つかれ **[疲れ]** ③ 名 疲勞、疲倦

つかれる **[疲れる]** ③ 自動 疲勞、疲乏、變舊

つき **[月]** ② 名 月份、月亮

つき **[付き / 就き]** 接助 關於、因為、附屬、每

～つき **[～付き]** 接尾 樣子、附帶

つぎ **[次]** ② 名 下一個、僅次於

つきあい **[付（き）合い]** ③⓪ 名 交往、陪同

つきあう **[付（き）合う]** ③ 自動 交往、陪同

つきあたり **[突（き）当（た）り]** ⓪ 名 盡頭

つきあたる **[突（き）当（た）る]** ④ 自動 撞上、衝突、到盡頭、碰到

つぎつぎ / つぎつぎに **[次々 / 次々に]** ② / ② 副 接二連三、陸續

つきひ **[月日]** ② 名 日月、時光、歲月

つく **[付く]** 1 2 　自動　 黏上、染上、增添、附加

つく **[着く]** 1 2 　自動　 到、抵達、碰、就坐

つく **[就く]** 1 2 　自動　 就、從事、師事、跟隨

つく **[点く]** 1 2 　自動　 點燃、開（燈）

つく **[突く]** 0 1 　他動　 戳、刺、敲（鐘）、刺激

つぐ **[次ぐ]** 0 　自動　 緊接著、僅次於

つぐ **[注ぐ]** 0 2 　他動　 倒入、斟

つくえ **[机]** 0 　名　 書桌、辦公桌

つくる **[作る / 造る]** 2 　他動　 做、作、製造、建造

つける **[付ける]** 2 　他動　 沾上、黏上、（車、船）
靠、安裝、附加

つける **[着ける]** 2 　他動　 就、入席、穿、安裝

つける **[点ける]** 2 　他動　 點燃、開（燈）

つける **[浸ける]** 0 　他動　 浸泡

つける **[漬ける]** 0 　他動　 醃漬

つげる **[告げる]** 0 　他動　 告訴、通知、宣告、報告

つごう **[都合]** 0 　名　 方便、緣故、安排

つたえる **[伝える]** 0 　他動　 傳、傳達、轉告、傳授

つたない **[拙い]** 3 　イ形　 拙劣的、不高明的

つたわる **[伝わる]** 0 　自動　 傳入、流傳、傳導、沿著

つち **[土]** 2 　名　 泥土、土壤

つづき **[続き]** 0 　名　 續篇、連續

つづく **[続く]** 0 　自動　 連續、持續、連接、跟著

～つづく **[～続く]** 　補動　 （前接動詞ます形）繼續～

つづける **[続ける]** ⓪ 他動 繼續、連續

〜つづける **[〜続ける]** 補動 （前接動詞ます形）連續、持續

つっこむ **[突っ込む]** ③ 自他動 衝進、戳入、插進、深究、干涉

つつみ **[包み]** ③ 名 包裹、包袱

つつむ **[包む]** ② 他動 包、包圍、包含、隱藏

つとめ **[勤め / 務め]** ③ 名 任務、義務、工作

つとめる **[勤める / 務める]** ③ 自他動 工作、擔任

つとめる **[努める]** ③ 自他動 努力

つな **[綱]** ② 名 繩索

つながり **[繋がり]** ⓪ 名 關係、關連、血緣關係

つながる **[繋がる]** ⓪ 自動 連繫、連接、連成一串、有關係

つなぐ **[繋ぐ]** ⓪ 他動 繫住、維繫

つなげる **[繋げる]** ⓪ 他動 串連、連接

つねに **[常に]** ① 副 常常、總是

つばさ **[翼]** ⓪ 名 翅膀

つぶ **[粒]** ① 名 顆粒

つぶす **[潰す]** ⓪ 他動 毀掉、弄壞、搞垮、取消、丟（臉）、失（面子）

つぶれる **[潰れる]** ⓪ 自動 壓壞、垮、落空、浪費、變鈍

〜っぽい 接尾 （表示某種傾向很突出）愛〜、好〜、容易〜

つま **[妻]** ① 名 妻子

つまずく ⓪③ 自動 被踤倒、敗在〜

つまらない 連語 無聊的、倒霉的

つまり ③ 名 盡頭、極點、結尾

　　　　① 副 也就是、總之

つまる **[詰まる]** ② 自動 塞滿、堵住、為難、縮短、緊迫

つみ **[罪]** ① 名 罪

　　　① ナ形 冷酷無情

つみかさなる **[積（み）重なる]** ⑤ 自動 堆積、累積

つむ **[積む]** ⓪ 他動 堆積、累積

つめ **[爪]** ⓪ 名 爪子、指甲、趾甲

つめたい **[冷たい]** ⓪③ イ形 冷淡的、無情的

つめる **[詰める]** ② 自他動 裝滿、填、擠、憋、節省、值勤、集中

つもり ⓪ 名 打算、估計、當作

つもる **[積もる]** ②⓪ 自動 堆積、累積

つや **[艶]** ⓪ 名 光澤、（聲音）有魅力、趣味、風流韻事

つゆ **[梅雨]** ⓪ 名 梅雨

つよい **[強い]** ② イ形 強的、強壯的、堅強的、擅長

つよき **[強気]** ⓪ 名 ナ形 剛強、強硬、（行情）看漲

つらい **[辛い]** ⓪② イ形 辛苦的、辛酸的、痛苦的、難過的

~づらい **[~辛い]** 接尾 難以~、不便~

つり **[釣り]** ⓪ 名 釣魚

⓪ 名 （「釣り銭」的簡稱）找回的錢

つりあう **[釣り合う]** ③ 自動 平衡、均衡、諧調

つる **[釣る]** ⓪ 他動 釣（魚）、捕捉（蜻蜓）、引誘、勾引

つる **[吊る]** ⓪ 他動 吊、掛、抽筋、緊繃

つるす **[吊るす]** ⓪ 他動 吊、懸、掛

つれ **[連れ]** ⓪ 名 同伴、伙伴

つれる **[連れる]** ⓪ 他動 帶領、帶著

つれる **[釣れる]** ⓪ 自動 （魚）上鉤、容易釣

隨堂測驗

（1）次の言葉の正しい読み方を一つ選びなさい。

（　）① 一日
1. ついひ 　　　　　2. ついじつ
3. ついたち 　　　　4. ついにち

（　）② ~辛い
1. ~つよい 　　　　2. ~づよい
3. ~つらい 　　　　4. ~づらい

（　）③ 疲れる
1. つかれる 　　　　2. つわれる
3. つまれる 　　　　4. つたれる

(2) 次の言葉の正しい漢字を一つ選びなさい。

( ) ④ つうしん
　　　1.通心　　　　　　　　2.通知
　　　3.通信　　　　　　　　4.通親

( ) ⑤ つうか
　　　1.流価　　　　　　　　2.流貨
　　　3.通価　　　　　　　　4.通貨

( ) ⑥ つぎつぎに
　　　1.連々に　　　　　　　2.付々に
　　　3.接々に　　　　　　　4.次々に

----

(1) ①3 ②4 ③1
(2) ④3 ⑤4 ⑥4

て **[手]** ① 名 手

で ① 接續 那麼、然後

であい **[出会い / 出合い]** ⓪ 名 邂逅、相遇、交往

であう **[出会う / 出合う]** ② 自動 邂逅、遇見、見到

てあらい **[手洗い]** ② 名 洗手、洗手間

てい～ **[低～]** 接頭 低～

ていあん **[提案]** ⓪ 名 提案

ていいん **[定員]** ⓪ 名 （依規定團體、組織裡的）固定人數

ていか **[定価]** ⓪ 名 定價

ていか **[低下]** ⓪ 名 低下

ていき **[定期]** ① 名 定期

ていきけん **[定期券]** ③ 名 （「定期乗車券」的簡稱）定期車票

ていきゅうび **[定休日]** ③ 名 （店家自訂的）公休日

ていこう **[抵抗]** ⓪ 名 抵抗

ていし **[停止]** ⓪ 名 停止

ていしゃ **[停車]** ⓪ 名 （電車、公車）停車

ていしゅつ **[提出]** ⓪ 名 提出、交出、呈上

ていでん **[停電]** ⓪ 名 停電

ていど **[程度]** ⓪① 名 程度

ていねい **[丁寧]** 1 名 ナ形 禮貌

でいり **[出入り]** 0 1 名 出入

でいりぐち **[出入り口]** 3 名 出入口

ていりゅうじょ **[停留所]** 0 5 名 （公車）停靠站

ていれ **[手入れ]** 3 1 名 潤飾（文章）、加工、
整理（庭院）

データ 1 0 名 資料、數據

デート 1 名 日期、約會

テープ 1 名 錄音帶、錄影帶、帶子

テーブル 0 名 桌子、餐桌、一覽表

テープレコーダー 5 名 錄音機

テーマ 1 名 主題

でかける **[出掛ける]** 0 自動 外出、出去

てがみ **[手紙]** 0 名 信

てき **[敵]** 0 名 敵人、對手

～てき **[～的]** 接尾 （性質或狀態）～性

できあがり **[出来上（が）り]** 0 名 完成

できあがる **[出来上（が）る]** 0 4 自動 完成

てきかく **[的確 / 適確]** 0 ナ形 確切

できごと **[出来事]** 2 名 事件

テキスト 1 2 名 教科書

てきする **[適する]** 3 自動 適用、適合、符合

てきせつ **[適切]** 0 名 ナ形 適當

てきど **[適度]** 1 名 ナ形 適度、適當

てきとう **[適当]** ⓪ 名 ナ形 適當、適合

てきよう **[適用]** ⓪ 名 適用

できる ② 自動 （表能力）可以、能、會

できるだけ 連語 盡可能、盡量

できれば 連語 可能的話

でぐち **[出口]** ① 名 出口

てくび **[手首]** ① 名 手腕

でこぼこ **[凸凹]** ⓪ 名 ナ形 凹凸不平、不平衡

デザート ② 名 甜點

デザイン ② 名 設計

でし **[弟子]** ② 名 徒弟

てじな **[手品]** ① 名 （變）魔術、（耍）把戲

ですから ① 接續 所以

テスト ① 名 測試、考試

でたらめ ⓪ 名 ナ形 胡說八道、胡鬧、荒唐

てちょう **[手帳]** ⓪ 名 記事本

てつ **[鉄]** ⓪ 名 鐵

てつがく **[哲学]** ②⓪ 名 哲學

てっきょう **[鉄橋]** ⓪ 名 鐵橋

てつだい **[手伝い]** ③ 名 幫忙

てつだう **[手伝う]** ③ 他動 幫忙

てつづき **[手続き]** ② 名 手續、程序

てってい **[徹底]** ⓪ 名 徹底

てつどう **[鉄道]** ⓪ 名 鐵道

てっぽう **[鉄砲]** ⓪ 名 鐵砲、大砲

てつや **[徹夜]** ⓪ 名 熬夜

テニス ① 名 網球

テニスコート ④ 名 網球場

てぬぐい **[手拭い]** ⓪ 名 小毛巾

では ① 接續 那麼

では、また。 那麼，再見。

デパート ② 名 百貨公司

てぶくろ **[手袋]** ② 名 手套

てほん **[手本]** ② 範本、模範

てま **[手間]** ② 名 （工作所需的）時間、工夫

てまえ **[手前]** ⓪ 名 眼前、本領

でむかえ **[出迎え]** ⓪ 名 迎接

でむかえる **[出迎える]** ⓪④ 他動 迎接

でも ① 接續 但是

デモ ① 名 （「デモンストレーション」的簡稱）
示威（遊行）

てら **[寺]** ②⓪ 名 寺廟

てらす **[照らす]** ⓪② 他動 照耀、依照

てる **[照る]** ① 自動 （日光、月光）照耀、照亮、
晴天

でる **[出る]** ① 自動 出去、出現、刊登

テレビ ① 名 電視

てん **[点]** ⓪ 名 點、分數、標點符號

～てん **[～店]** 接尾 ～店

てんいん **[店員]** ⓪ 名 店員

てんかい **[展開]** ⓪ 名 展開、發展、進展

てんき **[天気]** ① 名 天氣

でんき **[電気]** ① 名 電、電流

でんき **[伝記]** ⓪ 名 傳記

でんきゅう **[電球]** ⓪ 名 電燈泡

てんけい **[典型]** ⓪ 名 典型

てんこう **[天候]** ⓪ 名 天候

でんごん **[伝言]** ⓪ 名 代為傳達

てんさい **[天才]** ⓪ 名 天才

でんし **[電子]** ① 名 電子

でんしゃ **[電車]** ⓪① 名 電車

てんじょう **[天井]** ⓪ 名 天花板

てんすう **[点数]** ③ 名 分數

でんせん **[伝染]** ⓪ 名 傳染

でんせん **[電線]** ⓪ 名 電線

でんたく **[電卓]** ⓪ 名 電子計算機

でんち **[電池]** ① 名 電池

でんちゅう **[電柱]** ⓪ 名 電線桿

てんてき **[点滴]** ⓪ 名 點滴

てんてん **[点々]** ⓪③ 名 （斑斑）點點、虛線
　　　　　　　　　　　 ⓪ 副 點點地、零零落落地

てんてん **[転々]** ⓪ 副 轉來轉去、滾動

テント ① 名 幕簾、帳棚

でんとう **[電灯]** ⓪ 名 電燈

でんとう **[伝統]** ⓪ 名 傳統

てんねん **[天然]** ⓪ 名 天然、自然、天生

てんのう **[天皇]** ③ 名 （日本）天皇

でんぱ **[電波]** ① 名 （手機）收訊、訊號

テンポ ① 名 節奏

でんぽう **[電報]** ⓪ 名 電報

てんらん **[展覧]** ⓪ 名 展覧

てんらんかい **[展覧会]** ③ 名 展覧會

でんりゅう **[電流]** ⓪ 名 電流

でんりょく **[電力]** ①⓪ 名 電力

でんわ **[電話]** ⓪ 名 電話

隨堂測驗

（1）次の言葉の正しい読み方を一つ選びなさい。

（　）① 天才
1. てんさい　　　　　2. てんざい
3. てんさき　　　　　4. てんざき

（　）② 手拭い
1. てぬぐい　　　　　2. てぬくい
3. てふきい　　　　　4. てぶきい

（　）③ 弟子
1. てこ　　　　　　　2. でこ
3. てし　　　　　　　4. でし

（2）次の言葉の正しい漢字を一つ選びなさい。

（ ）④ てらす
   1.輝らす　　　　　　2.灯らす
   3.照らす　　　　　　4.程らす

（ ）⑤ てくび
   1.手身　　　　　　　2.手足
   3.手腕　　　　　　　4.手首

（ ）⑥ ていねい
   1.丁貌　　　　　　　2.叮貌
   3.丁寧　　　　　　　4.叮儀

解答

（1）① 1 ② 1 ③ 4
（2）④ 3 ⑤ 4 ⑥ 3

と・ト

と **[戸]** ⓪ 名 窗戶、門

と 接續 一～就～、要是

～と **[～都]** 接尾 （日本行政單位）～都

ど **[度]** ⓪ 名 尺度、程度、界限

～ど **[～度]** 接尾 （溫度、眼鏡度數等）～度

ドア ① 名 門

とい **[問い]** ⓪ 名 問題、發問

といあわせ **[問（い）合（わ）せ]** ⓪ 名 詢問、
照會

といかえす **[問（い）返す]** ③ 他動 重問、再問、
反問

といかける **[問（い）掛ける]** ④⓪ 他動 問、打
聽、開始問

トイレ ① 名 廁所

とう **[党]** ① 名 黨、政黨

とう **[塔]** ① 名 塔

とう **[問う]** ⓪① 他動 問、打聽、追究（責任）

～とう **[～頭]** 接尾 （牛、馬等）～頭、～匹

～とう **[～等]** 接尾 （順位、等級）～等、～級

～とう **[～島]** 接尾 ～島

どう ① 副 如何、怎樣

どう **[銅]** ① 名 銅

どう～ [同～] 接頭 （取代前面出現過的用詞）
同～、該～

～どう [～道] 接尾 ～道

とうあん [答案] ⓪ 名 答案、考卷

どういたしまして。 不客氣。

　いいえ、どういたしまして。 不，不客氣。

とういつ [統一] ⓪ 名 統一

どういつ [同一] ⓪ 名 ナ形 相同、平等

どうか ① 副 （務必）請、設法、不對勁、突然

どうかく [同格] ⓪ 名 同規格、同資格

どうぐ [道具] ③ 名 道具、工具、（身體的）部位

とうげ [峠] ③ 名 山頂、顛峰、全盛期

とうけい [統計] ⓪ 名 統計

どうさ [動作] ① 名 動作

とうざい [東西] ① 名 （方向）東西、東洋與西洋

とうさん [倒産] ⓪ 名 破產

とうじ [当時] ① 名 當時、現在

どうし [動詞] ⓪ 名 動詞

どうじ [同時] ⓪① 名 同時、同時代

とうじつ [当日] ⓪① 名 當日、當天

どうして ① 副 如何地、為什麼

　　　　① 感 哎呀、（表強烈否定）哪裡

どうしても ④① 副 無論如何都要～、怎樣都（無
法）～

とうしょ [投書] ⓪ 名 投書、投訴、投稿

とうじょう **[登場]** ⓪ 名 登場

どうせ ⓪ 副 反正、乾脆

とうぜん **[当然]** ⓪ 名 ナ形 副 （理所）當然

どうぞ ① 副 請

どうぞよろしく。 請多多指教。

とうだい **[灯台]** ⓪ 名 燈塔

とうちゃく **[到着]** ⓪ 名 抵達

とうとう ① 副 到頭來、結果還是

どうとく **[道徳]** ⓪ 名 道德

とうなん **[盗難]** ⓪ 名 失竊、遭小偷

どうにも ⓪ 副 （後接否定）不管怎麼也、無論如
何也、的確

とうばん **[当番]** ① 名 值勤、值班

とうひょう **[投票]** ⓪ 名 投票

どうぶつ **[動物]** ⓪ 名 動物

とうぶん **[等分]** ⓪ 名 平分、均分、平均

とうぶん **[当分]** ⓪ 名 暫時、目前

どうほう **[同胞]** ⓪ 名 同胞、兄弟姐妹

とうめい **[透明]** ⓪ 名 ナ形 透明、清澈

どうも ① 副 非常

とうゆ **[灯油]** ⓪ 名 燈油

とうよう **[東洋]** ① 名 東洋

どうよう **[同様]** ⓪ 名 ナ形 同様

どうよう **[童謡]** ⓪ 名 童謠

どうりょう **[同僚]** ⓪ 名 同事

どうろ **[道路]** ① 名 道路

どうわ **[童話]** ⓪ 名 童話

とお **[十]** ① 名 十

とおい **[遠い]** ⓪ イ形 遠的、久遠的、遙遠的

とおか **[十日]** ⓪ 名 十號、十日

とおく **[遠く]** ③ 名 遠處、遠地

　　　　　　⓪ 副 遠遠地、遙遠地

とおす **[通す]** ① 他動 通過、穿越、通（話）

とおり **[通り]** ③ 名 馬路、來往、流通、名聲、響亮

～とおり **[～通り]** 接尾 ～種類、～組、～套、～遍

とおりかかる **[通り掛（か）る]** ⑤⓪ 自動 剛好路過、偶然經過

とおりすぎる **[通り過ぎる]** ⑤ 自動 經過、通過

とおる **[通る]** ① 自動 （車子）經過、通過、穿過、通報、理解

とかい **[都会]** ⓪ 名 都會、都市

とかす **[溶かす]** ② 他動 溶化、溶解

とがる **[尖る]** ② 自動 尖、尖銳、敏銳、敏感

とき **[時]** ② 名 時、時間、時代、時節、時勢、時機、情況

ときどき **[時々]** ②⓪ 名 各個時期（季節）

　　　　　　⓪ 副 有時候、偶爾

どきどき ① 副 （因緊張、害怕或期待而心跳加速）撲通撲通、忐忑不安

とく **[得]** ⓪ 名 利益、好處、有利

とく **[溶く]** ① 他動 溶化、溶解

とく **[解く]** ① 他動 解開、拆開、解除、消除

どく **[退く]** ⓪ 自動 退開、躲開

どく **[毒]** ② 名 毒

とくい **[得意]** ②⓪ 名 ナ形 得意、擅長、老主顧

とくいさき **[得意先]** ⓪ 名 老顧客

とくしゅ **[特殊]** ⓪ 名 ナ形 特殊

どくしょ **[読書]** ① 名 讀書

とくしょく **[特色]** ⓪ 名 特色

どくしん **[独身]** ⓪ 名 單身

とくちょう **[特長]** ⓪ 名 優點、特長

とくちょう **[特徴]** ⓪ 名 特徵、特色

とくてい **[特定]** ⓪ 名 特定

どくとく **[独特]** ⓪ ナ形 獨特

とくに **[特に]** ① 副 特別、尤其

とくばい **[特売]** ⓪ 名 特賣

とくべつ **[特別]** ⓪ ナ形 副 特別、格外、（後接否定）並沒什麼～

どくりつ **[独立]** ⓪ 名 獨立、自立門戶

とげ ② 名 刺

とけい **[時計]** ⓪ 名 鐘錶

とけこむ **[溶（け）込む]** ⓪③ 自動 溶入、融入、融洽

とける **[溶ける]** ② 自動 溶解、溶化

とける **[解ける]** ② 自動 解開、解除

どける **[退ける]** ⓪ 他動 移開、挪開、搬移

どこ ① 代 哪裡、何處

どこか 連語 （表不太確定）好像哪裡、某處

とこのま **[床の間]** ⓪ 名 壁龕

とこや **[床屋]** ⓪ 名 理髮店的俗稱

ところ **[所]** ⓪ 名 地方、場所、時間、程度

～ところ 接尾 （計算場所或客人人數）～處、～位

ところが ③ 接續 可是

ところで ③ 接續 （用於轉換話題時）對了

ところどころ **[所々]** ④ 名 到處

とざん **[登山]** ①⓪ 名 登山

とし **[年]** ② 名 年、一年、年齡、高齡

とし **[都市]** ① 名 都市

としつき **[年月]** ② 名 年月、歲月、時光

としょ **[図書]** ① 名 圖書、書籍

としょかん **[図書館]** ② 名 圖書館

としより **[年寄り]** ③④ 名 上了年紀的人、老人

とじる **[閉じる]** ② 自他動 關、閉

としん **[都心]** ⓪ 名 市中心

とだな **[戸棚]** ⓪ 名 櫥櫃、壁櫥

とたん **[途端]** ⓪ 名 正當～的時候、剛～就～

とち **[土地]** ⓪ 名 土地、當地

とちゅう [**途中**] ⓪ 名 途中、中途、半途

どちら / どっち ①/① 代 哪邊、哪位、哪個

とっきゅう [**特急**] ⓪ 名 火速、特快、（日本電車的）特快車

とっく ⓪ 名 很久以前

とっくに ③ 副 早就

とつぜん [**突然**] ⓪ 副 ナ形 突然

（〜に）とって 連語 對〜而言

どっと ⓪① 副 哄然、忽然（病重、倒下）、擁上

トップ ① 名 首位、第一名、頂峰、頂尖、頭條（新聞）、首腦

とても ⓪ 副 非常

とどく [**届く**] ② 自動 寄到、傳達

とどける [**届ける**] ③ 他動 送交、呈上、呈報、申報

とどけで [**届（け）出**] ③ 名 申請、呈請

ととのう [**整う**] ③ 自動 整齊、齊全

ととのえる [**整える**] ④③ 他動 整理

とどまる [**止まる / 留まる**] ③ 自動 停止、停下

どなた ① 代 （「誰^{だれ}」的敬語）哪位

となり [**隣**] ⓪ 名 隔壁

どなる ② 自動 怒斥、大罵

とにかく ① 副 總之、姑且

どの ① 連體 哪、哪個（都）〜

〜どの [**〜殿**] 接尾 （接在信封中欄人名或職稱後，表敬意）〜先生、〜小姐

とばす **[飛ばす]** ⓪ 他動 疾駛、跳過、散播（謠言）、開（玩笑）

とびかう **[飛（び）交う]** ③ 自動 飛來飛去

とびこむ **[飛（び）込む]** ③ 自動 跳入、投入

とびだす **[飛（び）出す]** ③ 自動 起飛、衝出去、凸出

とびたつ **[飛（び）立つ]** ③ 自動 飛上天空、飛起、起飛、飛去

とぶ **[飛ぶ / 跳ぶ]** ⓪ 自動 飛、跳

とほ **[徒歩]** ① 名 徒步、步行

とまる **[止まる / 留まる]** ⓪ 自動 停止、斷絕、停留、固定

とまる **[泊まる]** ⓪ 自動 投宿、停泊

とめる **[止める / 留める]** ⓪ 他動 停止、制止、留下、留住、固定住

とめる **[泊める]** ⓪ 他動 留宿、停泊

とも **[友]** ① 名 友人、朋友

ともかく ① 副 總之、姑且不論

ともだち **[友達]** ⓪ 名 朋友

ともなう **[伴う]** ③ 自他動 陪伴、陪同、伴隨、帶～一起去

ともに **[共に]** ⓪① 副 共同、一起

どよう / ど **[土曜 / 土]** ②⓪ / ① 名 星期六

とら **[虎]** ⓪ 名 老虎

ドライブ ② 名 兜風

とらえる [捕らえる] ③ 他動 捕捉

トラック ② 名 卡車、貨車

トラブル ② 名 糾紛、麻煩、故障

ドラマ ① 名 電視連續劇

トランプ ② 名 撲克牌

とり [鳥] ⓪ 名 鳥

とりあげる [取（り）上（げ）る] ⓪④ 他動 拿起、舉起、採納、剝奪

とりあつかい [取（り）扱い] ⓪ 名 處理、操作、接待、待遇

とりあつかう [取（り）扱う] ⓪⑤ 他動 操縱、辦理、對待

とりいれる [取（り）入れる] ④⓪ 他動 收進來、引進

とりかえる [取（り）替える] ⓪④③ 他動 互換、對掉、更換

とりけす [取（り）消す] ⓪③ 他動 收回（說過的話）、取消、撤回、廢除

とりだす [取（り）出す] ③⓪ 他動 取出、拿出、選出

どりょく [努力] ① 名 努力

とる [取る] ① 他動 拿、除去、取得、耗費、賺、攝取、收

とる [採る] ① 他動 採、摘、錄取

とる [捕る] ① 他動 捕、捉

とる [撮る] ① 他動 拍照、攝影

どれ ① 代 哪個、多少

トレーニング ② 名 訓練、練習

ドレス ① 名 （女性的）禮服

とれる **[取れる]** ② 自動 能取、能拿、脫落、消除、能理解

どろ **[泥]** ② 名 泥巴

どろぼう **[泥棒]** ⓪ 名 小偷

トン ① 名 （容積、體積、重量的單位）噸

とんでもない ⑤ イ形 意外的、荒唐的

どんどん ① 副 漸漸、越來越～、陸續

どんな ① ナ形 怎樣

どんなに ① 副 多麼、（後接否定）無論再怎麼～也（無法）～

トンネル ⓪ 名 隧道

どんぶり **[丼]** ⓪ 名 （陶瓷製的）大碗公、蓋飯

隨堂測驗

（1）次の言葉の正しい読み方を一つ選びなさい。

（　）① 特殊
　　　　1. とくしゃ　　　　2. とくじゃ
　　　　3. とくしゅ　　　　4. とくじゅ

（　）② 努力
　　　　1. とりょく　　　　2. どりょく
　　　　3. とりき　　　　　4. どりき

（　）③ 所々
　　　　1. ところところ　　　　2. ところどころ
　　　　3. どころところ　　　　4. どころどころ

（2）次の言葉の正しい漢字を一つ選びなさい。

（　）④ ともなう
　　　　1. 共う　　　　　　　　2. 友う
　　　　3. 伴う　　　　　　　　4. 供う

（　）⑤ どろぼう
　　　　1. 泥防　　　　　　　　2. 泥坊
　　　　3. 泥某　　　　　　　　4. 泥棒

（　）⑥ とがる
　　　　1. 尖る　　　　　　　　2. 敏る
　　　　3. 鋭る　　　　　　　　4. 突る

解答 --

（1） ① 3　② 2　③ 2
（2） ④ 3　⑤ 4　⑥ 1

な・ナ

な **[名]** ⓪ 名 名字、名聲、名義、藉口

ない **[無い]** ① イ形 不、沒有

ない **[内]** ① 名 內、裡面

～ない **[～内]** 接尾 ～裡面、在～內

ないか **[内科]** ⓪ 名 內科

ないせん **[内線]** ⓪ 名 內線、（電話的）分機

ナイフ ① 名 小刀、餐刀

ないぶ **[内部]** ① 名 內部、內幕

ないよう **[内容]** ⓪ 名 內容

ナイロン ① 名 尼龍

なお ① 副 還、再、仍然

　　　 ① 接續 又、再者

なおす **[直す]** ② 他動 修改、修理、恢復、重做

なおす **[治す]** ② 他動 治療

なおる **[直る]** ② 自動 改正過來、修理好、復原、改成

なおる **[治る]** ② 自動 治好、治癒

なか **[中]** ① 名 裡面、當中、中間、中等

なか **[仲]** ① 名 交情、關係

なが～ **[長～]** 接頭 長～、久～

ながい **[長い / 永い]** ② イ形 長久的、長的

ながす [流す] ② 自他動 沖走、倒、使漂浮、撤消、散布

なかなおり [仲直り] ③ 名 和好

なかなか ⓪ ナ形 相當、（後接否定）（不）輕易、怎麼也（不）～

⓪ 副 相當、非常

⓪ 感 是、誠然

なかば [半ば] ③② 名 中央、中途、中間、一半

③② 副 一半、幾乎

ながびく [長引く] ③ 自動 拖長、延遲

なかま [仲間] ③ 名 朋友、同事、同類

なかみ [中身／中味] ② 名 內容、容納的東西

ながめ [眺め] ③ 名 眺望、景色

ながめる [眺める] ③ 他動 眺望、凝視

なかゆび [中指] ② 名 中指

なかよし [仲良し] ② 名 要好、好朋友

ながら 接助 一邊～一邊～、雖然～但是～

ながれ [流れ] ③ 名 流動、河流、趨勢、流派、中止

ながれる [流れる] ③ 自動 流、流動、傳播、趨向

なく [泣く] ⓪ 自動 哭泣、流淚、傷腦筋

なく [鳴く] ⓪ 自他動 叫、鳴

なぐさめる [慰める] ④ 他動 安慰、慰問

なくす [無くす] ⓪ 他動 丟掉、消滅

なくす [亡くす] ⓪ 他動 死去

なくなる **[無くなる]** ⓪ 自動 遺失、盡、消失

なくなる **[亡くなる]** ⓪ 自動 去世

なぐる **[殴る]** ② 他動 毆打

なげる **[投げる]** ② 他動 扔、投、摔、提供

なさる ② 他動 （「する」、「なる」的尊敬語）為、做

～なさる 補動 前接サ變動詞ます形做敬語用，例如「連絡<ruby>なさる<rt>れんらく</rt></ruby>」等

なし **[無し]** ① 名 無、沒有

なす **[為す]** ① 他動 做、為

なぜ ① 副 為什麼、為何

なぜならば ① 接續 因為

なぞ **[謎]** ⓪ 名 謎、暗示、莫名其妙

なぞなぞ **[謎謎]** ⓪ 名 謎、謎語

なだらか ② ナ形 坡度平緩、平穩、順利

なつ **[夏]** ② 名 夏天

なつかしい **[懐かしい]** ④ イ形 懷念的、眷戀的

なっとく **[納得]** ⓪ 名 理解、同意

なでる **[撫でる]** ② 他動 撫摸

～など **[～等]** 副助 ～等等、～之類、～什麼的

なな **[七]** ① 名 七、七個、第七

ななつ **[七つ]** ② 名 七、七個、七歲

ななめ **[斜め]** ② 名 ナ形 傾斜、不高興

なに / なん **[何]** ①/① 代 什麼、哪個

なに **[何]** ① 副 什麼（事情）都～

　　　　① 感 （表驚訝、懷疑）什麼、（表否定）沒什麼

なにか **[何か]** 連語 某種、什麼、總覺得、或者

なにしろ ① 副 無論怎樣、總之、因為

なになに **[何々]** ①② 代 什麼什麼、某某

　　　　　① 感 什麼什麼、怎麼

なにぶん **[何分]** ⓪ 名 多少、某些

　　　　　⓪ 副 請、無奈、畢竟

なにも ⓪① 副 什麼也、又何必

　　　連語 一切都～、什麼都～、（後接否定）一點都～

なのか **[七日]** ⓪ 名 七號、七日

なべ **[鍋]** ① 名 鍋子、火鍋

なま **[生]** ① 名 ナ形 生、鮮、自然

なま～ **[生～]** 接頭 不成熟、不充分、有點

なまいき **[生意気]** ⓪ 名 ナ形 傲慢、狂妄

なまえ **[名前]** ⓪ 名 名字、名氣、名義

なまける **[怠ける]** ③ 他動 懶惰

なみ **[波]** ② 名 波浪、波、浪潮、高低起伏

なみき **[並木]** ⓪ 名 行道樹

なみだ **[涙]** ① 名 眼淚、同情

なやむ **[悩む]** ② 自動 煩惱、感到痛苦

なら **[奈良]** ① 名 （日本地名、姓氏）奈良

ならう **[習う]** ② 他動 學習、練習

ならう **[倣う]** ② 自動 模仿、效法

ならす **[鳴らす]** ⓪ 他動 鳴、出名、嘮叨

ならびに **[並びに]** ⓪ 接續 以及

ならぶ **[並ぶ]** ⓪ 自動 排、並排、擺滿、匹敵

ならべる **[並べる]** ⓪ 他動 排列、擺、列舉、比較

なる **[為る / 成る]** ① 自動 變成、當、達到、經過、有用

なる **[生る]** ① 自動 結果、成熟

なる **[鳴る]** ⓪ 自動 鳴、響、聞名

なるべく ⓪③ 副 盡量

なるほど ⓪ 副 的確、果然、怪不得

　　　　　 ⓪ 感 原來如此、怪不得

なれる **[慣れる]** ② 自動 習慣、熟練

なれる **[馴れる]** ② 自動 親近、混熟

なわ **[縄]** ② 名 繩子

なん～ **[何～]** 接頭 若干、幾

なんかい **[難解]** ⓪ 名 ナ形 難懂

なんきょく **[南極]** ⓪ 名 南極

なんだい **[難題]** ⓪ 名 難題

～なんて 副助 所說的、～之類的、表感到意外

なんで **[何で]** ① 副 什麼、為什麼

なんでも **[何でも]** ⓪① 副 不管什麼、無論如何、多半是

　　　　　　　 連語 一切、全部

なんとか **[何とか]** ① 副 想辦法、總算

　　　　　　　　　連語 某某、這個那個

なんとなく ④ 副 不由得、無意中

なんとも ⓪① 副 怎麼也、無關緊要、真的

ナンバー ① 名 數字、號碼牌、牌照、期、曲目

なんべい **[南米]** ⓪ 名 南美（洲）

なんぼく **[南北]** ① 名 南方和北方

隨堂測驗

（1）次の言葉の正しい読み方を一つ選びなさい。

（　）① 縄
　　　　1. ない　　　　　　2. なわ
　　　　3. なみ　　　　　　4. なす

（　）② 怠ける
　　　　1. なたける　　　　2. なきける
　　　　3. なわける　　　　4. なまける

（　）③ 慰める
　　　　1. ながさめる　　　2. なぐさめる
　　　　3. なぎさめる　　　4. なごさめる

（2）次の言葉の正しい漢字を一つ選びなさい。

（　）④ なかなおり
　　　　1. 和直り　　　　　2. 中直り
　　　　3. 和直り　　　　　4. 仲直り

( ) ⑤ なっとく
    1.成得   2.納豆
    3.納得   4.生得

( ) ⑥ ながめ
    1.流め   2.望め
    3.眺め   4.中め

 解 答 --

(1) ① 2　② 4　③ 2
(2) ④ 4　⑤ 3　⑥ 3

あ行

か行

さ行

た行

な行

は行

ま行

や行

ら行

わ行

に・に

に [二] ① 名 二、第二、其次

に [荷] ①⓪ 名 貨物、行李、責任、累贅

にあう [似合う] ② 自動 合適、相稱

にいさん [兄さん] ① 名 「哥哥」親暱的尊敬語、對年輕男性的親切稱呼

にえる [煮える] ⓪ 自動 煮、煮熟、非常氣憤

におい [匂い] ② 名 氣味、香氣、風格、臭味、跡象

におう [匂う] ② 自動 散發香味、發臭、隱約發出

にがい [苦い] ② イ形 苦的、痛苦的、不高興的

にがす [逃がす] ② 他動 放、沒有抓住、錯過

にがて [苦手] ⓪③ 名 ナ形 棘手的（人、事）、不擅長

にぎやか [賑やか] ② ナ形 熱鬧、繁盛、華麗

にぎる [握る] ⓪ 他動 握、抓、掌握

にく [肉] ② 名 肉、肌肉、潤飾

にくい [憎い] ② イ形 憎恨的、漂亮的、令人欽佩的

～にくい [～難い] 接尾 難以～、不好～

にくむ [憎む] ② 他動 憎恨、厭惡

にくらしい [憎らしい] ④ イ形 討厭的、憎恨的、令人羨慕的

にげる [逃げる] ② 自動 逃跑、躲避、甩開

にこにこ ① 副 笑嘻嘻

にごる **[濁る]** ② 自動 渾濁、不清晰、起邪念、混亂、發濁音

にし **[西]** ⓪ 名 西方、西方極樂世界

にじ **[虹]** ⓪ 名 彩虹

にち **[日]** ① 名 日本、星期日

～にち **[～日]** 接尾 ～天、～日、第～天

にちじ **[日時]** ① 名 日期和時間

にちじょう **[日常]** ⓪ 名 日常、平時

にちよう / にち **[日曜 / 日]** ③⓪ / ① 名 星期日

にちようひん **[日用品]** ⓪ 名 日用品

にっか **[日課]** ⓪ 名 每天的習慣或活動

にっき **[日記]** ⓪ 名 日記

にっこう **[日光]** ① 名 陽光

にっこり ③ 副 微微一笑

にっちゅう **[日中]** ⓪ 名 晌午、白天

にってい **[日程]** ⓪ 名 每天的計畫

にっぽん / にほん **[日本]** ③ / ② 名 日本

にぶい **[鈍い]** ② イ形 鈍的、遲鈍的、不強烈的、不清晰的、遲緩的

にもつ **[荷物]** ① 名 貨物、行李、負擔

にゅういん **[入院]** ⓪ 名 住院

にゅうがく **[入学]** ⓪ 名 入學

にゅうしゃ **[入社]** ⓪ 名 進入公司（工作）

にゅうじょう **[入場]** ⓪ 名 入場

ニュース ① 名 消息、新聞、新鮮事

にょうぼう [女房] ① 名 妻子、老婆

にらむ [睨む] ② 他動 盯視、怒目而視、仔細觀察、估計

にる [似る] ⓪ 自動 相似、像

にる [煮る] ⓪ 他動 煮、燉、熬、燜

にわ [庭] ⓪ 名 院子、庭園、場所

にわか [俄] ① ナ形 突然、立刻、暫時

～にん [～人] 接尾 （人數）～名、～個人

にんき [人気] ⓪ 名 聲望、人緣、受歡迎、行情

にんぎょう [人形] ⓪ 名 娃娃、玩偶、傀儡

にんげん [人間] ⓪ 名 人、品格、為人

にんしん [妊娠] ⓪ 名 懷孕

隨堂測驗

（1）次の言葉の正しい読み方を一つ選びなさい。

（　）① 睨む
    1. にまむ　　　　2. にらむ
    3. にこむ　　　　4. にすむ

（　）② 虹
    1. にじ　　　　　2. にぞ
    3. にば　　　　　4. にご

( ) ③ 匂い
  1. におい   2. にあい
  3. にまい   4. にそい

(2) 次の言葉の正しい漢字を一つ選びなさい。

( ) ④ にくらしい
  1.嬉らしい   2.悲らしい
  3.憎らしい   4.悪らしい

( ) ⑤ にごる
  1.煮る   2.濁る
  3.似る   4.握る

( ) ⑥ にってい
  1.日程   2.日定
  3.日画   4.日予

解答 --

(1) ① 2 ② 1 ③ 1
(2) ④ 3 ⑤ 2 ⑥ 1

ぬ・ヌ

ぬう **[縫う]** ① 他動 縫紉、縫合、穿過

ぬく **[抜く]** ⓪ 他動 抽出、超過、去除

ぬぐ **[脱ぐ]** ① 他動 脱掉

ぬける **[抜ける]** ⓪ 自動 脱落、漏掉、退出

ぬすむ **[盗む]** ② 他動 偷竊、抽空

ぬの **[布]** ⓪ 名 布

ぬらす **[濡らす]** ⓪ 他動 浸溼、沾溼

ぬる **[塗る]** ⓪ 他動 塗、擦、擦粉

ぬるい **[温い]** ② イ形 溫的、溫和的

ぬれる **[濡れる]** ⓪ 自動 淋溼、沾溼

隨堂測驗

（1）次の言葉の正しい読み方を一つ選びなさい。

（ ）① 温い
     1. ぬらい   2. ぬるい
     3. ぬろい   4. ぬかい

（ ）② 盗む
     1. ぬさむ   2. ぬすむ
     3. ぬこむ   4. ぬかむ

（ ）③ 布
     1. ぬい   2. ぬの
     3. ぬか   4. ぬも

（2）次の言葉の正しい漢字を一つ選びなさい。

（　）④ ぬく
　　　　1.濡く　　　　　　　　2.脱く
　　　　3.抜く　　　　　　　　4.盗く

（　）⑤ ぬれる
　　　　1.着れる　　　　　　　2.脱れる
　　　　3.濡れる　　　　　　　4.能れる

（　）⑥ ぬる
　　　　1.脱る　　　　　　　　2.塗る
　　　　3.濡る　　　　　　　　4.盗る

解答 --

（1）① 2　② 2　③ 2

（2）④ 3　⑤ 3　⑥ 2

ね・ネ

ね ① 感 呼喚對方或想引起對方注意時的用語

ね **[根]** ① 名 根、根據、根本

ね **[値]** ⓪ 名 價值、價格

ねえ ① 感 （表示請求、同意）喂

ねえさん **[姉さん]** ① 名 「姊姊」親暱的尊敬語、對年輕女性的親切稱呼

ねがい **[願い]** ② 名 願望、請求、申請書

ねがう **[願う]** ② 他動 請求、願望、祈禱

ネクタイ ① 名 領帶

ねこ **[猫]** ① 名 貓

ねじ ① 名 螺絲釘

ねじる ② 他動 扭轉、捻

ねずみ ⓪ 名 老鼠

ねだん **[値段]** ⓪ 名 價格

ねつ **[熱]** ② 名 熱、發燒、熱情

ネックレス ① 名 項鍊

ねっしん **[熱心]** ①③ 名 ナ形 熱心、熱誠

ねっする **[熱する]** ⓪③ 自他動 發熱、加熱、熱衷

ねったい **[熱帯]** ⓪ 名 熱帶

ねっちゅう **[熱中]** ⓪ 名 熱衷、入迷

ねぼう **[寝坊]** ⓪ 名 ナ形 睡懶覺、賴床

ねまき **[寝巻 / 寝間着]** ⓪ 名 睡衣

ねむい [眠い] ⓪② イ形 睏的、想睡覺的

ねむる [眠る] ⓪ 自動 睡覺、安息、閒置

ねらい [狙い] ⓪ 名 瞄準、目標

ねらう [狙う] ⓪ 他動 瞄準、尋找～的機會

ねる [寝る] ⓪ 自動 睡覺、躺

～ねん [～年] 接尾 ～年

ねんかん [年間] ⓪ 名 年代、時期、一年

ねんげつ [年月] ① 名 年月、歲月

ねんじゅう [年中] ① 名 副 全年、一年到頭

～ねんせい [～年生] 接尾 ～年級

ねんだい [年代] ⓪ 名 年代、時代

ねんど [年度] ① 名 年度、屆

ねんれい [年齢] ⓪ 名 年齡

隨堂測驗

(1) 次の言葉の正しい読み方を一つ選びなさい。

( ) ① 年中
    1. ねんじゅう   2. ねんなか
    3. ねんちゅう   4. ねんちょう

( ) ② 熱心
    1. ねつしん   2. ねっしん
    3. ねつごころ   4. ねっこん

( ) ③ 眠る
    1. ねむる   2. ねまる
    3. ねある   4. ねおる

（2）次の言葉の正しい漢字を一つ選びなさい。

( ) ④ ねぼう
    1. 寝頭   2. 寝過
    3. 寝某   4. 寝坊

( ) ⑤ ねらう
    1. 寝う   2. 願う
    3. 定う   4. 狙う

( ) ⑥ ねんれい
    1. 年間   2. 年霊
    3. 年礼   4. 年齢

 解答 --

（1）① 1 ② 2 ③ 1
（2）④ 4 ⑤ 4 ⑥ 4

の・ノ

の **[野]** ① 名 原野、田地、野生

のう **[能]** ⓪① 名 能力、本事、功效

のうか **[農家]** ① 名 農民、農家

のうぎょう **[農業]** ① 名 農業

のうさんぶつ **[農産物]** ③ 名 農產品

のうそん **[農村]** ⓪ 名 農村、郷村

のうど **[濃度]** ① 名 濃度

のうみん **[農民]** ⓪ 名 農民

のうやく **[農薬]** ⓪ 名 農藥

のうりつ **[能率]** ⓪ 名 效率、勞動生產率

のうりょく **[能力]** ① 名 能力

ノート ① 名 筆記、注解、筆記本

のき **[軒]** ⓪ 名 屋簷

のこぎり ③④ 名 鋸

のこす **[残す]** ② 他動 留下、遺留、殘留

のこらず **[残らず]** ②③ 副 全部、一個不剩

のこり **[残り]** ③ 名 剩餘

のこる **[残る]** ② 自動 留下、留傳（後世）、殘留、剩下

のせる **[乗せる]** ⓪ 他動 搭乘

のせる **[載せる]** ⓪ 他動 載運、裝上、放、刊登

のぞく **[覘く]** ⓪ 自他動 露出、窺視、往下望、瞧瞧

のぞく **[除く]** ⓪ 他動 消除、除外

のぞみ **[望み]** ⓪ 名 希望、要求、抱負

のぞむ **[望む]** ⓪② 他動 眺望、期望、要求

のち **[後]** ②⓪ 名 之後、未來、死後

ノック ① 名 敲打、敲門、打（棒球）

のど **[喉]** ① 名 喉嚨、脖子、嗓音

のばす **[伸ばす／延ばす]** ② 他動 留、伸展、延長、拖延

のびる **[伸びる／延びる]** ② 自動 伸長、舒展、擦勻、延長、擴大

のべる **[述べる]** ② 他動 陳述、申訴、闡明

のぼり **[上り]** ⓪ 名 攀登、上坡、上行

のぼる **[上る／昇る／登る]** ⓪ 自動 攀登、上升、高升、達到、被提出

のみもの **[飲（み）物]** ③② 名 飲料

のむ **[飲む]** ① 他動 喝、吃（藥）、吞下去

のり **[糊]** ② 名 漿糊、膠水

のりかえ **[乗（り）換え]** ⓪ 名 轉乘、換乘

のりかえる **[乗（り）換える]** ④③ 自他動 轉乘、倒換、改行

のりこし **[乗（り）越し]** ⓪ 名 坐過站

のりもの **[乗（り）物]** ⓪ 名 交通工具

のる **[乗る]** ⓪ 自動 坐、騎、開、站上、乘勢、上當

のる **[載る]** ⓪ 自動 載、裝、刊登、記載

のろい **[鈍い]** ② イ形 緩慢的、遲鈍的、磨蹭的

のろう **[呪う]** ② 他動 詛咒、懷恨

のろのろ ① 副 慢吞吞地

のんき **[呑気]** ① 名 ナ形 悠閒自在、不慌不忙、不拘小節、漫不經心

のんびり ③ 副 悠閒自在、無拘無束

隨堂測驗

(1) 次の言葉の正しい読み方を一つ選びなさい。

( ) ① 喉
　　1. のぼ　　　　　　2. のど
　　3. のご　　　　　　4. のぞ

( ) ② 鈍い
　　1. のろい　　　　　2. のらい
　　3. のそい　　　　　4. のもい

( ) ③ 軒
　　1. のい　　　　　　2. のと
　　3. のさ　　　　　　4. のき

(2) 次の言葉の正しい漢字を一つ選びなさい。

( ) ④ のぞみ
　　1. 求み　　　　　　2. 願み
　　3. 望み　　　　　　4. 要み

（　）⑤　のうりつ
　　　　1.効率　　　　　　　　2.能率
　　　　3.納率　　　　　　　　4.計率

（　）⑥　のろう
　　　　1.恨う　　　　　　　　2.怨う
　　　　3.呪う　　　　　　　　4.咒う

解答 ---

（1）①2　②1　③4
（2）④3　⑤2　⑥3

は・ハ

は **[歯]** ① 名 牙齒、齒

は **[葉]** ⓪ 名 葉子

は **[派]** ① 名 派別、派系

ば **[場]** ⓪ 名 場所、情況、機會

はあ ① 感 （表回答對）是、（表疑問、反問）啊

ばあい **[場合]** ⓪ 名 場合、情況、時候

パーセント ③ 名 百分率

パーティー ① 名 舞會、聚會、派對

パート ① 名 部分、兼職、兼職人員

はい ① 感 對、是的、是

はい **[灰]** ⓪ 名 灰

～はい **[～杯]** 接尾 ～杯、～碗、～桶

ばい **[倍]** ⓪ 名 倍、加倍

～ばい **[～倍]** 接尾 ～倍

はいいろ **[灰色]** ⓪ 名 灰色、可疑、暗淡

ばいう **[梅雨]** ① 名 梅雨

バイオリン ⓪ 名 小提琴

ハイキング ① 名 郊遊

はいく **[俳句]** ⓪ 名 俳句

はいけん **[拝見]** ⓪ 名 拜讀

はいざら **[灰皿]** ⓪ 名 菸灰缸

はいたつ **[配達]** ⓪ 名 送、投遞

ばいてん **[売店]** ⓪ 名 小賣部、販賣部

バイバイ ① 感 掰掰

ばいばい **[売買]** ① 名 買賣、交易

パイプ ⓪ 名 管、管道、菸斗、管樂器、聯絡 (人)

はいゆう **[俳優]** ⓪ 名 演員

はいる **[入る]** ① 自動 進入、混有、參加、容納、收入

パイロット ③① 名 領航員、飛行員

はう **[這う]** ① 自動 爬、攀緣

はえる **[生える]** ② 自動 生、長

はか **[墓]** ② 名 墳墓

ばか **[馬鹿]** ① 名 ナ形 笨蛋、愚蠢、無聊、異常、失靈

はがき **[葉書]** ⓪ 名 明信片

はがす **[剥がす]** ② 他動 剝下、撕下

はかせ **[博士]** ① 名 博士、博學之士

ばからしい **[馬鹿らしい]** ④ イ形 愚蠢的、無聊的、不值得的

はかり **[秤]** ⓪③ 名 秤、天平

ばかり 副助 僅、光是、只有、左右、接下來、剛剛、幾乎

はかる **[計る / 量る / 測る]** ② 他動 量、衡量、測量、估計

はきけ **[吐気]** ③ 名 噁心、想要嘔吐

はきはき ① 副 乾脆、敏捷、活潑伶俐

はく **[穿く]** ⓪ 他動 穿（裙子、褲子）

はく **[履く]** ⓪ 他動 穿（鞋類）

はく **[掃く]** ① 他動 打掃

はく **[吐く]** ① 他動 吐出、嘔吐、噴出、吐露

～はく **[～泊]** 接尾 ～宿、～晚、～夜

はくしゅ **[拍手]** ① 名 鼓掌、掌聲

ばくだい **[莫大]** ⓪ 名 莫大、巨大

ばくはつ **[爆発]** ⓪ 名 爆炸、爆發

はくぶつかん **[博物館]** ④ 名 博物館

はぐるま **[歯車]** ② 名 齒輪

はげしい **[激しい]** ③ イ形 激烈的、強烈的、厲害的

バケツ ⓪ 名 水桶

はげます **[励ます]** ③ 他動 鼓勵、激勵

はこ **[箱]** ⓪ 名 箱子、盒子

はこぶ **[運ぶ]** ⓪ 自他動 運送、進行、前往、動

はさまる **[挟まる]** ③ 自動 夾、卡

はさみ ③ 名 剪刀、剪票鉗、螯足

はさむ **[挟む]** ② 他動 夾

はさん **[破産]** ⓪ 名 破產

はし **[橋]** ② 名 橋樑、天橋

はし **[端]** ⓪ 名 端、邊、起點、開端

はし **[箸]** ① 名 筷子

はじ **[恥]** ② 名 恥辱、羞恥

はしご **[梯子]** ⓪ 名 梯子

はじまり **[始まり]** ⓪ 名 開始、緣起

はじまる **[始まる]** ⓪ 自動 開始、發生、起源、犯（老毛病）

はじめ **[始め/初め]** ⓪ 名 開始、第一次、最初、原先、開頭

はじめて **[初めて]** ② 副 第一次

はじめまして。 **[初めまして。]** 初次見面。

はじめる **[始める]** ⓪ 他動 開始、開創

〜はじめる **[〜始める]** 接尾 開始〜

ばしょ **[場所]** ⓪ 名 地方、地址

はしら **[柱]** ③⓪ 名 柱子、杆子、支柱、靠山

はしる **[走る]** ② 自動 跑、行駛、綿延、掠過、轉向、追求

はす **[斜]** ⓪ 名 斜

はず ⓪ 名 應該、理應、預計

バス ① 名 浴室、公車、巴士

パス ① 名 免票、身分證明、月票、及格、錄取、不叫牌

はずかしい **[恥ずかしい]** ④ イ形 害羞的、不好意思的

はずす **[外す]** ⓪ 他動 取下、解開、錯過、離開、除去、躲過

パスポート ③ 名 護照、身分證

はずれる **[外れる]** ⓪ 自動 脫落、偏離、不中、落空、除去

パソコン ⓪ 名 個人電腦

はた【旗】② 名 旗幟

はだ【肌】① 名 肌膚、表面、氣質

バター① 名 奶油

パターン② 名 模式、模型、圖案

はだか【裸】⓪ 名 裸體、精光、身無一物、裸露

はだぎ【肌着】③⓪ 名 貼身襯衣、內衣、汗衫

はたけ【畑】⓪ 名 田地、專業的領域

はたして【果たして】② 副 果然、到底

はたち【二十／二十歳】① 名 二十歳

はたらき【働き】⓪ 名 工作、功勞、功能、作用、生活能力

はたらく【働く】⓪ 自他動 工作、勞動、起作用、活動

はち【八】② 名 八、第八個

はち【鉢】② 名 盆、鉢、花盆

～はつ【～発】 接尾 ～顆、～發、～出發

ばつ【×】① 名 叉

はつおん【発音】⓪ 名 發音

はつか【二十日】⓪ 名 二十號、二十日

はっき【発揮】⓪ 名 發揮、施展

はっきり③ 副 清楚、明確、爽快、清醒

バッグ① 名 包包

はっけん【発見】⓪ 名 發現

はっこう **[発行]** ⓪ 名 發行、發售、發放

はっしゃ **[発車]** ⓪ 名 開車、發車

はっしゃ **[発射]** ⓪ 名 發射

ばっする **[罰する]** ⓪③ 他動 處罰、定罪

はっそう **[発想]** ⓪ 名 構思、主意

はったつ **[発達]** ⓪ 名 發育、發達、發展

ばったり ③ 副 突然相遇、突然停止

はってん **[発展]** ⓪ 名 發展

はつでん **[発電]** ⓪ 名 發電

はつばい **[発売]** ⓪ 名 發售、出售

はっぴょう **[発表]** ⓪ 名 發表、發布、公布

はつめい **[発明]** ⓪ 名 發明

はで **[派手]** ② 名 ナ形 鮮豔、華麗、闊綽

はな **[花]** ② 名 花、插花

はな **[鼻]** ⓪ 名 鼻子

はなし **[話]** ③ 名 說話、談話、話題、故事、商量

はなしあい **[話し合い]** ⓪ 名 商量、協商

はなしあう **[話し合う]** ④ 他動 談話、商量、談判

はなしかける **[話し掛ける]** ⑤⓪ 他動 跟人說
話、攀談、開始說

はなしちゅう **[話し中]** 連語 正在說話、（電話）佔線

はなす **[話す]** ② 他動 說、講、告訴、商量

はなす **[離す]** ② 他動 放開、間隔

はなす **[放す]** ② 自他動 放掉、置之不理

はなはだしい **[甚だしい]** ⑤ イ形　甚、非常的

はなび **[花火]** ① 名　煙火

はなみ **[花見]** ③ 名　賞花、賞櫻花

はなよめ **[花嫁]** ② 名　新娘

はなれる **[離れる]** ③ 自動　分離、間隔、離開

はなれる **[放れる]** ③ 自動　脫離

はね **[羽]** ⓪ 名　羽毛、翅膀、翼

はね **[羽根]** ⓪ 名　羽毛球

ばね ① 名　發條、彈簧、彈力

はねる **[跳ねる]** ② 自動　跳、飛濺、散場、裂開

はは **[母]** ① 名　母親

はば **[幅]** ⓪ 名　寬度、幅面、差距、差價

ははおや **[母親]** ⓪ 名　母親

はぶく **[省く]** ② 他動　除去、節省、省略

はへん **[破片]** ⓪ 名　碎片

はみがき **[歯磨き]** ② 名　刷牙、牙刷、牙膏

はめる ⓪ 他動　鑲、嵌、戴上、欺騙

ばめん **[場面]** ⓪① 名　場面、情景

はやい **[早い / 速い]** ② イ形　早的、快的、簡單的

はやくち **[早口]** ② 名　說話快、繞口令

はやし **[林]** ③⓪ 名　林、樹林

はやる **[流行る]** ② 自動　流行、興旺、蔓延

はら **[腹]** ② 名　腹、腹部、想法、心情

はら **[原]** ① 名　平原、荒地

はらいこむ **[払（い）込む]** ④⓪ 他動 繳納、交納

はらいもどす **[払（い）戻す]** ⑤⓪ 他動 退還

はらう **[払う]** ② 自他動 拂、趕去、支付、傾注

バランス ⓪ 名 平衡

はり **[針]** ① 名 針、刺

はりがね **[針金]** ⓪ 名 鐵絲、銅絲、鋼絲

はりきる **[張（り）切る]** ③ 自動 拉緊、繃緊、緊張、精神百倍

はる **[春]** ① 名 春天、青春期、極盛時期

はる **[張る]** ⓪ 自他動 拉、覆蓋、裝滿、膨脹、挺、伸展

はる **[貼る / 張る]** ⓪ 他動 黏貼

はれ **[晴れ]** ② 名 晴天、隆重、公開、正式、消除

はれつ **[破裂]** ⓪ 名 破裂

はれる **[晴れる]** ② 自動 放晴、消散、消除、愉快

はん **[半]** ① 名 半、一半、奇數

はん〜 **[反〜]** 接頭 反〜、非〜

ばん **[晚]** ⓪ 名 晚上

ばん **[番]** ① 名 輪班、看守

パン ① 名 麵包

はんい **[範囲]** ① 名 範圍、界限

はんえい **[反映]** ⓪ 名 反映

ハンカチ ③⓪ 名 手帕

ばんぐみ **[番組]** ⓪ 名 節目

はんけい **[半径]** ① 名 半徑

はんこ **[判子]** ③ 名 印章

はんこう **[反抗]** ⓪ 名 反抗

ばんごう **[番号]** ③ 名 號碼

はんざい **[犯罪]** ⓪ 名 犯罪

ばんざい **[万歳]** ③ 名 萬幸、可喜、可賀、束手
無策

③ 感 萬歲、太好了

ハンサム ① ナ形 英俊瀟灑、帥

はんじ **[判事]** ① 名 法官

はんする **[反する]** ③ 自動 違反、相反、造反

はんせい **[反省]** ⓪ 名 反省

はんたい **[反対]** ⓪ 名 ナ形 相反、反對、不同意

はんだん **[判断]** ① 名 判斷

ばんち **[番地]** ⓪ 名 門牌號碼、住處

パンツ ① 名 內褲、褲子

はんとう **[半島]** ⓪ 名 半島

ハンドバッグ ④ 名 手提包

ハンドル ⓪ 名 方向盤、車手把、把手、柄

はんにん **[犯人]** ① 名 犯人、罪人

ハンバーグ ③ 名 漢堡排

はんばい **[販売]** ⓪ 名 銷售、出售

はんぶん **[半分]** ③ 名 一半、二分之一

～ばんめ **[～番目]** 接尾 第～號

（1）次の言葉の正しい読み方を一つ選びなさい。

( ) ① 俳句
1. はんき　　　　2. はいき
3. はんく　　　　4. はいく

( ) ② 反する
1. はいする　　　2. はんする
3. はきする　　　4. はくする

( ) ③ 梅雨
1. ばいあめ　　　2. ばいさめ
3. ばいあ　　　　4. ばいう

（2）次の言葉の正しい漢字を一つ選びなさい。

( ) ④ ばっする
1. 罪する　　　　2. 害する
3. 処する　　　　4. 罰する

( ) ⑤ はなはだしい
1. 甚だしい　　　2. 膨だしい
3. 著だしい　　　4. 沢だしい

( ) ⑥ はなよめ
1. 花嫁　　　　　2. 花娘
3. 花妻　　　　　4. 花女

解答 --

（1）① 4　② 2　③ 4
（2）④ 4　⑤ 1　⑥ 1

ひ・ヒ

ひ **【日】** ⓪ 名 太陽、日光、白天、天數、日期

ひ **【火】** ① 名 火、熱、火災

ひ **【灯】** ① 名 燈、燈光

ひ～ **【非～】** 接頭 非～、不～

～ひ **【～費】** 接尾 ～費、～費用

ひあたり **【日当り】** ⓪ 名 向陽、向陽處

ピアノ ⓪ 名 鋼琴

ビール ① 名 啤酒

ひえる **【冷える】** ② 自動 變冷、感覺冷、變冷淡

ひがい **【被害】** ① 名 受害、受災、損失

ひがえり **【日帰り】** ⓪④ 名 當天來回

ひかく **【比較】** ⓪ 名 比、比較

ひかくてき **【比較的】** ⓪ 副 比較

ひがし **【東】** ⓪③ 名 東方

ぴかぴか ⓪ ナ形 亮晶晶、雪亮、閃閃發光

　　　　　 ②① 副 閃閃發光

ひかり **【光】** ③ 名 光、光線、希望

ひかる **【光る】** ② 自動 發光、出類拔萃

～ひき **【～匹】** 接尾 ～隻、～條、～頭、～匹

ひきうける **【引（き）受ける】** ④ 他動 負責、
答應、保證、接受

ひきかえす **【引（き）返す】** ③ 自動 返回、折回

ひきざん **[引（き）算]** ② 名 減法

ひきだし **[引（き）出し]** ⓪ 名 提取、抽屜

ひきだす **[引（き）出す]** ③ 他動 抽出、拉出、引出、提取

ひきとめる **[引（き）止める]** ④ 他動 制止、拉住、挽留、阻止

ひきょう **[卑怯]** ② 名 ナ形 膽怯、懦弱、卑鄙、無恥

ひきわけ **[引（き）分け]** ⓪ 名 和局、不分勝負

ひく **[引く]** ⓪ 自他動 拉、拖、減去、減價、劃線、吸引、查（字典）、引用

ひく **[弾く]** ⓪ 他動 彈、拉

ひく **[轢く]** ⓪ 他動 （車子）輾過

ひくい **[低い]** ② イ形 低的、矮的

ピクニック ①③② 名 郊遊、野餐、遠足

ひげ **[髭]** ⓪ 名 髭鬚、鬍

ひげき **[悲劇]** ① 名 悲劇

ひこう **[飛行]** ⓪ 名 飛行、航空

ひこうじょう **[飛行場]** ⓪ 名 機場

ひざ **[膝]** ⓪ 名 膝蓋

ひざし **[日差し／陽射し]** ⓪ 名 陽光照射

ひさしぶり **[久しぶり]** ⓪⑤ 名 ナ形 （隔了）好久、許久

ひじ **[肘]** ② 名 手肘、（椅子）扶手

ビジネス ① 名 事務、工作、商業

ひしょ **[秘書]** ①② 名 秘書

ひじょう **[非常]** ⓪ 名 ナ形 緊急、非常、特別

びじん **[美人]** ①⓪ 名 美女

ピストル ⓪ 名 手槍

ひたい **[額]** ⓪ 名 額頭

ビタミン ② 名 維生素、維他命

ひだり **[左]** ⓪ 名 左邊、左手、左側、左派

ぴたり ②③ 副 緊密、說中、突然停止

ひっかかる **[引っ掛かる]** ④ 自動 掛上、卡住、牽連、上當、沾

ひっかける **[引っ掛ける]** ④ 他動 掛上、披上、勾引、喝酒、借機會

ひっき **[筆記]** ⓪ 名 筆記

びっくり ③ 副 吃驚、嚇一跳

ひっくりかえす **[引っ繰り返す]** ⑤ 他動 弄倒、翻過來、推翻

ひっくりかえる **[引っ繰り返る]** ⑤ 自動 翻倒、顛倒過來

ひづけ **[日付け]** ⓪ 名 年月日、日期

ひっこし **[引っ越し]** ⓪ 名 搬家

ひっこす **[引っ越す]** ③ 自動 搬家

ひっこむ **[引っ込む]** ③ 自動 縮進、退隱、凹入

ひっし **[必死]** ⓪ 名 ナ形 必死、拚命

ひっしゃ **[筆者]** ① 名 筆者、作者

ひつじゅひん **[必需品]** ⓪ 名 必需品

ぴったり ③ ナ形 恰好、剛好

③ 副 緊密、恰好、説中、突然停止

ひっぱる [引っ張る] ③ 他動 拉、扯、帯領、引誘、強拉走

ひつよう [必要] ⓪ 名 ナ形 必要、必需

ひてい [否定] ⓪ 名 否定、否認

ビデオ ① 名 録影機、攝影機、録影帯

ひと [人] ⓪ 名 人、人類、他人、人品、人才

ひと～ [一～] 接頭 一個～、一回～、稍～

ひどい ② イ形 残酷的、過分的、激烈的、嚴重的

ひとこと [一言] ② 名 一句話、三言兩語

ひとごみ [人込み] ⓪ 名 人群、人山人海

ひとさしゆび [人差し指] ④ 名 食指

ひとしい [等しい] ③ イ形 相同的、等於的

ひとつ [一つ] ② 名 副 一、一個、一歳、稍微、一様、一種

ひととおり [一通り] ⓪ 名 大概、普通、整套、全部

ひとどおり [人通り] ⓪ 名 人來人往、通往

ひとまず ② 副 暫時、姑且

ひとみ [瞳] ⓪ 名 眼睛、瞳孔

ひとやすみ [一休み] ② 名 休息片刻

ひとり [一人 / 独り] ② 名 一人、一個人、單身

ひとり [独り] ② 名 副 獨自、只、光

ひとりごと **[独り言]** 連語 自言自語

ひとりでに ⓪ 副 自己、自動地、自然而然地

ひとりひとり **[一人一人]** ④⑤ 名 每個人、各自

ビニール ② 名 塑膠

ひにく **[皮肉]** ⓪ 名 ナ形 挖苦、諷刺、令人啼笑皆非

ひにち **[日にち]** ⓪ 名 天數、日子、日期

ひねる **[捻る]** ② 他動 擰、扭、殺、絞盡腦汁、別出心裁

ひのいり **[日の入り]** ⓪ 名 日落、黃昏

ひので **[日の出]** ⓪ 名 日出

ひはん **[批判]** ⓪ 名 批評、指責

ひび **[日々]** ① 名 天天

ひびき **[響き]** ③ 名 聲音、回聲、振動

ひびく **[響く]** ② 自動 傳出聲音、響亮、影響

ひひょう **[批評]** ⓪ 名 批評、評論

ひふ **[皮膚]** ① 名 皮膚

ひま **[暇]** ⓪ 名 ナ形 閒工夫、餘暇、休假

ひみつ **[秘密]** ⓪ 名 ナ形 秘密、機密

びみょう **[微妙]** ⓪ 名 ナ形 微妙

ひも **[紐]** ⓪ 名 細繩、帶子、條件

ひゃく **[百]** ② 名 百、一百

ひやす **[冷やす]** ② 他動 冰鎮、冰、使～冷靜

ひゃっかじてん **[百科辞典 / 百科事典]** ④ 名 百科辭典、百科全書

ひよう **[費用]** ① 名 費用、開支、經費

ひょう **[表]** ⓪ 名 表格、圖表

びよう **[美容]** ⓪ 名 美貌、美容

びょう **[秒]** ① 名 秒

〜びょう **[〜病]** 接尾 〜病

びょういん **[病院]** ⓪ 名 醫院

ひょうか **[評価]** ① 名 估價、評價、承認

びょうき **[病気]** ⓪ 名 疾病、缺點、癖好

ひょうげん **[表現]** ③ 名 表現、表達

ひょうし **[表紙]** ③⓪ 名 封面、書皮

ひょうしき **[標識]** ⓪ 名 標誌、標示、標記、牌子

ひょうじゅん **[標準]** ⓪ 名 標準、水準

ひょうじょう **[表情]** ③ 名 表情

びょうどう **[平等]** ⓪ 名 ナ形 平等、同等

ひょうばん **[評判]** ⓪ 名 ナ形 評論、名聲、傳聞

ひょうほん **[標本]** ⓪ 名 標本、樣本

ひょうめん **[表面]** ③ 名 表面

ひょうろん **[評論]** ⓪ 名 評論

ひらがな **[平仮名]** ③ 名 平假名

ひらく **[開く]** ② 自他動 （花）綻放、（門）開、拉開、打開、開始、舉辦

ビル ① 名 （「ビルディング」的簡稱）大樓、大廈、高樓、帳單

ひる **[昼]** ② 名 白天、中午、午飯

ビルディング ① 名 大樓、大廈、高樓

ひるね **[昼寝]** ⓪ 名 午睡

ひるま **[昼間]** ③ 名 白天

ひろい **[広い]** ② イ形 廣闊的、寬敞的、廣泛的、寬宏的

ひろう **[拾う]** ⓪ 他動 撿、挑出、攔、收留、意外得到

ひろがる **[広がる]** ⓪ 自動 擴大、拓寬、展現、蔓延

ひろげる **[広げる]** ⓪ 他動 擴大、拓寬、攤開

ひろさ **[広さ]** ① 名 面積、寬度、廣博

ひろば **[広場]** ① 名 廣場

ひろびろ **[広々]** ③ 副 寬廣、開闊

ひろめる **[広める]** ③ 他動 擴大、普及、宣揚

ひん **[品]** ⓪ 名 品格、品質、貨

びん **[瓶]** ① 名 瓶子

びん **[便]** ① 名 郵寄、班（車、輪、機）

ピン ① 名 大頭針、別針、髮夾、旗竿、最上等、（骨牌或骰子的點數）一

ピンク ① 名 桃紅色、粉紅色

ひんしつ **[品質]** ⓪ 名 質量

びんせん **[便せん]** ⓪ 名 信箋、信紙

びんづめ **[瓶詰め]** ⓪④ 名 瓶裝

びんぼう **[貧乏]** ① 名 ナ形 貧窮、貧乏

（1）次の言葉の正しい読み方を一つ選びなさい。

（　）① 人差し指
　　　1. ひとさしゆび　　　2. ひとざしゆび
　　　3. ひとさしず　　　　4. ひとざしず

（　）② 病院
　　　1. ひょういん　　　　2. びょういん
　　　3. ひょうえん　　　　4. びょうえん

（　）③ 美人
　　　1. ひにん　　　　　　2. びにん
　　　3. びしん　　　　　　4. びじん

（2）次の言葉の正しい漢字を一つ選びなさい。

（　）④ ひにく
　　　1. 苦肉　　　　　　　2. 風肉
　　　3. 刺肉　　　　　　　4. 皮肉

（　）⑤ ひとこと
　　　1. 一話　　　　　　　2. 一語
　　　3. 一句　　　　　　　4. 一言

（　）⑥ ひとしい
　　　1. 当しい　　　　　　2. 応しい
　　　3. 相しい　　　　　　4. 等しい

解答

（1）① 1　② 2　③ 4
（2）④ 4　⑤ 4　⑥ 4

ふ・フ

ふ～ / ぶ～ **[不～ / 無～]** 接頭 不～、無～

ぶ **[分]** ⓪ 名 程度、形勢

ぶ **[部]** ①⓪ 名 部分、部門

～ぶ **[～分]** 接尾 十分之一、（溫度的度數）
～度、（音長的等分）～音符

～ぶ **[～部]** 接尾 ～部、～本、～冊、～份

ファイル ① 名 歸檔、文件夾、檔案、文件

ファスナー ① 名 拉鍊

ファックス ① 名 傳真、傳真機

ふあん **[不安]** ⓪ 名 ナ形 不安、擔心

ファン ① 名 ～迷、愛慕者、愛好者

フィルム ① 名 底片

～ふう **[～風]** 接尾 ～風格、～樣子、～方法、～習慣

ふうけい **[風景]** ① 名 景色、風光、狀況

ふうせん **[風船]** ⓪ 名 氣球

ふうとう **[封筒]** ⓪ 名 信封、封皮

ふうふ **[夫婦]** ① 名 夫妻

プール ① 名 游泳池

ふうん **[不運]** ① 名 ナ形 不幸、倒楣

ふえ **[笛]** ⓪ 名 笛子、哨子

ふえる **[増える / 殖える]** ② 自動 增加

フォーク ① 名 叉子

ふか **[不可]** ②① 名 不可、不行、不及格

ぶか **[部下]** ① 名 部下、屬下

ふかい **[深い]** ② イ形 深的、重的、濃的

ふかまる **[深まる]** ③ 自動 加深、變深

ぶき **[武器]** ① 名 武器

ふきそく **[不規則]** ②③ 名 ナ形 不規則、不整齊

ふきゅう **[普及]** ⓪ 名 普及

ふきん **[付近／附近]** ②① 名 附近、一帶

ふく **[吹く]** ①② 自他動 刮、吹、吹奏、噴、吹牛

ふく **[拭く]** ⓪ 他動 擦、抹、拭

ふく **[服]** ② 名 衣服

ふく～ **[副～]** 接頭 副～

ふくざつ **[複雑]** ⓪ 名 ナ形 複雜

ふくし **[副詞]** ⓪ 名 副詞

ふくしゃ **[複写]** ⓪ 名 複寫、複印、謄寫

ふくしゅう **[復習]** ⓪ 名 複習、溫習

ふくすう **[複数]** ③ 名 複數、幾個

ふくそう **[服装]** ⓪ 名 服裝、服飾

ふくむ **[含む]** ② 他動 含、帶有、包括、考慮

ふくめる **[含める]** ③ 他動 包含、指導

ふくらます **[膨らます]** ⓪ 他動 使鼓起來

ふくらむ **[膨らむ]** ⓪ 自動 鼓起、膨脹、凸起

ふくろ **[袋]** ③ 名 袋、口袋

ふけつ **[不潔]** ⓪ 名 ナ形 不乾淨、骯髒、不純潔、不道德

ふける **[更ける]** ② 自動 深

ふこう **[不幸]** ② 名 ナ形 不幸、厄運、死亡

ふごう **[符号]** ⓪ 名 符號、記號

ふごう **[富豪]** ⓪ 名 富豪、富翁

ふこく **[布告]** ⓪ 名 公布、宣告

ふさい **[夫妻]** ①② 名 夫妻

ふさがる **[塞がる]** ⓪ 自動 關、塞、占用

ふさぐ **[塞ぐ]** ⓪ 自他動 堵、填、擋、占地方、盡責、鬱悶

ふざける ③ 自動 開玩笑、戲弄、打鬧

ぶさた **[無沙汰]** ⓪ 名 ナ形 久疏問候、久違

ふし **[節]** ② 名 節、關節、曲調、地方、段落

ぶし **[武士]** ① 名 武士

ぶじ **[無事]** ⓪ 名 ナ形 平安無事、健康、圓滿

ふしぎ **[不思議]** ⓪ 名 ナ形 奇怪、不可思議

ぶしゅ **[部首]** ① 名 部首

ふじゆう **[不自由]** ① 名 ナ形 有殘疾、不方便、不自由

ふじん **[夫人]** ⓪ 名 夫人

ふじん **[婦人]** ⓪ 名 婦女、女子

ふすま **[襖]** ⓪③ 名 隔扇、紙拉門

ふせい **[不正]** ⓪ 名 ナ形 不正當

ふせぐ **[防ぐ]** ② 他動 防止、預防

ふそく **[不足]** ⓪ 名 ナ形 不夠、缺乏、不滿

ふぞく **[付属]** ⓪ 名 附屬

ふた **[蓋]** ⓪ 名 蓋子

ぶた **[豚]** ⓪ 名 豬

ぶたい **[舞台]** ① 名 舞台、表演

ふたご **[双子]** ⓪ 名 雙胞胎、孿生子

ふたたび **[再び]** ⓪ 名 再、又、重

ふたつ **[二つ]** ③ 名 二、兩個、兩歲、兩方、第二

ふたり **[二人]** ③ 名 兩個人

ふたん **[負担]** ⓪ 名 承擔、負擔

ふだん **[普段]** ① 名 平常、平日

ふち **[縁]** ② 名 邊、緣

ぶちょう **[部長]** ⓪ 名 部長、處長

ぶつ ① 他動 打、擊、演講

～ぶつ **[～物]** 接尾 ～物

ふつう **[普通]** ⓪ 名 ナ形 普通、平常

　　　　　　　　⓪ 副 一般

ふつう **[不通]** ⓪ 名 斷絕、不通

ふつか **[二日]** ⓪ 名 二號、二日

ぶっか **[物価]** ⓪ 名 物價

ぶつかる ⓪ 自動 碰、撞、遇上、爭吵、直接試試、趕上

ぶつける ⓪ 他動 投、摔、碰上、發洩、對付

ぶっしつ **[物質]** ⓪ 名 物質

ぶっそう **[物騒]** ③ 名 ナ形 不安定、危險

ぶつぶつ ⓪ 名 一顆顆

　　　　　 ① 副 抱怨、牢騷

ぶつり [物理] ① 名 物理

ふで [筆] ⓪ 名 筆、毛筆、寫、畫

ふと ⓪① 副 偶然、突然

ふとい [太い] ② イ形 粗的、膽子大的、無恥的

ふとる [太る] ② 自動 胖、發福、發財

ふとん [布団] ⓪ 名 被子

ふなびん [船便] ⓪ 名 海運、通航

ふね [舟 / 船] ① 名 船

ぶひん [部品] ⓪ 名 配件、零件

ふぶき [吹雪] ① 名 暴風雪

ぶぶん [部分] ① 名 一部分

ふへい [不平] ⓪ 名 ナ形 牢騷、不滿意

ふべん [不便] ① 名 ナ形 不方便

ふぼ [父母] ① 名 父母、家長

ふまん [不満] ⓪ 名 ナ形 不滿足、不滿意

ふみきり [踏（み）切り] ⓪ 名 平交道、起跳點

ふみこみ [踏（み）込み] ⓪ 名 深入

ふむ [踏む] ⓪ 他動 踏、踩、跺腳、踏上、實踐、估計、經歷

ふもと [麓] ③ 名 山腳、山麓

ふやす [増やす / 殖やす] ② 他動 增加、增添

ふゆ [冬] ② 名 冬天

フライパン ⓪ 名 平底鍋、煎鍋

ブラウス ② 名 襯衫、罩衫

ぶらさげる [ぶら下げる] ⓪ 他動 佩帶、懸掛、提

ブラシ ①② 名 刷子

プラス ⓪① 名 加號、好處、加上、正數、陽性

プラスチック ④ 名 塑膠

プラットホーム ⑤ 名 月台、（電腦）平台

プラン ① 名 計畫、設計圖

ふり [不利] ① 名 ナ形 不利

〜ぶり [〜振り] 接尾 樣子、狀態、經過〜之後又〜

フリー ② 名 ナ形 自由、無拘束、免費

ふりがな [振（り）仮名] ⓪③ 名 注音假名

ふりむく [振（り）向く] ③ 自他動 回頭、理睬

プリント ⓪ 名 印刷、印刷品、印花、油印

ふる [降る] ① 自動 下、降

ふる [振る] ⓪ 他動 揮、搖、撒、丟、拒絕、分配

ふる〜 [古〜] 接頭 舊〜、使用過的〜

ふるい [古い] ② イ形 老的、陳舊的、古老的、不新鮮的

ふるえる [震える] ⓪ 自動 震動、發抖

ふるさと [故郷 / 郷里] ② 名 故郷、老家

ふるまう [振る舞う] ③ 自他動 行動、請客、招待

ブレーキ ②⓪ 名 煞車器、阻礙

プレゼント ② 名 禮物、送禮

ふれる **[触れる]** ⓪ 自他動 觸、碰、打動、談到、觸犯、傳播

ふろ **[風呂]** ②① 名 浴室、浴缸

プロ ① 名 專業、職業

ブローチ ② 名 別針、胸針

プログラム ③ 名 節目、說明書、計畫

ふろしき **[風呂敷]** ⓪ 名 包袱巾

フロント ⓪ 名 正面、前面、服務台

ふわふわ ⓪ ナ形 輕飄飄、軟綿綿

　　　　　 ① 副 輕飄飄、不沉著、軟綿綿、心神不定、浮躁

〜ふん **[〜分]** 接尾 〜分鐘、（角度）〜分

ぶん **[分]** ① 名 ナ形 部分、分量、本分、狀態

ぶん **[文]** ① 名 文章、句子

ふんいき **[雰囲気]** ③ 名 氣氛、空氣

ふんか **[噴火]** ⓪ 名 火山噴發

ぶんか **[文化]** ① 名 文化

ぶんかい **[分解]** ⓪ 名 拆開、分解

ぶんがく **[文学]** ① 名 文學

ぶんげい **[文芸]** ⓪① 名 文藝

ぶんけん **[文献]** ⓪ 名 文獻、參考資料

ぶんしょう **[文章]** ① 名 文章

ふんすい **[噴水]** ⓪ 名 噴泉、噴水池、噴出的水

ぶんすう **[分数]** ③ 名 分數

ぶんせき **[分析]** ⓪ 名 分析、化驗

ぶんたい **[文体]** ⓪ 名 文體、風格

ぶんぷ **[分布]** ⓪ 名 分布

ぶんぽう **[文法]** ⓪ 名 文法、語法

ぶんぼうぐ **[文房具]** ③ 名 文具

ぶんみゃく **[文脈]** ⓪ 名 文章的脈絡

ぶんめい **[文明]** ⓪ 名 文明、文化

ぶんや **[分野]** ① 名 領域、範圍

ぶんりょう **[分量]** ③ 名 分量、重量

ぶんるい **[分類]** ⓪ 名 分門別類、分類

隨堂測驗

（1）次の言葉の正しい読み方を一つ選びなさい。

（　）① 普通
　　　　1. ふつう　　　　　　2. ふとう
　　　　3. ふとん　　　　　　4. ふとお

（　）② 太る
　　　　1. ふえる　　　　　　2. ふよる
　　　　3. ふとる　　　　　　4. ふもる

（　）③ 震える
　　　　1. ふらえる　　　　　2. ふるえる
　　　　3. ふろえる　　　　　4. ふしえる

(2) 次の言葉の正しい漢字を一つ選びなさい。

あ行

( ) ④ ふんか
　　　 1.噴火　　　　　　　 2.噴化
　　　 3.噴下　　　　　　　 4.噴山

か行

( ) ⑤ ふたん
　　　 1.負担　　　　　　　 2.請担
　　　 3.承担　　　　　　　 4.扶担

さ行

( ) ⑥ ふんいき
　　　 1.雰位気　　　　　　 2.雰囲気
　　　 3.雰井気　　　　　　 4.雰居気

た行

解答 --

(1) ① 1　② 3　③ 2
(2) ④ 1　⑤ 1　⑥ 2

な行

は行

ま行

や行

ら行

わ行

ペア ① 名 一雙、一組

へい **[塀]** ⓪ 名 圍牆、牆壁、柵欄

へいかい **[閉会]** ⓪ 名 閉會、閉幕

へいき **[平気]** ⓪ 名 ナ形 冷靜、鎮靜、不在乎、不要緊

へいきん **[平均]** ⓪ 名 平均、平均值

へいこう **[平行]** ⓪ 名 ナ形 平行

へいじつ **[平日]** ⓪ 名 平常、平日

へいたい **[兵隊]** ⓪ 名 軍人、軍隊

へいぼん **[平凡]** ⓪ 名 ナ形 平凡、平庸

へいや **[平野]** ⓪ 名 平原

へいわ **[平和]** ⓪ 名 ナ形 和平、平安

ページ ⓪ 名 頁

へこむ **[凹む]** ⓪ 自動 凹下、陷下、無精打采

へそ ⓪ 名 肚臍、小坑、中心

へた **[下手]** ② 名 ナ形 笨拙、不擅長、馬虎

へだてる **[隔てる]** ③ 他動 隔開、間隔、遮擋、離間

べつ **[別]** ⓪ 名 ナ形 分別、另外、例外、特別

べっそう **[別荘]** ③ 名 別墅

ベッド ① 名 床

ペット ① 名 寵物

べつべつ **[別々]** ⓪ 名 ナ形 分別、各自

ベテラン ⓪ 名 老手

へや **[部屋]** ② 名 房間、屋子

へらす **[減らす]** ⓪ 他動 減少、縮減、餓

ヘリコプター ③ 名 直昇機

へる **[減る]** ⓪ 自動 減少、下降、磨損、餓

へる **[経る]** ① 自動 經過、路過、經由

ベル ① 名 鈴、鐘、電鈴

ベルト ⓪ 名 腰帶、皮帶、地帶

へん **[変]** ① 名 變化、（意外的）事件、事變
　　　　① ナ形 奇怪、異常

へん **[辺]** ⓪ 名 附近、大致、邊

～へん **[～編]** 接尾 ～篇、～本

～へん **[～遍]** 接尾 ～遍、～次、～回

ペン ① 名 筆、鋼筆、自來水筆

べん **[便]** ① 名 ナ形 便利、方便、大小便

へんか **[変化]** ① 名 變化、變更

ペンキ ⓪ 名 油漆

べんきょう **[勉強]** ⓪ 名 用功、讀書、經驗

へんこう **[変更]** ⓪ 名 變更、改變、更正

へんじ **[返事]** ③ 名 回答、回信

へんしゅう **[編集]** ⓪ 名 編輯

べんじょ **[便所]** ③ 名 廁所

ベンチ ① 名 長凳、長椅

ペンチ ① 名 鉗子

べんとう【弁当】③ 名 便當

べんぴ【便秘】⓪ 名 便秘

べんり【便利】① 名 ナ形 方便、便利

隨堂測驗

(1) 次の言葉の正しい読み方を一つ選びなさい。

( ) ① 別
    1. へつ   2. べつ
    3. へい   4. べい

( ) ② 便秘
    1. べんひ   2. べんび
    3. べんぴ   4. べんみ

( ) ③ 平凡
    1. へいはん   2. へいぼん
    3. へいばん   4. へいほん

(2) 次の言葉の正しい漢字を一つ選びなさい。

( ) ④ べんきょう
    1. 努強   2. 便強
    3. 勉強   4. 頑強

( ) ⑤ へや
    1. 家屋   2. 辺屋
    3. 房屋   4. 部屋

（　）⑥　へいたい
　　　　1.兵隊　　　　　　　　2.軍隊
　　　　3.団隊　　　　　　　　4.塀隊

 解答 --

(1) ① 2　② 3　③ 2
(2) ④ 3　⑤ 4　⑥ 1

ほ・ホ

〜ほ **[〜歩]** 接尾 〜步

ポイント ⓪ 名 句點、小數點、要點、分數、百分
點、地點

ほう **[方]** ① 名 ナ形 方向、領域、類、方面

ほう **[法]** ⓪ 名 法律、方法、禮節、理由、式

ぼう **[棒]** ⓪ 名 棍子、竿子、棒子、指揮棒

ぼう **[某]** ① 代 某

ぼうえき **[貿易]** ⓪ 名 貿易

ぼうえんきょう **[望遠鏡]** ⓪ 名 望遠鏡

ほうがく **[方角]** ⓪ 名 方向、方位

ほうき **[箒]** ⓪① 名 掃帚

ほうげん **[方言]** ③⓪ 名 方言、地方話

ぼうけん **[冒険]** ⓪ 名 冒險

ほうこう **[方向]** ⓪ 名 方向、方針

ほうこく **[報告]** ⓪ 名 報告

ぼうさん **[坊さん]** ⓪ 名 和尚

ぼうし **[帽子]** ⓪ 名 帽子

ぼうし **[防止]** ⓪ 名 防止

ほうしん **[方針]** ⓪ 名 方針、磁針

ほうせき **[宝石]** ⓪ 名 寶石

ほうそう **[放送]** ⓪ 名 廣播、播放

ほうそう **[包装]** ⓪ 名 包裝

ほうそく **[法則]** ⓪ 名 法則、定律

ほうたい **[包帯]** ⓪ 名 繃帯

ぼうだい **[膨大]** ⓪ 名 ナ形 巨大、膨脹

ほうちょう **[庖丁]** ⓪ 名 菜刀、烹調、廚師

ほうていしき **[方程式]** ③ 名 方程式

ぼうはん **[防犯]** ⓪ 名 防止犯罪

ほうふ **[豊富]** ⓪① 名 ナ形 抱負

ほうほう **[方法]** ⓪ 名 方法、方式

ほうぼう **[方々]** ① 名 到處、各處

ほうめん **[方面]** ③ 名 地區、方向、領域

ほうもん **[訪問]** ⓪ 名 訪問、拜訪

ぼうや **[坊や]** ① 名 小朋友、男孩子

ほうりつ **[法律]** ⓪ 名 法律

ほうる **[放る]** ⓪ 他動 扔、丟開、不理睬

ほえる ② 自動 吼叫、咆哮

ボーイ ①⓪ 名 男孩、少年、男服務員

ボート ① 名 小船

ボーナス ① 名 獎金、分紅、津貼

ホーム ① 名 月台

ボール ⓪ 名 球、（棒球）壞球

ボールペン ⓪ 名 原子筆

ほか **[他 / 外]** ⓪ 名 別處、外地、別的、除了～以外

ほがらか **[朗らか]** ② ナ形 開朗、爽快

ほかん **[保管]** ⓪ 名 保管

ぼきん **[募金]** ⓪ 名 募捐

ぼく **[僕]** ① 代 （男子對同輩、晚輩的自稱）我

ぼくじょう **[牧場]** ⓪ 名 牧場、牧地

ぼくちく **[牧畜]** ⓪ 名 畜牧

ポケット ②① 名 口袋、袖珍、小型

ほけん **[保健]** ⓪ 名 保健

ほご **[保護]** ① 名 保護

ほこり **[誇り]** ⓪ 名 驕傲、自尊心、榮譽

ほこり **[埃]** ⓪ 名 塵埃、灰塵

ほし **[星]** ⓪ 名 星星、星號、明星、輸贏、命運、斑點

ほしい **[欲しい]** ② イ形 想要的、希望的

ぼしゅう **[募集]** ⓪ 名 募集、招募

ほしょう **[保証]** ⓪ 名 保證、擔保

ほす **[干す]** ① 他動 晒、晒乾、喝乾、冷落

ポスター ① 名 海報

ポスト ① 名 郵筒、信箱、地位、職位

ほそい **[細い]** ② イ形 細的、狹窄的、微弱的

ほぞん **[保存]** ⓪ 名 保存、儲存

ボタン ⓪ 名 鈕扣、扣子、按鈕

ほっきょく **[北極]** ⓪ 名 北極

ぼっちゃん **[坊っちゃん]** ① 名 令郎、小弟弟、大少爺

ホテル ① 名 飯店、旅館

ほど **[程]** ⓪② 名 程度、限度、不久

ほどう **[歩道]** ⓪ 名 人行道

ほどく ② 他動 解開、拆開

ほとけ **[仏]** ⓪③ 名 佛、佛像、死者

ほとんど ② 副 名 大部分、大概、幾乎

ほね **[骨]** ② 名 ナ形 骨頭、骨架、核心、骨氣、費力氣的事

ほのお **[炎]** ① 名 火燄、火舌

ほほ／ほお **[頬]** ①／① 名 臉、臉頰

ほぼ ① 副 大體上、基本上

ほほえむ **[微笑む]** ③ 自動 微笑、花（初開）

ほめる **[褒める]** ② 他動 稱讚、表揚

ほり **[堀／濠]** ② 名 護城河、溝渠

ほる **[掘る]** ① 他動 挖掘、刨

ほる **[彫る]** ① 他動 雕刻、紋身

ぼろ ① 名 ナ形 破布、破衣服、破舊

ほろぶ **[滅ぶ]** ②⓪ 自動 滅亡、滅絕

ほん **[本]** ① 名 書、書籍

ほん〜 **[本〜]** 接頭 此〜、正式

〜ほん **[〜本]** 接尾 〜條、〜支、〜卷、〜棵、〜根、〜瓶

ぼん **[盆]** ⓪ 名 盤、托盤、盂蘭盆會

ぼんち **[盆地]** ⓪ 名 盆地

ほんとう **[本当]** ⓪ 名 ナ形 真實、真正的、正常、確實

ほんにん **[本人]** ① 名 本人

ほんの〜 ⓪ 連體 實在〜、不過〜、些許〜

ほんぶ **[本部]** ① 名 總部

ほんみょう **[本名]** ① 名 本名、真名

ほんもの **[本物]** ⓪ 名 真貨、正規、真的

ほんやく **[翻訳]** ⓪ 名 翻譯、筆譯、譯本

ぼんやり ③ 名 呆子、糊塗的人、大意的人

　　　　③ 副 模模糊糊、隱隱約約

ほんらい **[本来]** ① 名 本來、應該

隨堂測驗

（1）次の言葉の正しい読み方を一つ選びなさい。

（　）① 朗らか
　　　1. ほげらか　　　　2. ほぐらか
　　　3. ほごらか　　　　4. ほがらか

（　）② 骨
　　　1. ほね　　　　　　2. ほま
　　　3. ほか　　　　　　4. ほし

（　）③ 保証
　　　1. ほしょう　　　　2. ほじょう
　　　3. ほきょう　　　　4. ほぎょう

（2）次の言葉の正しい漢字を一つ選びなさい。

（　）④ ほそい
    1.細い　　　　　　　　2.狭い
    3.低い　　　　　　　　4.弱い

（　）⑤ ほうめん
    1.方目　　　　　　　　2.方免
    3.方向　　　　　　　　4.方面

（　）⑥ ほろぶ
    1.破ぶ　　　　　　　　2.断ぶ
    3.絶ぶ　　　　　　　　4.滅ぶ

（1） ① 4　② 1　③ 1
（2） ④ 1　⑤ 4　⑥ 4

あ行

か行

さ行

た行

な行

は行

ま行

や行

ら行

わ行

ま・マ

ま [間] ⓪ 名 間隔、空間、空隙、時機、機會

まあ ① 感 （表驚訝或佩服，多為女性使用）哇、啊

マーケット ①③ 名 市場、商場

まあまあ ①③ ナ形 普普通通、尚可
　　　　　　① 副 夠了

まい～ [毎～] 接頭 每～

～まい [～枚] 接尾 ～張、～件

マイク ① 名 （「マイクロホン」的簡稱）麥克風

まいご [迷子] ① 名 迷路的孩子、與群體失散的個體

まいすう [枚数] ③ 名 張數、件數

まいど [毎度] ⓪ 名 每次、總是

マイナス ⓪ 名 減法、負號、虧損、赤字、陰性

まいる [参る] ① 自他動 「行く」（去）及「来る」（來）的謙讓語及禮貌語、參拜、認輸、受不了、死、迷戀、敬呈、「食う」（吃）及「飲む」（喝）的尊敬語

まえ [前] ① 名 前方、前面、前端、之前、前科

～まえ [～前] 接尾 相當於～、表某項特質非常出色

まかせる [任せる] ③ 他動 任憑、聽任、順其自然

まがる **[曲がる]** ⓪ 自動 彎曲、轉彎、傾斜、（心術）不正

まく **[巻く]** ⓪ 自他動 捲、擰、包圍、盤據、纏繞

まく **[蒔く]** ① 他動 播種

まく **[撒く]** ① 他動 撒、散布

まく **[幕]** ② 名 布幕、場合

まくら **[枕]** ① 名 枕頭、枕邊、開場白

まけ **[負け]** ⓪ 名 敗北、損害、減價、贈送

まける **[負ける]** ⓪ 自動 輸、過敏、減價、贈送、忍讓、聽從

まげる **[曲げる]** ⓪ 他動 彎曲、扭曲、抑制

まご **[孫]** ② 名 孫子、孫輩

まごまご ① 副 迷惘徬徨、張惶失措

まさか ① 名 現在、目前
　　　　① 副 該不會、一旦

まさつ **[摩擦]** ⓪ 名 摩擦

まさに ① 副 正好、的確、即將、理應

まざる **[混ざる / 交ざる]** ② 自動 混合

まじめ **[真面目]** ⓪ 名 ナ形 認真、實在、有誠意

まじる **[混じる / 交じる]** ② 自動 夾雜、混入、攙

ます **[増す]** ⓪ 自他動 （數量、程度）增加、優越、增長

まず **[先ず]** ① 副 首先、總之

まずい ② イ形 難吃的、拙劣的、不當的、難看的

マスク ① 名 面具、口罩、面罩、面膜

マスコミ ⓪ 名 大眾傳播

まずしい [貧しい] ③ イ形 貧困、貧乏、貧弱

マスター ① 名 主任、負責人、碩士、精通、掌握

ますます ② 副 更加

まぜる [混ぜる／交ぜる] ② 他動 攪、混、攪拌

また [又] ⓪ 副 再、又、也、更加

⠀⠀⠀⠀⠀⠀⓪ 接續 或是、但是

まだ [未だ] ① 副 尚、還、依然、只有、更加

またぐ ② 他動 跨、跨過

または [又は] ② 接續 或是

まち [町／街] ② 名 城鎮、市街

まちあいしつ [待合室] ③ 名 （候診、候車）等候室

まちあわせる [待（ち）合（わ）せる] ⑤⓪ 他動
等候碰面

まちがい [間違い] ③ 名 錯誤、失敗、事故

まちがう [間違う] ③ 自他動 錯誤、弄錯

まちがえる [間違える] ④③ 他動 錯誤、搞錯

まちかど [街角] ⓪ 名 街角、街頭

まつ [待つ] ① 他動 等待

まつ [松] ① 名 松樹

まっか [真っ赤] ③ 名 ナ形 鮮紅、純粹

まっくら [真っ暗] ③ 名 ナ形 漆黑、沒有希望

まっくろ [真っ黒] ③ 名 ナ形 烏黑、黝黑

まっさお **[真っ青]** ③ 名 ナ形 湛藍、（臉色）鐵青

まっさき **[真っ先]** ③④ 名 ナ形 最初、首先

まっしろ **[真っ白]** ③ 名 ナ形 純白、雪白

まっしろい **[真っ白い]** ④ イ形 純白的、雪白的

まっすぐ **[真っ直ぐ]** ③ 名 ナ形 副 筆直、直接、正直

まったく **[全く]** ⓪ 副 完全、全然、實在

マッチ ① 名 火柴、搭配

まつり **[祭（り）]** ⓪ 名 祭祀、祭典、慶典

まつる **[祭る]** ⓪ 他動 祭祀、供奉

まど **[窓]** ① 名 窗

まどぐち **[窓口]** ② 名 窗戶、窗口

まとまる ⓪ 自動 統一、歸納、決定、完成

まとめる ⓪ 他動 匯集、整理、解決、完成

まなぶ **[学ぶ]** ⓪② 他動 學習、體驗

まにあう **[間に合う]** ③ 自動 趕得上、來得及、有用

まね **[真似]** ⓪ 名 模仿、行為

まねく **[招く]** ② 他動 招手、招待、招致

まねる **[真似る]** ⓪ 他動 模仿

まぶしい ③ イ形 炫目的、耀眼的

まぶた ① 名 眼皮、眼瞼

マフラー ① 名 圍巾、消音器

～まま 接尾 維持～的狀態

～まみれ 接尾 滿是～

まめ **[豆]** ② 名 豆

まもなく **[間も無く]** ② 副 不久、馬上

まもる **[守る]** ② 他動 防衛、遵守、注視、守護

まよう **[迷う]** ② 自動 迷惑、迷失、迷戀、迷執

マラソン ⓪ 名 馬拉松

まる **[丸／円]** ⓪ 名 圓形、球形、圓圈、完全

まるい **[丸い／円い]** ⓪② イ形 圓形的、球形的、環狀的、圓滿的

まるで ⓪ 副 全然、簡直、好像

まれ **[稀]** ⓪② 名 罕有、稀少

まわす **[回す]** ⓪ 他動 旋轉、圍繞、周轉

まわり **[回り／周り]** ⓪ 名 迴轉、旋轉、巡迴、周圍

まわりみち **[回り道]** ③⓪ 名 繞道、彎路

まわる **[回る]** ⓪ 自動 旋轉、轉動、繞圈、依序移動、繞道、時間流逝

まん **[万]** ① 名 萬

まんいち／まんがいち **[万一／万が一]** ①／① 名 副 萬一

まんいん **[満員]** ⓪ 名 客滿

まんが **[漫画]** ⓪ 名 漫畫

マンション ① 名 大廈

まんぞく **[満足]** ① 名 ナ形 滿足、完全

まんてん **[満点]** ③ 名 滿分、滿足

まんなか **[真ん中]** ⓪ 名 正中央、中心

まんねんひつ **[万年筆]** ③ 名 鋼筆

隨堂測驗

（1）次の言葉の正しい読み方を一つ選びなさい。

（ ）① 豆
    1. まあ   2. まし
    3. まか   4. まめ

（ ）② 街角
    1. まちかと   2. まちがと
    3. まちがど   4. まちかど

（ ）③ 摩擦
    1. まする   2. ますい
    3. まさこ   4. まさつ

（2）次の言葉の正しい漢字を一つ選びなさい。

（ ）④ まちあいしつ
    1. 等合室   2. 等会室
    3. 待合室   4. 待会室

（ ）⑤ まじめ
    1. 誠実目   2. 真実目
    3. 誠面目   4. 真面目

（ ）⑥ まいご
    1. 舞子   2. 迷子
    3. 米子   4. 妹子

解答

（1） ① 4 ② 4 ③ 4
（2） ④ 3 ⑤ 4 ⑥ 2

あ行 か行 さ行 た行 な行 は行 ま行 や行 ら行 わ行

み・ミ

み [身] ⓪ 名 身體、自身、身分、立場、肉、容器

み [実] ⓪ 名 果實、種子、內容

み～ [未～] 接頭 未～

～み 接尾 表程度、狀態或場所

みあげる [見上げる] ⓪③ 他動 仰望、景仰

みえる [見える] ② 自動 看得見、看得清楚、
似乎、「来る」（來）的尊敬語

みおくり [見送り] ⓪ 名 送行、觀望、眼睜睜錯
失機會

みおくる [見送る] ⓪ 他動 送行、目送、送終、觀
望、錯失

みおろす [見下ろす] ⓪③ 他動 俯瞰、蔑視

みかく [味覚] ⓪ 名 味覺

みがく [磨く] ⓪ 他動 擦、刷、修飾、鍛鍊

みかけ [見掛け] ⓪ 名 外觀

みかた [見方] ③② 他動 看法、觀點、見解

みかた [味方] ⓪ 名 同夥、偏袒

みかづき [三日月] ⓪ 名 新月

みぎ [右] ⓪ 名 右

みごと [見事] ① ナ形 副 漂亮、好看、精采、出
色、完全

みこむ [見込む] ⓪② 他動 期待、預料、估計、
緊盯

みさき **[岬]** ⓪ 名 海岬、岬角

みじかい **[短い]** ③ イ形 簡短的、短暫的、短淺的

みじめ ① 名 ナ形 悲慘

ミシン ① 名 縫紉機

ミス ① 名 錯誤、小姐

みず **[水]** ⓪ 名 水、飲用水、液體

みずうみ **[湖]** ③ 名 湖

みずから **[自ら]** ① 名 自己、自身

　　　　　　　① 代 我

　　　　　　　① 副 親自、親身

みずぎ **[水着]** ⓪ 名 泳裝

みせ **[店]** ② 名 商店

みせや **[店屋]** ② 名 商店

みせる **[見せる]** ② 他動 讓人看、表現出來、展現、讓（醫生）診察

みそ **[味噌]** ① 名 味噌、蟹黃

～みたい 助動 像～一樣

みだし **[見出し]** ⓪ 名 （報紙、雜誌）標題、目次、索引、（字典）詞條

みだれる **[乱れる]** ③ 自動 雜亂、紊亂、混亂、動盪

みち **[道]** ⓪ 名 道路、途徑、距離、道理、方法

みちじゅん **[道順]** ⓪ 名 順道

みちる **[満ちる]** ② 自動 充滿、滿月、滿潮、期滿

みつ **[蜜]** ① 名 蜂蜜、花蜜、甜的液體

みっか **[三日]** ⓪ 名 三號、三日、比喻極短的期間

みつかる **[見付かる]** ⓪ 自動 被發現、被看見、被找到

みつける **[見付ける]** ⓪ 他動 發現、發覺、眼熟

みっつ **[三つ]** ③ 名 三個、三歲

みっともない ⑤ イ形 不像樣的、丟臉的、難看的

みつめる **[見詰める]** ⓪③ 他動 凝視

みとめる **[認める]** ⓪ 他動 看見、判斷、認同、允許

みどり **[緑]** ① 名 綠色、綠色的植物

みな／みんな **[皆]** ②／③ 名 全部、大家
　　　　　　　　　②／③ 代 你們

みなおす **[見直す]** ⓪③ 他動 重看、再檢討、改觀、（病況、景氣）好轉

みなす ⓪② 他動 假設、擬定、認為

みなと **[港]** ⓪ 名 港口、出海口

みなみ **[南]** ⓪ 名 南

みなれる **[見慣れる]** ⓪③ 自動 眼熟

みにくい **[醜い]** ③ イ形 難看的、醜陋的

みのる **[実る]** ② 自動 結果

みぶん **[身分]** ① 名 身分、階級、地位、遭遇

みほん **[見本]** ⓪ 名 樣品、模範

みまい **[見舞い]** ⓪ 名 探病、慰問、慰問品、訪問、巡視

みまう **[見舞う]** ②⓪ 他動 探病、賑災、訪問、巡視

みまん **[未満]** ① 名 未滿

みみ **[耳]** ② 名 耳朵、聽力、（物品的）邊緣、（物品的）把手

みやげ **[土産]** ⓪ 名 伴手禮、手信、土產

みやこ **[都]** ⓪ 名 皇宮、首都、政經中心

ミュージック ① 名 音樂

みょう **[妙]** ① 名 ナ形 巧妙、微妙、不可思議

みょう～ **[明～]** 接頭 明～

みょうごにち **[明後日]** ③ 名 後天

みょうじ **[名字]** ① 名 姓

みらい **[未来]** ① 名 未來、將來

ミリ ① 名 毫米、公厘、公釐

みりょく **[魅力]** ⓪ 名 魅力

みる **[見る]** ① 他動 看、觀察、觀賞、閱讀

みる **[診る]** ① 他動 診察、看病

ミルク ① 名 牛奶、乳品、煉乳

みんかん **[民間]** ⓪ 名 民間、世間

みんしゅ **[民主]** ① 名 民主

みんよう **[民謡]** ⓪ 名 民謠

（1）次の言葉の正しい読み方を一つ選びなさい。

（　）① 見舞う
  1. みまう　　　　　　　2. みもう
  3. みこう　　　　　　　4. みよう

（　）② 蜜
  1. みつ　　　　　　　　2. みち
  3. みこ　　　　　　　　4. みし

（　）③ 湖
  1. みずうみ　　　　　　2. みじうみ
  3. みずしお　　　　　　4. みじしお

（2）次の言葉の正しい漢字を一つ選びなさい。

（　）④ みにくい
  1. 臭い　　　　　　　　2. 醜い
  3. 難い　　　　　　　　4. 汚い

（　）⑤ みなれる
  1. 見熟れる　　　　　　2. 見慣れる
  3. 見習れる　　　　　　4. 見成れる

（　）⑥ みごと
  1. 看言　　　　　　　　2. 看事
  3. 見言　　　　　　　　4. 見事

解答 --
（1）① 1 ② 1 ③ 1
（2）④ 2 ⑤ 2 ⑥ 4

む・ム

む **[無]** ①⓪ 名 無、不存在

むいか **[六日]** ⓪ 名 六號、六日

むかい **[向（か）い]** ⓪ 名 對面、對向

むかいあう **[向（か）い合う]** ④ 自動 相對、面對面

むかう **[向（か）う]** ⓪ 自動 向、朝、接近、面對、對抗、匹敵、對面

むかえ **[迎え]** ⓪ 名 迎接

むかえる **[迎える]** ⓪ 他動 迎接、迎合、歡迎、迎擊

むかし **[昔]** ⓪ 名 從前、過去、故人、前世

むかしばなし **[昔話]** ④ 名 故事、傳說

むかつく ⓪ 自動 反胃、噁心、想吐、發怒、生氣

むかんしん **[無関心]** ② 名 ナ形 不關心、不感興趣

むき **[向き]** ① 名 （轉換）方向、意向、（行為）傾向、適合

むく **[向く]** ⓪ 自動 轉向、面向、意向、相稱、趨向、服從

むく **[剥く]** ⓪ 他動 剝除

〜むけ **[〜向け]** 接尾 面向〜

むける **[向ける]** ⓪ 他動 向、對、派遣、挪用、弭兵

むげん **[無限]** ⓪ 名 ナ形 無限

むこう **[向こう]** ②⓪ 名 前方、對面、那邊

むし [虫] ⓪ 名 虫、昆蟲、害蟲、情緒或意識的變化

むし [無視] ① 名 無視

むじ [無地] ① 名 （布料、紙）沒有花紋、素色

むしあつい [蒸（し）暑い] ④ イ形 溽暑的、高溫多濕的

むしば [虫歯] ⓪ 名 蛀牙、齲齒

むじゃき [無邪気] ① 名 ナ形 天真無邪、未經深思熟慮

むじゅん [矛盾] ⓪ 名 矛盾

むしろ [寧ろ] ① 副 寧可、寧願

むす [蒸す] ① 自動 蒸、感覺潮濕悶熱

むすう [無数] ②⓪ 名 ナ形 無數

むずかしい [難しい] ④⓪ イ形 困難的、難懂的、難解的、麻煩的

むすこ [息子] ⓪ 名 兒子

むすびつける [結び付ける] ⑤ 他動 栓上、連結

むすぶ [結ぶ] ⓪ 自他動 繫、聯繫、締結、緊閉、緊握、結果、盤髮髻

むすめ [娘] ③ 名 女兒、未婚女性

むだ [無駄] ⓪ 名 ナ形 徒勞、無用、浪費

むちゅう [夢中] ⓪ 名 ナ形 夢裡、熱衷、忘我

むっつ [六つ] ③ 名 六個、六歲

むね [胸] ② 名 胸部、乳房、心臟、心中

むら [村] ② 名 村落、村莊、鄉村

むらさき **[紫]** ② 名 紫草、紫色、醤油

むり **[無理]** ① 名 ナ形 無理、勉強、強迫

むりょう **[無料]** ⓪ 名 免費

むれ **[群れ]** ② 名 群體、黨羽

随堂測験

(1) 次の言葉の正しい読み方を一つ選びなさい。

( )① 六つ
    1. むかつ   2. むいつ
    3. むっつ   4. むくつ

( )② 紫
    1. むさらき   2. むきさら
    3. むらさき   4. むらきさ

( )③ 虫歯
    1. むしは   2. むしば
    3. むいは   4. むいば

(2) 次の言葉の正しい漢字を一つ選びなさい。

( )④ むだ
    1. 無徒   2. 無駄
    3. 無用   4. 無浪

( )⑤ むかえる
    1. 迎える   2. 歓える
    3. 会える   4. 慶える

( ) ⑥ **むすぶ**
    1.結ぶ   2.係ぶ
    3.繋ぶ   4.連ぶ

(1) ① 3 ② 3 ③ 2
(2) ④ 2 ⑤ 1 ⑥ 1

め・メ

め **[目]** ① 名 眼睛、眼球、目光、視力、點、網眼、木紋

め **[芽]** ① 名 芽、事物發展的起頭

〜め **[〜目]** 接尾 （表順序）第〜、〜分界、（表程度或份量）〜一些

めい **[姪]** ① 名 姪女、外甥女

めい〜 **[名〜]** 接頭 名〜

〜めい **[〜名]** 接尾 （表人數）〜人

めいかく **[明確]** ⓪ 名 ナ形 明確

めいさく **[名作]** ⓪ 名 名著、名作

めいし **[名刺]** ⓪ 名 名片

めいし **[名詞]** ⓪ 名 名詞

めいしょ **[名所]** ⓪③ 名 名勝

めいじる / めいずる **[命じる / 命ずる]** ⓪③ / ⓪③ 他動 命令、任命、命名

めいしん **[迷信]** ⓪③ 名 迷信、誤信

めいじん **[名人]** ③ 名 知名人士、（圍棋稱號）名人

めいぶつ **[名物]** ① 名 名產、聞名、著名、名器

めいめい **[銘々]** ③ 名 各自、每個人

めいれい **[命令]** ⓪ 名 命令

めいわく **[迷惑]** ① 名 ナ形 困擾、困惑、給人添麻煩

めうえ **[目上]** ⓪③ 名 尊長、長輩、上司

メーター ⓪ 名 測量表、公尺

メートル ⓪ 名 公尺

メール ⓪① 名 （「ｅメール」或「Ｅメール」的簡稱）電子郵件

めがね **[眼鏡]** ① 名 眼鏡

めぐまれる **[恵まれる]** ⓪④ 自動 受惠、幸運

めぐる **[巡る]** ⓪ 自動 繞、循環、周遊、迴轉、輪迴、時間流逝

めざす **[目指す]** ② 他動 目標、目的

めざまし **[目覚（ま）し]** ② 名 提神、（「目覚し時計／目覚まし時計」的簡稱）鬧鐘

めし **[飯]** ② 名 米飯、三餐

めしあがる **[召（し）上（が）る]** ⓪④ 他動 「食う」（吃）、「飲む」（喝）的尊敬語

めした **[目下]** ⓪③ 名 部下、晚輩

めじるし **[目印]** ② 名 標記、記號

めす **[雌]** ② 名 （生物）雌、牝、母

めずらしい **[珍しい]** ④ イ形 珍貴的、稀有的、罕見的、新奇的

めだつ **[目立つ]** ② 自動 顯眼、醒目

めちゃくちゃ ⓪ 名 ナ形 亂七八糟

めっきり ③ 副 急遽、明顯、顯著

メッセージ ① 名 訊息、消息、留言、聲明

めった **[滅多]** ① ナ形 任意、胡亂

めでたい ③ イ形 可喜可賀的、順利的、出色的

メニュー ① 名 菜單、選單

めまい ② 名 暈眩、目眩

メモ ① 名 筆記

めやす **[目安]** ⓪① 名 標準、目標、條文

めん **[面]** ①⓪ 名 臉、顏面、面具、平面、方面、表面、版面

めん **[綿]** ① 名 棉、棉花

めんきょ **[免許]** ① 名 執照、許可、真傳

めんぜい **[免税]** ⓪ 名 免税

めんせき **[面積]** ① 名 面積

めんせつ **[面接]** ⓪ 名 面試

めんどう **[面倒]** ③ 名 ナ形 麻煩、費事、照料

めんどうくさい / めんどくさい **[面倒くさい]**
⑥ / ⑤ イ形 麻煩的

メンバー ① 名 成員、會員

隨堂測驗

（1）次の言葉の正しい読み方を一つ選びなさい。

（　）① 迷信
　　　　　1. めいこん　　　　2. めいちん
　　　　　3. めいしん　　　　4. めいすん

（　）② 目安
　　　　1. めあん　　　　　2. めわん
　　　　3. めやす　　　　　4. めおす

（　）③ 飯
　　　　1. めい　　　　　　2. めん
　　　　3. めか　　　　　　4. めし

（2）次の言葉の正しい漢字を一つ選びなさい。

（　）④ めじるし
　　　　1. 目跡　　　　　　2. 目標
　　　　3. 目記　　　　　　4. 目印

（　）⑤ めいしょ
　　　　1. 名勝　　　　　　2. 名称
　　　　3. 名所　　　　　　4. 名処

（　）⑥ めった
　　　　1. 滅大　　　　　　2. 滅多
　　　　3. 滅太　　　　　　4. 滅汰

解答

（1） ① 3　② 3　③ 4
（2） ④ 4　⑤ 3　⑥ 2

も・モ

もう ①⓪ 副 已經、即將、更加

もうかる [儲かる] ③ 自動 賺錢、獲利

もうける [儲ける] ③ 他動 獲利、得子

もうしあげる [申（し）上げる] ⑤⓪ 他動
（「言う」的謙讓語）說、講

もうしこむ [申（し）込む] ④⓪ 他動 提議、提
出、預約

もうしわけ [申（し）訳] ⓪ 名 辯解、藉口

もうしわけない [申（し）訳ない] ⑥ イ形 抱歉
的、不好意思的

もうす [申す] ① 自動 （「言う」的謙讓語）說、
（「願う」、「請う」的謙讓語）請求、（「す
る」、「行う」的謙讓語）做

もうすぐ 連語 即將

もうふ [毛布] ① 名 毛毯

もえる [燃える] ⓪ 自動 著火、燃燒、發亮

モーター ① 名 馬達、電動機、發動機、汽車

もくざい [木材] ②⓪ 名 木材

もくじ [目次] ⓪ 名 目次、目錄

もくてき [目的] ⓪ 名 目的

もくひょう [目標] ⓪ 名 目標、標的、標記

もくよう / もく **[木曜 / 木]** ③ ⓪ / ① 名 星期四

もぐる **[潜る]** ② 自動 潛入（水底）、鑽入、潛伏

もし ① 副 如果、萬一、假如

もじ / もんじ **[文字]** ① / ① 名 文字、文章、用語、詞彙、音節

もしかしたら ① 副 萬一、或許

もしかすると ① 副 萬一、或許

もしくは ① 副 或許、說不定

　　　　　① 接續 或者、或

もしも ① 副 假使、萬一、如果

もしもし ① 感 （電話用語、呼喚他人）喂

もたれる ③ 他動 依靠、消化不良、依賴

モダン ⓪ ナ形 摩登、現代

もち **[餅]** ⓪ 名 年糕

〜もち **[〜持ち]** 接尾 擁有〜的人、負擔〜

もちあげる **[持（ち）上げる]** ⓪ 他動 舉起、奉承

もちいる **[用いる]** ③ ⓪ 他動 使用、錄用、採用、用心、必要

もちろん **[勿論]** ② 副 當然、自不待言

もつ **[持つ]** ① 他動 持、握、拿、攜帶、有、負擔、使用

もったいない ⑤ イ形 可惜的、不適宜的、不敢當的

もっと ① 副 更加

もっとも **[最も]** ③ 副 最

もっとも **[尤も]** ③① ナ形 正確、理所當然

③① 副 當然

③① 接續 然而

もてる ② 自動 受歡迎、維持

連語 富饒、富裕

モデル ①⓪ 名 型式、款式、模型、樣本、模特兒

もと **[元]** ① 名 以前、從前

もと **[基 / 素]** ②⓪ 名 起源、基礎、理由、原料、原價

もどす **[戻す]** ② 他動 回到（原點）、回復（原狀）、倒退、嘔吐、回復（水準）

もとづく **[基づく]** ③ 自動 基於、根基、由於

もとめる **[求める]** ③ 他動 追求、尋求、要求、購買

もともと **[元々]** ⓪ 名 ナ形 不賠不賺、同原來一樣

⓪ 副 本來、原來

もどる **[戻る]** ② 自動 返回、退回、回復

もの **[物]** ②⓪ 名 物體、物品、事理、道理、表示抽象事物

もの **[者]** ② 名 人

ものおき **[物置]** ③④ 名 儲藏室

ものおと **[物音]** ③④ 名 聲音、聲響

ものがたり **[物語]** ③ 名 談話、故事、傳說

ものがたる **[物語る]** ④ 他動 講述、說明

ものごと **[物事]** ② 名 事物

ものさし [物差し] ③④ 名 尺、尺度、基準

ものすごい [物凄い] ④ イ形 恐怖的、非常的

モノレール ③ 名 單軌（電車）

もみじ [紅葉] ① 秋天樹葉轉紅、槭樹科植物的統稱

もむ [揉む] ⓪ 他動 揉、按摩、擁擠、推擠、爭論、鍛鍊

もめん [木綿] ⓪ 名 棉花、棉線、棉布

もやす [燃やす] ⓪ 他動 燃燒

もよう [模様] ⓪ 名 花樣、狀態、情況

もよおし [催し] ⓪ 名 舉辦、集會、活動

もらう [貰う] ⓪ 他動 獲得、接受、讓他人成為己方一員、承擔

もり [森] ⓪ 名 森林、（日本姓氏）森

もる [盛る] ⓪① 他動 盛、裝、堆積、調製、以文章表現思想、標記刻度

もん [門] ① 名 門、家、家族

～もん [～問] 接尾 （接於數字之後，表題數）～題

もんく [文句] ① 名 文章詞句、抱怨

もんだい [問題] ⓪ 名 問題、課題、麻煩、引人注目

もんどう [問答] ③ 名 問答

隨堂測驗

（1）次の言葉の正しい読み方を一つ選びなさい。

（ ）① 最も
    1. もうとも   2. もつとも
    3. もっとも   4. もんとも

（ ）② 元
    1. もと   2. もん
    3. もい   4. もう

（ ）③ 物語
    1. ものかたり   2. ものがたり
    3. ものかだり   4. ものがだり

（2）次の言葉の正しい漢字を一つ選びなさい。

（ ）④ もみじ
    1. 林葉   2. 森葉
    3. 緑葉   4. 紅葉

（ ）⑤ もむ
    1. 練む   2. 推む
    3. 按む   4. 揉む

（ ）⑥ もともと
    1. 下々   2. 基々
    3. 原々   4. 元々

解答

（1）① 3 ② 1 ③ 2
（2）④ 4 ⑤ 4 ⑥ 4

や・ヤ

〜や [〜屋] 接尾 〜店、〜商號、〜匠、具有〜特質

〜や [〜夜] 接尾 〜夜

やおや [八百屋] ⓪ 名 蔬果店

やがて ⓪ 副 不久、馬上、即將、結局、終究

やかましい ④ イ形 吵鬧的、議論紛紛的、嚴格的、吹毛求疵的、麻煩的

やかん [夜間] ①⓪ 名 夜間

やかん [薬缶] ⓪ 名 （金屬製的）水壺

やく [焼く] ⓪ 他動 焚燒、燒烤、燒製、日晒、腐蝕、烙印、操心

やく [役] ② 名 職務、職位、任務、角色

やく [約] ① 名 約定
　　　　　 ① 副 大約、大概

やく [訳] ①② 名 翻譯

やくしゃ [役者] ⓪ 名 演員、有本事的人

やくしょ [役所] ③ 名 公家機關

やくす / やくする [訳す / 訳する] ②/③ 他動 翻譯、解釋

やくそく [約束] ⓪ 名 約定、規則、（注定的）命運

やくだつ [役立つ] ③ 名 有用、有效

やくにん [役人] ⓪ 名 公務員、官員、有職務的人、演員

やくひん **[薬品]** ⓪ 名 藥品、藥劑

やくめ **[役目]** ③ 名 職責

やくわり **[役割]** ③⓪ 名 分配職務、分配職務的人、分配的職務

やけど **[火傷]** ⓪ 名 灼傷、燙傷

やける **[焼ける]** ⓪ 自動 燒、燙、烤、加熱、晒、操心、（胸）悶

やこう **[夜行]** ⓪ 名 在夜間活動、夜班列車、夜遊

やさい **[野菜]** ⓪ 名 蔬菜

やさしい **[易しい]** ⓪③ イ形 容易的、簡單的、易懂的、平易的

やさしい **[優しい]** ⓪③ イ形 溫柔的、溫和的、親切的、慈祥的

やじるし **[矢印]** ② 名 箭號

やすい **[安い]** ② イ形 便宜的、親密的、平靜的、輕鬆的

～やすい **[～易い]** 接尾 易於～的

やすみ **[休み]** ③ 名 休息、休假、假日、就寢

やすむ **[休む]** ② 自他動 休息、請假、間斷、睡覺

やせる **[痩せる]** ⓪ 自動 痩、（土壤）貧瘠

やちん **[家賃]** ① 名 房租

やっかい **[厄介]** ① 名 ナ形 麻煩、照顧、寄宿的人、難對付的人

やっきょく **[薬局]** ⓪ 名 藥局、藥房

やっつ **[八つ]** ③ 名 八個、八歲

やっつける ④ 他動 打敗、撃倒、（強調語氣）做完、幹完

やっと ⓪ 副 終於、好不容易、勉勉強強

やど **【宿】** ① 名 住家、自宅、旅途住宿的地方、當家的人

やとう **【雇う】** ② 他動 僱用、利用

やぬし **【家主】** ①⓪ 名 一家之主、屋主、房東

やね **【屋根】** ① 名 屋頂、篷

やはり / やっぱり ②/③ 副 依舊、同樣、畢竟、果然

やぶく **【破く】** ② 他動 弄破

やぶる **【破る】** ② 他動 弄破、破壞、打破、違反、打敗、傷害

やぶれる **【破れる】** ③ 自動 破裂、破損、破壞、破滅、負傷

やま **【山】** ② 名 山、礦山、物品突出部分、（故事的）高潮、難關

やむ **【止む】** ⓪ 自動 停止、終止、中止

やむをえない 連語 不得已、沒有辦法

やめる **【止める】** ⓪ 他動 中止、作罷、病癒、戒掉

やめる **【辞める】** ⓪ 他動 辭職

やや ① 副 稍微、暫時、略微

やる ⓪ 他動 做、派、前進、託付、練習、給、送

やわらかい **【柔らかい / 軟らかい】** ④ イ形 柔軟的、溫和的、靈巧的

隨堂測驗

(1) 次の言葉の正しい読み方を一つ選びなさい。

( ) ① 夜間
    1. やかい   2. やかん
    3. やあい   4. やあん

( ) ② 家主
    1. やるじ   2. やぬし
    3. やおも   4. やしゅ

( ) ③ 八つ
    1. やつつ   2. やっつ
    3. やうつ   4. やんつ

(2) 次の言葉の正しい漢字を一つ選びなさい。

( ) ④ やっかい
    1. 煩介   2. 麻介
    3. 厄介   4. 応介

( ) ⑤ やぶる
    1. 打る   2. 壊る
    3. 破る   4. 傷る

( ) ⑥ やど
    1. 宅   2. 住
    3. 家   4. 宿

解答

(1) ① 2 ② 2 ③ 2
(2) ④ 3 ⑤ 3 ⑥ 4

ゆ・ユ

ゆ **[湯]** ① 名 熱水、溫泉

ゆいいつ **[唯一]** ① 名 唯一

ゆうえんち **[遊園地]** ③ 名 遊樂園

ゆうがた **[夕方]** ⓪ 名 傍晚、黃昏

ゆうかん **[夕刊]** ⓪ 名 晚報

ゆうき **[勇気]** ① 名 勇氣

ゆうこう **[友好]** ⓪ 名 友好

ゆうこう **[有効]** ⓪ 名 ナ形 有效

ゆうしゅう **[優秀]** ⓪ 名 ナ形 優秀

ゆうしょう **[優勝]** ⓪ 名 優勝

ゆうじょう **[友情]** ⓪ 名 友情

ゆうじん **[友人]** ⓪ 名 友人、朋友

ゆうそう **[郵送]** ⓪ 名 郵寄

ゆうだち **[夕立]** ⓪ 名 （夏日午後的）雷陣雨、
驟雨、西北雨

ゆうのう **[有能]** ⓪ 名 ナ形 有才能

ゆうはん **[夕飯]** ⓪ 名 晚飯

ゆうひ **[夕日]** ⓪ 名 夕陽

ゆうびん **[郵便]** ⓪ 名 郵政、郵件

ゆうべ **[夕べ]** ③ ⓪ 名 傍晚、昨晚、晚會

ゆうめい **[有名]** ⓪ 名 ナ形 有名、知名

ユーモア ① ⓪ 名 幽默

ゆうゆう **[悠々]** ⓪③ ナ形 從容、悠悠、悠閒、悠遠

ゆうり **[有利]** ① 名 ナ形 有利、有益

ゆうりょう **[有料]** ⓪ 名 收費

ゆうれい **[幽霊]** ① 名 幽靈、亡靈、亡魂

ゆか **[床]** ⓪ 名 地板

ゆかい **[愉快]** ① 名 ナ形 愉快

ゆかた **[浴衣]** ⓪ 名 浴衣

ゆき **[雪]** ② 名 雪、雪白

ゆくえ **[行方]** ⓪ 名 行蹤、下落、前途

ゆげ **[湯気]** ① 名 水蒸氣、熱氣

ゆけつ **[輸血]** ⓪ 名 輸血

ゆしゅつ **[輸出]** ⓪ 名 輸出、出口

ゆずる **[譲る]** ⓪ 他動 讓渡、謙讓、賣出、讓步

ゆそう **[輸送]** ⓪ 名 輸送

ゆたか **[豊か]** ① ナ形 豐富、富裕、充實、豐滿

ゆだん **[油断]** ⓪ 名 大意、輕忽

ゆっくり ③ 副 慢慢地、充分地

ゆでる ② 他動 煮、熱敷

ユニーク ② ナ形 獨特、唯一

ユニフォーム / ユニホーム ③①/③① 名 制服、運動套裝、軍服

ゆにゅう **[輸入]** ⓪ 名 進口、引進

ゆのみ **[湯飲み]** ③ 名 茶杯

ゆび **[指]** ② 名 手指、脚趾

ゆびわ **[指輪]** ⓪ 名 戒指

ゆめ **[夢]** ② 名 夢、夢想、空想

ゆるい **[緩い]** ② イ形 鬆弛的、緩和的、緩慢的、稀的、鬆散的

ゆるす **[許す]** ② 他動 原諒、容許、赦免、承認、釋放、鬆懈

ゆれる **[揺れる]** ⓪ 自動 晃動、動搖、動盪

隨堂測驗

（1）次の言葉の正しい読み方を一つ選びなさい。

（　）① 夢
    1. ゆみ　　　　　　2. ゆま
    3. ゆめ　　　　　　4. ゆい

（　）② 湯飲み
    1. ゆわみ　　　　　2. ゆおみ
    3. ゆなみ　　　　　4. ゆのみ

（　）③ 譲る
    1. ゆかる　　　　　2. ゆがる
    3. ゆする　　　　　4. ゆずる

（2）次の言葉の正しい漢字を一つ選びなさい。

（　）④ ゆにゅう
    1. 輸入　　　　　　2. 輪入
    3. 軒入　　　　　　4. 転入

( ) ⑤ ゆたか
     1.充か   2.富か
     3.満か   4.豊か

( ) ⑥ ゆくえ
     1.進方   2.前方
     3.行方   4.途方

解答 --

(1) ① 3　② 4　③ 4
(2) ④ 1　⑤ 4　⑥ 3

あ行

か行

さ行

た行

な行

は行

ま行

や行

ら行

わ行

よ・ヨ

よ [夜] ① 名 夜晚

よあけ [夜明け] ③ 名 清晨、拂曉、（新時代或新事物的）開端

よいしょ ① 感 （扛起重物時發出的聲音）嘿咻、嘿喲

よう [用] ① 名 要事、用處、便溺、費用

よう [様] ① 名 樣子、樣式、方法、理由、同類

よう [酔う] ① 自動 酒醉、暈（車、船）、陶醉

ようい [用意] ① 名 準備、有深意

ようい [容易] ⓪ 名 ナ形 容易

ようか [八日] ⓪ 名 八號、八日

ようがん [溶岩] ①⓪ 名 熔岩

ようき [容器] ① 名 容器

ようき [陽気] ⓪ 名 天候、氣候、時節

　　　　　　① 名 陽氣

　　　　　　⓪ 名 ナ形 活潑、開朗

ようきゅう [要求] ⓪ 名 要求

ようけん [用件] ③ 名 事情、傳達的內容

ようご [用語] ⓪ 名 用語、術語

ようし [要旨] ① 名 要旨、主旨

ようし [用紙] ⓪① 名 用紙

ようじ [用事] ⓪ 名 要事、便溺

ようじ [幼児] ① 名 幼兒

ようじん [用心] ① 名 警戒、注意

ようす [様子] ⓪ 名 情況、狀態、姿態、表情、跡象、緣由

ようするに [要するに] ③ 副 總之

ようせき [容積] ① 名 容量、體積

ようそ [要素] ① 名 因素、要素

ようち [幼稚] ⓪ 名 ナ形 幼稚、不成熟、單純

ようちえん [幼稚園] ③ 名 幼稚園

ようてん [要点] ③ 名 要點、重點

ようと [用途] ① 名 用途

ようび [曜日] ⓪ 名 構成一星期的七天

～ようび [～曜日] 接尾 星期～

ようひん [用品] ⓪ 名 用品、用具、必要物品

ようひんてん [洋品店] ③ 名 服裝店、舶來品店

ようふく [洋服] ⓪ 名 （特別指西式服飾）衣服

ようぶん [養分] ① 名 養分

ようもう [羊毛] ⓪ 名 羊毛

ようやく [漸く] ⓪ 副 好歹、總算、漸漸

ようりょう [要領] ③ 名 要點、要領、手段

ヨーロッパ ③ 名 歐洲

よかん [予感] ⓪ 名 預感

よき [予期] ① 名 預期

よく ① 副 好好地、充分地、時常、經常、屢屢

よく～ [翌～] 接頭 （接在時間、日期之前）
次～、隔～

よく、いらっしゃいました。 歡迎您來。

よくじつ [翌日] ⓪ 名 翌日

よくばり [欲張り] ③④ 名 ナ形 貪婪

よけい [余計] ⓪ 名 ナ形 多餘

　　　　　　　 ⓪ 副 分外、多

よこ [横] ⓪ 名 横、側、旁、緯、局外、歪斜

よこぎる [横切る] ③ 他動 横越

よこす ② 他動 寄送、交遞、派來

よごす [汚す] ②⓪ 他動 弄髒、玷汙、玷辱

よごれる [汚れる] ⓪ 自動 弄髒、汙染、丟臉、玷汙

よさん [予算] ⓪ 名 預算

よしゅう [予習] ⓪ 名 預習

よす [止す] ① 他動 停止、作罷

よせる [寄せる] ⓪ 自他動 靠近、集中、吸引、
加、投（身）

よそ [余所] ②① 名 他處、別處、與自己無關

よそう [予想] ⓪ 名 預想、預料

よそく [予測] ⓪ 名 預測

よっか [四日] ⓪ 名 四號、四日

よつかど [四つ角] ⓪ 名 四個角、十字路口

よっつ [四つ] ③ 名 四個、四歲

～ (に) よって [～ (に) 因って] 連語 基於～

ヨット ① 名 帆船、遊艇

よっぱらい [酔っ払い] ⓪ 名 喝醉的人、醉漢

よてい [予定] ⓪ 名 預定

よなか [夜中] ③ 名 半夜

よのなか [世の中] ② 名 世間、社會、俗世、時代

よび [予備] ① 名 預備、準備

よびかける [呼（び）掛ける] ④ 他動 號召、喚起、呼籲

よびだす [呼（び）出す] ③ 他動 傳喚、呼喚、邀請

よぶ [呼ぶ] ⓪ 他動 呼喊、喊叫、邀請、引起、稱呼、招致

よぶん [余分] ⓪ 名 ナ形 多餘、格外

よほう [予報] ⓪ 名 預報、天氣預報

よぼう [予防] ⓪ 名 預防

よみ [読み] ② 名 唸、讀、讀法

よむ [読む] ① 他動 讀、唸、閱讀、觀察

よめ [嫁] ⓪ 名 媳婦、新娘

よやく [予約] ⓪ 名 預約

よゆう [余裕] ⓪ 名 餘裕、從容

より ⓪ 副 更加

よる [夜] ① 名 夜晚、夜間

よる [寄る] ⓪ 自動 接近、靠近、聚集、年齡增長、順道

よる [因る] ⓪ 自動 起因、根據、因為、基於、憑、靠

～（に）よると 連語 根據～

よろこび **[慶び／喜び]** ⓪③④ 名 喜悅、喜事、值得慶賀的事、賀詞

よろこぶ **[慶ぶ／喜ぶ]** ③ 自動 開心、喜悅、祝福、樂意

よろしい **[宜しい]** ③⓪ イ形 好的、容許的、適當的

　どうぞ、よろしく。　請多關照、請多指教。

よわい **[弱い]** ② イ形 軟弱的、貧乏的、不牢固的、不擅長的

よん **[四]** ① 名 四

隨堂測驗

（1）次の言葉の正しい読み方を一つ選びなさい。

（　）① 予防
　　1. よはん　　　　　　2. よばん
　　3. よほう　　　　　　4. よぼう

（　）② 余裕
　　1. よやう　　　　　　2. よゆう
　　3. よろう　　　　　　4. よこう

（　）③ 横切る
　　1. よこじる　　　　　2. よこがる
　　3. よこぎる　　　　　4. よこどる

（2）次の言葉の正しい漢字を一つ選びなさい。

（　）④　よごれる
　　　　1.寄れる　　　　　　　2.横れる
　　　　3.汚れる　　　　　　　4.要れる

（　）⑤　よっぱらい
　　　　1.酔っ支い　　　　　　2.酔っ払い
　　　　3.酔っ伝い　　　　　　4.酔っ飲い

（　）⑥　よっか
　　　　1.二日　　　　　　　　2.四日
　　　　3.八日　　　　　　　　4.九日

（1）①4　②2　③3
（2）④3　⑤2　⑥2

ら・ラ

～ら [～等] 接尾 ～們、～等

らい～ [来～] 接頭 （接續日期、時間等）來～、下～

ライス ① 名 米飯

ライター ① 名 打火機

ライト ① 名 光、光線、照明

らいにち [来日] ⓪ 名 （外國人）赴日

らいひん [来賓] ⓪ 名 來賓

らく [楽] ② 名 ナ形 安樂、舒適、寬裕、輕鬆

らくだい [落第] ⓪ 名 落榜、留級、沒有達到水準

ラケット ② 名 球拍

ラジオ ① 名 廣播、收音機

ラジカセ ⓪ 名 （有收聽廣播功能的）卡式錄放音機

ラッシュ ① 名 （「ラッシュアワー」的簡稱）尖峰時段、蜂擁而至

ラッシュアワー ④ 名 尖峰時段

らん [欄] ① 名 欄杆、表格欄位、專欄

ランチ ① 名 午餐

ランニング ⓪ 名 跑步、運動背心、（帆船）順風行駛

らんぼう [乱暴] ⓪ 名 ナ形 粗暴、暴力

隨堂測驗

(1) 次の言葉の正しい読み方を一つ選びなさい。

( ) ① 落第
    1. らくたい   2. らくだい
    3. らくてい   4. らくでい

( ) ② 欄
    1. らむ   2. らく
    3. らい   4. らん

( ) ③ 来賓
    1. らいびん   2. らいひん
    3. らいじん   4. らいしん

(2) 次の言葉の正しい漢字を一つ選びなさい。

( ) ④ らいにち
    1. 礼日   2. 赴日
    3. 来日   4. 落日

( ) ⑤ らく
    1. 楽   2. 快
    3. 興   4. 高

( ) ⑥ らんぼう
    1. 荒暴   2. 粗暴
    3. 乱暴   4. 打暴

解答

(1) ① 2 ② 4 ③ 2
(2) ④ 3 ⑤ 1 ⑥ 3

り・リ

りえき [利益] ① 名 利益、獲利

りか [理科] ① 名 自然科學

りかい [理解] ① 名 理解、了解

りがい [利害] ① 名 利害、得失

りく [陸] ⓪ 名 陸地、硯心

りこう [利口] ⓪ 名 ナ形 聰明、伶俐、機伶

りこん [離婚] ⓪ 名 離婚

リズム ① 名 律動、韻律、節拍、節奏

りそう [理想] ⓪ 名 理想

りつ [率] ① 名 比例

リットル ⓪ 名 公升

りっぱ [立派] ⓪ ナ形 卓越、堂堂正正、充分、宏偉、偉大

リボン ① 名 絲帶、（打字機）色帶

りゃくす / りゃくする [略す / 略する] ② / ③ 他動 省略、簡略、掠奪

りゆう [理由] ⓪ 名 理由、藉口

～りゅう [～流] 接尾 ～流派、～派別

りゅういき [流域] ⓪ 名 流域

りゅうがく [留学] ⓪ 名 留學

りゅうこう [流行] ⓪ 名 流行

りよう [利用] ⓪ 名 利用、運用

りょう 【量】 ① 名 數量、程度

りょう 【寮】 ① 名 宿舍、茶寮、別墅

りょう 【両】 ① 名 雙、兩

りょう～ 【両～】 接頭 雙～、雙方～、兩～

～りょう 【～両】 接尾 ～輛

～りょう 【～料】 接尾 ～的費用、～的材料

～りょう 【～領】 接尾 ～領地、（鎧甲的單位）～件

りょうがえ 【両替】 ⓪ 名 兌換（貨幣或有價證券）

りょうがわ 【両側】 ⓪ 名 兩側

りょうきん 【料金】 ① 名 費用

りょうし 【漁師】 ① 名 漁夫

りょうじ 【領事】 ① 名 領事

りょうしゅう 【領収】 ⓪ 名 領收、領受

りょうり 【料理】 ① 名 烹飪、調理、菜餚、處理

りょかん 【旅館】 ⓪ 名 日式旅館

～りょく 【～力】 造語 ～力

りょこう 【旅行】 ⓪ 名 旅行、旅遊

りんじ 【臨時】 ⓪ 名 臨時、短期

隨堂測驗

（1）次の言葉の正しい読み方を一つ選びなさい。

（　）① 両側
　　　　　1. りょうかわ　　　　2. りょうがわ
　　　　　3. りょうそば　　　　4. りょうぞば

( ) ② 利用
    1. りよう   2. りよん
    3. りもち   4. りもん

( ) ③ 領事
    1. りょうし   2. りょうじ
    3. りょうこと   4. りょうごと

（2）次の言葉の正しい漢字を一つ選びなさい。

( ) ④ 〜りゅう
    1. 〜派   2. 〜類
    3. 〜流   4. 〜件

( ) ⑤ りこう
    1. 利口   2. 聡口
    3. 賢口   4. 明口

( ) ⑥ りょうし
    1. 漁師   2. 漁士
    3. 漁夫   4. 漁志

解答--

（1）① 2　② 1　③ 2
（2）④ 3　⑤ 1　⑥ 1

る・ル

るいせき [累積] ⓪ 名 累積

ルーム ① 名 房間

ルール ① 名 規則、規定、章程

るす [留守] ① 名 不在家、外出、忽略

るすばん [留守番] ⓪ 名 看家、看家的人、守門人

随堂測驗

（1）次の言葉の正しい読み方を一つ選びなさい。

（　）① 留守
1. るしゅ　　　　　2. るも
3. るす　　　　　　4. るきょ

（2）次の言葉の正しい漢字を一つ選びなさい。

（　）② るいせき
1. 累積　　　　　　2. 累析
3. 類積　　　　　　4. 類析

解答

（1）① 3

（2）② 1

れ・レ

れい **[例]** ① 名 舉例、先例、慣例

れい **[礼]** ①⓪ 名 禮儀、行禮、禮物

れい **[零]** ① 名 零

れいがい **[例外]** ⓪ 名 例外

れいぎ **[礼儀]** ③ 名 禮節、謝禮

れいせい **[冷静]** ⓪ 名 ナ形 冷靜、沉著

れいぞうこ **[冷蔵庫]** ③ 名 冰箱

れいてん **[零点]** ③⓪ 名 零分、沒有資格

れいとう **[冷凍]** ⓪ 名 冷凍

れいとうこ **[冷凍庫]** ③ 名 冷凍庫

れいぼう **[冷房]** ⓪ 名 冷氣

レインコート ④ 名 雨衣

れきし **[歴史]** ⓪ 名 歷史、來歷、史學

レクリエーション ④ 名 娛樂、消遣、休養

レコード ② 名 紀錄、唱片

レジ ① 名 收銀機、收銀台、暫存器、收銀員

レジャー ① 名 閒暇、悠閒、休閒

レストラン ① 名 餐廳

れつ **[列]** ① 名 行列、同伴、數列

れっしゃ **[列車]** ⓪① 名 列車

レッスン ① 名 課、課程

れっとう **[列島]** ⓪ 名 列島

レベル ① 名 水準、程度、水平線、水平儀

レポート / リポート ②/② 名 報告

れんあい [恋愛] ⓪ 名 戀愛

れんが [煉瓦] ① 名 磚

れんきゅう [連休] ⓪ 名 連續假期

れんごう [連合] ⓪ 名 聯合、日本勞動組合總聯合會（JTUC）的簡稱

れんしゅう [練習] ⓪ 名 練習

レンズ ① 名 鏡片、鏡頭、水晶體、透鏡

れんそう [連想] ⓪ 名 聯想

れんぞく [連続] ⓪ 名 連續

れんらく [連絡] ⓪ 名 聯絡、聯繫、聯運

隨堂測驗

（1）次の言葉の正しい読み方を一つ選びなさい。

( ) ① 例外
　　1. れいそと　　　　2. れいぞと
　　3. れいかい　　　　4. れいがい

( ) ② 歴史
　　1. れきし　　　　　2. れいし
　　3. れきす　　　　　4. れいす

( ) ③ 恋愛
　　1. れんあい　　　　2. れいあい
　　3. れんない　　　　4. れいない

（2）次の言葉の正しい漢字を一つ選びなさい。

（　）④ れんが
　　　 1.錬瓦　　　　　　　 2.煉瓦
　　　 3.練瓦　　　　　　　 4.累瓦

（　）⑤ れいぎ
　　　 1.礼節　　　　　　　 2.礼儀
　　　 3.礼義　　　　　　　 4.礼貌

（　）⑥ れつ
　　　 1.伴　　　　　　　　 2.行
　　　 3.列　　　　　　　　 4.共

 解答 --

（1）① 4　② 1　③ 1
（2）④ 2　⑤ 2　⑥ 3

ろ・ロ

ろうか **[廊下]** ⓪ 名 走廊、沿著溪谷的山徑

ろうか **[老化]** ⓪ 名 老化、衰老

ろうご **[老後]** ⓪ 名 晚年

ろうじん **[老人]** ⓪ 名 老人

ろうそく **[蝋燭]** ③④ 名 蠟燭

ろうどう **[労働]** ⓪ 名 勞動

ろうはい **[老廃]** ⓪ 名 老朽、廢舊

ローマじ **[ローマ字]** ③⓪ 名 羅馬字、拉丁文

ろく **[六]** ② 名 六、第六

ろくおん **[録音]** ⓪ 名 錄音

ろくに ⓪ 副 （後接否定）滿意、充分、很好

ロケット ② 名 火箭

ロッカー ① 名 鎖櫃、（投幣式）置物櫃

ロビー ① 名 大廳、（議會）會客室

～ろん **[～論]** 接尾 ～論、～學說

ろんじる / ろんずる **[論じる / 論ずる]** ⓪③ / ③⓪
他動 論述、談論、爭論

ろんそう **[論争]** ⓪ 名 爭論

ろんぶん **[論文]** ⓪ 名 論文

（1）次の言葉の正しい読み方を一つ選びなさい。

（　）① 録音
　　　　1. ろくおと　　　　　　2. ろかおん
　　　　3. ろくおん　　　　　　4. ろかおと

（　）② 老化
　　　　1. ろすか　　　　　　　2. ろんか
　　　　3. ろうか　　　　　　　4. ろしか

（　）③ 労働
　　　　1. ろんどう　　　　　　2. ろんどん
　　　　3. ろうどう　　　　　　4. ろうどん

（2）次の言葉の正しい漢字を一つ選びなさい。

（　）④ ろうか
　　　　1. 廊家　　　　　　　　2. 廊化
　　　　3. 廊下　　　　　　　　4. 廊架

（　）⑤ 〜ろん
　　　　1. 〜学　　　　　　　　2. 〜糧
　　　　3. 〜説　　　　　　　　4. 〜論

（　）⑥ ろんじる
　　　　1. 識じる　　　　　　　2. 設じる
　　　　3. 諭じる　　　　　　　4. 論じる

解答 --------------------------------------

（1）① 3　② 3　③ 3
（2）④ 3　⑤ 4　⑥ 4

わ・ワ

わ **[輪]** ① 名 圓圈、環狀物、車輪

わ〜 **[和〜]** 接頭 日本〜、日本式的〜

〜わ **[〜羽]** 接尾 （兔子或鳥類）〜隻

ワープロ ⓪ 名 文書處理機

ワイシャツ ⓪ 名 男襯衫

ワイン ① 名 葡萄酒

わえい **[和英]** ⓪ 名 日本與英國、日語與英語、
（「和英辞典」的簡稱）日英辭典

わが〜 **[我が〜]** ① 連體 我的〜、我們的〜

わかい **[若い]** ② イ形 年輕的、不成熟的、有活力的

わかす **[沸かす]** ⓪ 他動 使〜沸騰、讓〜興奮、讓
（金屬）熔解、讓〜發酵

わがまま ③④ 名 ナ形 任性、恣意

わかもの **[若者]** ⓪ 名 年輕人、青年

わかる **[分かる]** ② 自動 知道、判明、了解

わかれ **[別れ]** ③ 名 分離、死別、旁系

わかれる **[分かれる / 別れる]** ③ 自動 區別、分
歧、差異、離開、離婚

わかわかしい **[若々しい]** ⑤ イ形 朝氣蓬勃的、顯
得年輕的、不成熟的

わき **[脇]** ② 名 腋下、旁邊、他處

わく **[沸く]** ⓪ 自動 沸騰、水勢激烈、興奮

わく **【湧く】** ⓪ 自動 湧出、噴出、長出、產生、鼓起

わけ **【訳】** ⓪ 名 原因、理由、內容、常識、道理、內情

わける **【分ける】** ② 自動 分割、分類、區分、仲裁、判斷、分配、撥開

わざと ① 副 刻意地、正式地

わざわざ ① 副 刻意地、特別地

わずか **【僅か】** ① 名 ナ形 僅僅、稍微、一點點

わずかに **【僅かに】** ① 副 僅、勉勉強強

わすれもの **【忘れ物】** ⓪ 名 忘記帶走、忘記帶的物品

わすれる **【忘れる】** ⓪ 他動 忘記、忘懷、忘記（帶走）、遺忘

わた **【綿】** ② 名 棉

わだい **【話題】** ⓪ 名 話題

わたくし **【私】** ⓪ 名 私、個人的

わたくし / わたし **【私】** ⓪/⓪ 代 我

わたす **【渡す】** ⓪ 他動 渡河、搭、交遞、給予

わたる **【渡る】** ⓪ 自動 度過、經過、度日、拿到

わびる **【詫びる】** ②⓪ 自動 道歉、賠罪

わふく **【和服】** ⓪ 名 和服

わらい **【笑い】** ⓪ 名 笑、笑聲

わらう **【笑う】** ⓪ 自他動 笑、嘲笑、（衣服、花朵）綻開

わりあい **【割合】** ⓪ 名 比例、比率、雖然～但是～

　　　　　　　　　⓪ 副 比較地、意外地

わりざん [割（り）算] ② 名 除法

わりに / わりと [割に / 割と] ⓪ / ⓪ 副 比較地、格外地

わりびき [割引] ⓪ 名 折扣

わりふる [割（り）振る] ③ 他動 分派、分攤

わる [割る] ⓪ 他動 切開、劈開、打破、切割、破壞、分配、（除法）除以〜

わるい [悪い] ② イ形 不好的、醜的、劣等的、錯誤的、惡劣的、抱歉的

わるくち [悪口] ② 名 說人壞話、中傷

われる [割れる] ⓪ 自動 破壞、碎裂、分裂、裂開、除盡

われわれ [我々] ⓪ 名 一個一個

　　　　　　　　　⓪ 代 我們、我

わん [湾] ① 名 海灣

わん [椀 / 碗] ⓪ 名 碗

ワンピース ③ 名 連身洋裝

隨堂測驗

（1）次の言葉の正しい み方を一つ選びなさい。

（　）① 我々
　　　　1. わりわり　　　　　　2. われわれ

　　　　3. わうわう　　　　　4. わかわか

( )　② 話題
　　　　1. わだい　　　　　　2. わてい
　　　　3. わたき　　　　　　4. わでき

( )　③ 忘れ物
　　　　1. わこれもの　　　　2. わすれもの
　　　　3. わこれぶつ　　　　4. わすれぶつ

(2) 次の言葉の正しい漢字を一つ選びなさい。

( )　④ わるくち
　　　　1. 壊口　　　　　　　2. 悪口
　　　　3. 割口　　　　　　　4. 汚口

( )　⑤ わる
　　　　1. 打る　　　　　　　2. 開る
　　　　3. 割る　　　　　　　4. 破る

( )　⑥ わびる
　　　　1. 輪びる　　　　　　2. 謝びる
　　　　3. 罪びる　　　　　　4. 詫びる

(1) ① 2　② 1　③ 2
(2) ④ 2　⑤ 3　⑥ 4

Part 2 模擬試題 ＋ 完全解析

二回模擬試題，讓您在學習之後立即能測驗自我實力。若有不懂之處，中文翻譯及解析更能幫您了解盲點所在，補強應考戰力。

模擬試題第一回

問題1

_____ の言葉の読み方として最もよいものを、
1・2・3・4から一つ選びなさい。

( ) ① 最近、白髪が増えて困っている。
    1. しらが　　　　2. しろはつ
    3. はくかみ　　　4. しろがみ

( ) ② くだらない会議に時間を使うのは惜し
    い。
    1. ほしい　　　　2. おしい
    3. なしい　　　　4. せしい

( ) ③ 自分が使った布団は自分で片づけなさ
    い。
    1. ふだん　　　　2. ふとん
    3. ぶだん　　　　4. ぶとん

( ) ④ 妊娠中は酸っぱいものが食べたくなる
    そうだ。
    1. いっぱい　　　2. せっぱい
    3. さっぱい　　　4. すっぱい

（　）⑤ お正月に近所の神社にお参りした。

    1. せんじゃ　　　2. じんじゃ

    3. かみじゃ　　　4. しんじゃ

問題2

＿＿＿＿の言葉を漢字で書くとき、最もよいもの
を1・2・3・4から一つ選びなさい。

（　）⑥ 彼女は先生の前ではおとなしい。

    1. 大人しい　　　2. 音無しい

    3. 内気しい　　　4. 温駿しい

（　）⑦ 車のライトがまぶしくて思わず目をつ
ぶった。

    1. 眩しくて　　　2. 鋭しくて

    3. 輝しくて　　　4. 亮しくて

（　）⑧ 今年から親元をはなれて生活すること
になった。

    1. 離れて　　　2. 放れて

    3. 外れて　　　4. 別れて

( ) ⑨ 駅前の<u>きっさてん</u>でコーヒーでもどう
ですか。
1. 飲茶店　　　　2. 喫茶店
3. 珈琲店　　　　4. 軽食店

( ) ⑩ あなたは一体どちらの<u>みかた</u>なんです
か。
1. 味方　　　　2. 三方
3. 見方　　　　4. 身方

問題3
(　　　　) に入れるのに最もよいものを、
1・2・3・4から一つ選びなさい。

( ) ⑪ 妹は歌手になる夢をどうしてもあきら
め (　　　　) ようだった。
1. ならない　　　2. きれない
3. ぬけない　　　4. きらない

( ) ⑫ お年寄り (　　　　) の食事を用意して
ください。
1. ぬき　　　　2. おき
3. つき　　　　4. むき

（　）⑬ 試合は（　　　）天候にみまわれたた

め、中止となった。

1. 不　　　　　　　2. 灰

3. 悪　　　　　　　4. 低

（　）⑭ うっかりしていて銀行を（　　　）過

ぎてしまった。

1. とおり　　　　　2. あるき

3. すすみ　　　　　4. しかり

（　）⑮ 結婚相手は収入も多く（　　　）学歴

なので、両親は喜んでいる。

1. 名　　　　　　　2. 良

3. 高　　　　　　　4. 優

問題4

（　　　）に入れるのに最もよいものを、

1・2・3・4から一つ選びなさい。

（　）⑯ 父は体の（　　　）が悪いようで、最

近はずっと薬に頼りきりだ。

1. 調整　　　　　　2. 調子

3. 調度　　　　　　4. 調節

（　）⑰ 植物の成長は天候と深い（　　　）

　　　 があるそうだ。

　　　 1. 関継　　　　　　 2. 関節

　　　 3. 関与　　　　　　 4. 関連

（　）⑱ 中国は豊かになったとはいえ、生活

　　　 （　　　）はまだ高いとは言えない。

　　　 1. 水準　　　　　　 2. 標準

　　　 3. 基盤　　　　　　 4. 基準

（　）⑲ 最近の携帯電話にはさまざまな

　　　 （　　　）がついている。

　　　 1. 容器　　　　　　 2. 機能

　　　 3. 物事　　　　　　 4. 装置

（　）⑳ 彼女の業績は5ヶ月（　　　）トップ

　　　 だそうだ。

　　　 1. 持続　　　　　　 2. 接続

　　　 3. 継続　　　　　　 4. 連続

（　）㉑ 同僚は来月、アメリカへの海外

　　　 （　　　）を命じられた。

　　　 1. 出張　　　　　　 2. 出場

　　　 3. 出動　　　　　　 4. 出陣

（　）㉒ ドイツでパスポートの盗難（　　　　）

に遭い、大変な思いをした。

1. 受害　　　　　2. 被害

3. 損害　　　　　4. 強害

問題5

_____の言葉に意味が最も近いものを、

1・2・3・4から一つ選びなさい。

（　）㉓ 今夜はおおいに飲みましょう！

1. たくさん　　　2. みんなで

3. たいして　　　4. こっそり

（　）㉔ こんなにひどい雨では、彼はおそらく

来ないだろう。

1. きっと　　　　2. たぶん

3. めったに　　　4. とっくに

（　）㉕ もっとバランスのとれた食事を心がけ

るべきだ。

1. 調節　　　　　2. 調和

3. 調合　　　　　4. 調進

（　）㉖ <u>あつかましい</u>お願いで恐縮ですが……。

1. しぶとい　　　　2. おそろしい

3. そうぞうしい　　4. ずうずうしい

（　）㉗ 彼女の<u>なごやかな</u>笑顔が忘れられない。

1. かわいい　　　　2. おんわな

3. ゆたかな　　　　4. うつくしい

問題6

次の言葉の使い方として最もよいものを、

1・2・3・4から一つ選びなさい。

（　）㉘ 要領

1. 危険な<u>要領</u>を含んでいるので、やめ
たほうがいいと思う。

2. 彼の解説は<u>要領</u>を得ているので、と
ても分かりやすい。

3. ボールが<u>要領</u>に当たり、あまりの痛
さに倒れた。

4. 健康を保つ<u>要領</u>は早起きすることだ
そうだ。

( ) ㉙ 実物

　　1. 買うか買わないかは、<u>実物</u>を見ない
　　　　と決められない。

　　2. 彼は<u>実物</u>の知れない人間なので、近
　　　　づかないほうがいい。

　　3. <u>実物</u>がなく飢えている子供が、世界
　　　　にはたくさんいる。

　　4. 上司と<u>実物</u>を検討した上で、再度報
　　　　告することにした。

( ) ㉚ 限度

　　1. 彼は<u>限度</u>を見計らって、話し合いに
　　　　加わった。

　　2. <u>限度</u>を過ぎた果物は、水分がなくて
　　　　まずい。

　　3. 私はめったに怒らない人間だが、我
　　　　慢にも<u>限度</u>がある。

　　4. <u>限度</u>の飲み食いは体によくないの
　　　　で、気をつけなさい。

（　）㉛ 講演する

    1. 来月、アメリカの牛肉問題について
      講演することになっている。

    2. 都内の公民館で、子供のための人形
      劇を講演する予定だ。

    3. 学校の授業をさぼったので、父親に
      ひどく講演された。

    4. 弁護人は被告人の立場に立って、法
      廷で講演した。

（　）㉜ 面接

    1. 子宮の病気で入院している友人の病
      室に、面接に行った。

    2. 昨日、新聞の求人広告を見て、バイ
      トの面接に行った。

    3. 買い物をしている最中に、マイクを
      持った人に面接された。

    4. 元旦の朝、日本国中の人間が天皇陛
      下に面接に行く。

模擬試題第一回　解答

問題1　①1　　②2　　③2　　④4　　⑤2

問題2　⑥1　　⑦1　　⑧1　　⑨2　　⑩1

問題3　⑪2　　⑫4　　⑬3　　⑭1　　⑮3

問題4　⑯2　　⑰4　　⑱1　　⑲2　　⑳4

　　　　㉑1　　㉒2

問題5　㉓1　　㉔2　　㉕2　　㉖4　　㉗2

問題6　㉘2　　㉙1　　㉚3　　㉛1　　㉜2

模擬試題第一回　中譯及解析

問題1

＿＿＿＿の言葉の読み方として最もよいものを、
1・2・3・4から一つ選びなさい。

（　）① 最近、白髪が増えて困っている。

　　　1. しらが　　　　　2. しろはつ

　　　3. はくかみ　　　　4. しろがみ

中譯　最近，白頭髮增多，很困擾。

解析　「白」這個漢字，分別有「白い」（白色的）
的「白」、「白雪」（白雪）的「白」、
「白書」（白皮書）的「白」幾種重要唸
法，非常重要，請牢記。正確答案為選項1
「白髪」，其餘選項均無該字，只是混淆
視聽而已。

（　）② くだらない会議に時間を使うのは惜し
　　　　い。

　　　1. ほしい　　　　　2. おしい

　　　3. なしい　　　　　4. せしい

中譯　把時間花在無謂的會議上是可惜的。

解析 本題考「イ形容詞」以及「惜」這個漢字的唸法。「惜」有「惜しい」（可惜的）的「惜」、「惜別」（惜別）的「惜」幾種重要唸法，故正確答案為選項2。其餘選項中，選項1「欲しい」意為「想要的」；選項3和4無此字。

（　）③ 自分が使った<u>布団</u>は自分で片づけなさい。

　　　　1. ふだん　　　　2. ふとん

　　　　3. ぶだん　　　　4. ぶとん

中譯 自己用過的被褥自己整理。

解析 「布団」為常用單字，意為「被褥」，正確答案為選項2。細分的話，蓋在上面的叫「掛け布団」（蓋被）；墊在下面的叫「敷き布団」（墊被），可一併記住。其餘選項中，選項1為「普段」，意為「不斷地、經常、平常」；選項3為「武断」，意為「武斷」；選項4，無此字。

（　）④ 妊娠中は酸っぱいものが食べたくなる
　　　　 そうだ。

1. いっぱい　　　　2. せっぱい

3. さっぱい　　　　4. すっぱい

中譯　聽說懷孕中會變得想吃酸的東西。

解析　本題考「酸」這個漢字的唸法。「酸」有
　　　「酸素」（氧氣）的「酸」、「酸っぱい」
　　　（酸的）的「酸」幾種重要唸法，故正確
　　　答案為選項4。其餘選項中，選項1為「一
　　　杯」，意為「滿滿地、一碗、一杯」；選
　　　項2和選項3，無此字。

（　）⑤ お正月に近所の神社にお参りした。

1. せんじゃ　　　　2. じんじゃ

3. かみじゃ　　　　4. しんじゃ

中譯　新年時到附近的神社參拜了。

解析　本題考「神」和「社」這二個漢字的唸
　　　法。「神」有「神様」（神明）的「神」、
　　　「神話」（神話）的「神」、「神社」
　　　（神社）的「神」、「神無月」（農曆
　　　十月）的「神」幾種重要唸法。而「社」
　　　這個漢字一般唸「社」，例如「会社」

（公司），但在「神<ruby>社<rt>じんじゃ</rt></ruby>」（神社）這個單字時，要變成濁音，故正確答案為選項2。其餘選項中，選項1為「<ruby>選者<rt>せんじゃ</rt></ruby>」，意為「評審」；選項3，無此字；選項4為「<ruby>信者<rt>しんじゃ</rt></ruby>」，意為「信徒」。

問題2

_____的言葉を漢字で書くとき、最もよいものを1・2・3・4から一つ選びなさい。

（　　）⑥ <ruby>彼女<rt>かのじょ</rt></ruby>は<ruby>先生<rt>せんせい</rt></ruby>の<ruby>前<rt>まえ</rt></ruby>では<u>おとなしい</u>。

　　　　1. <ruby>大人<rt>おとな</rt></ruby>しい　　　　2. 音無しい

　　　　3. 内気しい　　　　4. 温駿しい

中譯 她在老師的面前很溫順。

解析 正確答案為選項1「<ruby>大人<rt>おとな</rt></ruby>しい」，意為「老實的、溫馴的」。其餘選項，均無該字，不需理會。

（　　）⑦ <ruby>車<rt>くるま</rt></ruby>のライトが<u>まぶしくて</u><ruby>思<rt>おも</rt></ruby>わず<ruby>目<rt>め</rt></ruby>をつぶった。

　　　　1. <ruby>眩<rt>まぶ</rt></ruby>しくて　　　　2. 鋭しくて

　　　　3. 輝しくて　　　　4. 亮しくて

中譯 車燈刺眼，不由得閉上眼睛。

解析 正確答案為選項1「眩しくて」，原形為
「眩しい」，意為「刺眼的」。此字原為
「イ形容詞」，將「い」去掉，改成「く
て」，後面接續「動詞」時，用來表示
「理由、原因」。其餘選項，均無該字，
似是而非，要小心。

( ) ⑧ 今年から親元をはなれて生活すること
になった。
1. 離れて　　　　2. 放れて
3. 外れて　　　　4. 別れて

中譯 從今年開始，要離開父母生活了。

解析 本題考幾個「動詞」的唸法。四個選項均
為「て形」，其「原形」分別為選項1「離
れる」（離開、距離）；選項2「放れる」
（脫離、逃跑）；選項3「外れる」（脫
落、落空）；選項4「別れる」（分離）。
均為重要單字，請牢記。正確答案為選項
1。

( ) ⑨ 駅前のきっさてんでコーヒーでもどう
ですか。

1. 飲茶店（ヤムチャてん）　　2. 喫茶店（きっさてん）

3. 珈琲店　　4. 軽食店（けいしょくてん）

中譯 在車站的咖啡廳（喝杯）咖啡如何呢？

解析 正確答案為選項2「喫茶店（きっさてん）」，意為「咖啡廳」。其餘選項中，選項1「飲茶店（ヤムチャてん）」意為「飲茶餐廳」；選項3，無此用法；選項4「軽食店（けいしょくてん）」意為「簡餐店」。

（　　）⑩ あなたは一体（いったい）どちらのみかたなんですか。

1. 味方（みかた）　　2. 三方（さんぽう）

3. 見方（みかた）　　4. 身方

中譯 你到底是站在哪一邊呢？

解析 正確答案為選項1「味方（みかた）」，意為「我方、同夥」，為重要單字。其餘選項中，選項2「三方（さんぽう）」（也可唸「三方（さんぽう）」）意為「三個方向、三方面」；選項3「見方（みかた）」意為「用法、見解、觀點」；選項4，無此字。

問題3

（　　）に入れるのに最もよいものを、
1・2・3・4から一つ選びなさい。

（　）⑪ 妹は歌手になる夢をどうしてもあき
　　　らめ（　　）ようだった。

　　　1. ならない　　　　2. きれない
　　　3. ぬけない　　　　4. きらない

中譯 妹妹成為歌手的夢想，看樣子是怎麼都無
法斷念了。

解析 本題考「複合語」的用法。首先，要了
解題目中「諦める」這個動詞的意思是
「放棄」，之後再決定選項。選項1「な
らない」意為「不能變成～」，動詞不能
直接接續此字，正確的接續方式是「名詞
に／ナ形容詞に／イ形容詞いく＋なら
ない」；選項2「きれない」意為「不能
完全～」，接續在動詞「連用形」（ます
形）之後，所以為正確答案；選項3「ぬけ
ない」意為「不能～到底」，雖然接續方
式亦為接在動詞「連用形」（ます形）之
後，但意思不對；選項4，無此字。

（　　）⑫ お年寄り（　　　）の食事を用意して
　　　 ください。

　　　 1. ぬき　　　　　 2. おき

　　　 3. つき　　　　　 4. むき

中譯　請準備適合老人家的餐飲。

解析　本題考外型相似，且接續在名詞之後的各
　　　 種詞類。選項1「抜き」為「名詞」，意
　　　 為「去除～」；選項2「置き」為「接尾
　　　 詞」，意為「每隔～」；選項3「付き」為
　　　 「接尾詞」，意為「附帶～」；選項4「向
　　　 き」為「名詞」，意為「適合～」。依照
　　　 句意，正確答案為選項4。

（　　）⑬ 試合は（　　　）天候にみまわれたた
　　　 め、中止となった。

　　　 1. 不　　　　　　 2. 灰

　　　 3. 悪　　　　　　 4. 低

中譯　比賽因為天候不佳，中止了。

解析　本題考接續在名詞之前的「接頭語」。選
　　　 項1「不」為「接頭語」，意為「不～」，
　　　 例如「不採用」（不錄取）；選項2「灰」
　　　 為「名詞」，意為「灰色」；選項3「悪」

為「接頭語」，意「不好的～」，例如
「悪例」（不好的例子）、「悪天候」
（不好的天氣）；選項4「低」為「接頭
語」，意為「低～」，例如「低血圧」
（低血壓）。依照句意，正確答案為選項
3。

（　）⑭ うっかりしていて銀行を（　　　）過
ぎてしまった。

1. とおり　　　　2. あるき

3. すすみ　　　　4. しかり

中譯 一恍神，就錯過了銀行。

解析 本題考「動詞」的意義。首先題目中的
「～過ぎる」意為「過～」，它必須接續
在動詞「連用形」（ます形）之後，故四
個選項的用法均正確。接著追究其意義，
選項1「通る」意為「穿越、通過」；選項
2「歩く」意為「走路」；選項3「進む」
意為「前進」；選項4「叱る」意為「斥
責」。根據句意，正確答案為選項1。

（　）⑮ 結婚相手（けっこんあいて）は収入（しゅうにゅう）も多（おお）く（　　　）学歴（がくれき）
　　　　なので、両親（りょうしん）は喜（よろこ）んでいる。
　　　　1. 名（めい）　　　　　　　　2. 良（りょう）
　　　　3. 高（こう）　　　　　　　　4. 優（ゆう）

中譯　因為結婚對象收入又多又是高學歷，所以
　　　雙親很高興。

解析　此題考接續在名詞之前的「接頭語」，只
　　　有由選項3構成的「高学歴（こうがくれき）」（高學歷）為
　　　正確用法，其餘僅為單純的名詞，不能如
　　　此接續。

問題4

（　　　　）に入れるのに最もよいものを、
1・2・3・4から一つ選びなさい。

（　）⑯ 父（ちち）は体（からだ）の（　　　）が悪（わる）いようで、最（さい）
　　　　近（きん）はずっと薬（くすり）に頼（たよ）りきりだ。
　　　　1. 調整（ちょうせい）　　　　　2. 調子（ちょうし）
　　　　3. 調度（ちょうど）　　　　　4. 調節（ちょうせつ）

中譯　爸爸的身體狀況似乎不太好，最近一直倚
　　　賴藥物。

解析　本題考「調（ちょう）」的相關語彙。選項1「調整（ちょうせい）」

意為「調整」；選項2「調子」意為「狀
況」；選項3「調度」意為「日常用品」；
選項4「調節」意為「調節」。依句意，正
確答案為選項2。

（　　）⑰ 植物の成長は天候と深い（　　　）が
あるそうだ。

1. 関継　　　　　　　2. 関節
3. 関与　　　　　　　4. 関連

中譯 聽說植物的成長與氣候有密切的關係。

解析 本題考「関」的相關語彙。選項1，無此
字；選項2「関節」意為「關節」；選項3
「関与」意為「干預、參與」；選項4「関
連」意為「關聯」。依句意，正確答案為
選項4。

（　　）⑱ 中国は豊かになったとはいえ、生活
（　　　）はまだ高いとは言えない。

1. 水準　　　　　　　2. 標準
3. 基盤　　　　　　　4. 基準

中譯 雖然說中國變得富裕了，但生活水準卻還
稱不上高。

解析 本題考「準<ruby>準<rt>じゅん</rt></ruby>」的相關語彙。選項1「<ruby>水<rt>すい</rt></ruby><ruby>準<rt>じゅん</rt></ruby>」意為「水準、水平」；選項2「<ruby>標<rt>ひょう</rt></ruby><ruby>準<rt>じゅん</rt></ruby>」意為「標準」；選項3「<ruby>基盤<rt>きばん</rt></ruby>」意為「基礎」；選項4「<ruby>基準<rt>きじゅん</rt></ruby>」意為「基準」。依句意，最好的答案為選項1。

( )⑲ <ruby>最近<rt>さいきん</rt></ruby>の<ruby>携帯電話<rt>けいたいでんわ</rt></ruby>にはさまざまな

（　　　　）がついている。

1. <ruby>容器<rt>ようき</rt></ruby>　　　　　2. <ruby>機能<rt>きのう</rt></ruby>
3. <ruby>物事<rt>ものごと</rt></ruby>　　　　　4. <ruby>装置<rt>そうち</rt></ruby>

中譯 最近的手機搭載著各式各樣的功能。

解析 本題考幾個名詞的意義。選項1「<ruby>容器<rt>ようき</rt></ruby>」意為「容器」；選項2「<ruby>機能<rt>きのう</rt></ruby>」意為「功能」；選項3「<ruby>物事<rt>ものごと</rt></ruby>」意為「事物」；選項4「<ruby>装置<rt>そうち</rt></ruby>」意為「裝置」。依句意，最好的答案為選項2。

( )⑳ <ruby>彼女<rt>かのじょ</rt></ruby>の<ruby>業績<rt>ぎょうせき</rt></ruby>は5ヶ月（　　　　）トップ

だそうだ。

1. <ruby>持続<rt>じぞく</rt></ruby>　　　　　2. <ruby>接続<rt>せつぞく</rt></ruby>
3. <ruby>継続<rt>けいぞく</rt></ruby>　　　　　4. <ruby>連続<rt>れんぞく</rt></ruby>

中譯 聽說她的業績連續五個月都是第一名。

解析 本題考「続」的相關語彙。選項1「持続」
意為「持續」；選項2「接続」意為「接
續」；選項3「継続」意為「繼續」；選項
4「連続」意為「連續」。依句意，最好的
答案為選項4。

( ) ㉑ 同僚は来月、アメリカへの海外
　　　（　　　　）を命じられた。
　　　1. 出張　　　　　　2. 出場
　　　3. 出動　　　　　　4. 出陣

中譯 同事被命令下個月去美國的國外出差。

解析 本題考「出／出」的相關語彙。選項1
「出張」意為「出差」；選項2「出場」
意為「出場」；選項3「出動」意為「出
動」；選項4「出陣」意為「出戰」。依句
意，最好的答案為選項1。

( ) ㉒ ドイツでパスポートの盗難（　　　）
　　　に遭い、大変な思いをした。
　　　1. 受害　　　　　　2. 被害
　　　3. 損害　　　　　　4. 強害

中譯 在德國護照遭竊，成了傷腦筋的回憶。

解析 本題考「害」的相關語彙。選項1，無此字；選項2「被害_{ひ がい}」意為「受害」；選項3「損害_{そんがい}」意為「損害」；選項4，無此字。依句意，最好的答案為選項2。

問題5

＿＿＿の言葉に意味が最も近いものを、1・2・3・4から一つ選びなさい。

（　　）㉓ 今夜_{こんや}はおおいに飲_のみましょう！

　　　1. たくさん　　　2. みんなで

　　　3. たいして　　　4. こっそり

中譯 今晚痛快暢飲吧！

解析 本題考「副詞」。選項1「たくさん」意為「很多地」；選項2「皆_{みんな}で」意為「大家來（做～）」；選項3「たいして」意為「並不那麼～」，後面要接續否定；選項4「こっそり」意為「偷偷地」。由於題目中的「大_{おお}いに」意為「大量地」，所以正確答案為選項1。

( ) ㉔ こんなにひどい雨（あめ）では、彼（かれ）はおそらく
　　　来（こ）ないだろう。

　　　1. きっと　　　　　2. たぶん

　　　3. めったに　　　 4. とっくに

中譯 這樣的大雨，他大概不會來了吧。

解析 本題考「副詞」。選項1「きっと」意為
　　　「一定」；選項2「多分（たぶん）」意為「大概」；
　　　選項3「滅多（めった）に」意為「幾乎、不常」；選
　　　項4「とっくに」意為「老早」。由於題目
　　　中的「恐（おそ）らく」意為「恐怕、大概」，所
　　　以正確答案為選項2。

( ) ㉕ もっとバランスのとれた食事（しょくじ）を心（こころ）がけ
　　　るべきだ。

　　　1. 調節（ちょうせつ）　　　　2. 調和（ちょうわ）

　　　3. 調合（ちょうごう）　　　　4. 調進（ちょうしん）

中譯 應該注意攝取更均衡的飲食。

解析 本題考「調（ちょう）」的相關語彙。選項1「調節（ちょうせつ）」
　　　意為「調節」；選項2「調和（ちょうわ）」意為「調
　　　和、協調」；選項3「調合（ちょうごう）」意為「調
　　　配」；選項4「調進（ちょうしん）」意為「承製」。由於

題目中的「バランス」意為「均衡」，所以正確答案為選項2。

( ) ㉖ <u>あつかましい</u>お願いで恐縮^{きょうしゅく}ですが……。

1. しぶとい　　　2. おそろしい

3. そうぞうしい　4. ずうずうしい

中譯 那麼厚臉皮的請託，（我）深感惶恐……。

解析 本題考「イ形容詞」。選項1「しぶとい」意為「頑強的」；選項2「恐^{おそ}ろしい」意為「可怕的」；選項3「騒^{そうぞう}々しい」意為「吵雜的」；選項4「図^{ずうずう}々しい」意為「厚顏無恥的」。由於題目中的「厚^{あつ}かましい」意為「厚臉皮的」，所以正確答案為選項4。

( ) ㉗ 彼女^{かのじょ}の<u>なごやかな</u>笑顔^{えがお}が忘^{わす}られない。

1. かわいい　　　2. おんわな

3. ゆたかな　　　4. うつくしい

中譯 難以忘懷她溫柔的笑顏。

解析 本題考「形容詞」。選項1「可愛^{かわい}い」意為

「可愛的」；選項2「温和な」意為「温和
的、温柔的、穩健的」；選項3「豊かな」
意為「豐富的」；選項4「美しい」意為
「美麗的」。由於題目中的「和やかな」
意為「温和的、舒適的」，所以正確答案
為選項2。

問題6

次の言葉の使い方として最もよいものを、
1・2・3・4から一つ選びなさい。

（　　）㉘ 要領

1. 危険な要領を含んでいるので、やめ
たほうがいいと思う。

2. 彼の解説は要領を得ているので、と
ても分かりやすい。

3. ボールが要領に当たり、あまりの痛
さに倒れた。

4. 健康を保つ要領は早起きすることだ
そうだ。

中譯　因為他的解說掌握要領，所以非常容易理
解。

解析　「要領」是「名詞」，意為「要領」，所以選項2為正確用法。其餘選項若改成如下，即為正確用法。

1. 危険な<u>要素</u>を含んでいるので、やめたほうがいいと思う。

（因為含有危險<u>因素</u>，所以我覺得還是作罷比較好。）

3. ボールが<u>要処</u>に当たり、あまりの痛さに倒れた。

（球擊中<u>要害</u>，因為太痛了，所以倒了下來。）

4. 健康を保つ<u>秘訣</u>は早起きすることだそうだ。

（據說保持健康的<u>祕訣</u>就在早起。）

（　）㉙ **実物**

1. 買うか買わないかは、<u>実物</u>を見ないと決められない。

2. 彼は<u>実物</u>の知れない人間なので、近づかないほうがいい。

3. <u>実物</u>がなく飢えている子供が、世界にはたくさんいる。

4. 上司と<u>実物</u>を検討した上で、再度報告することにした。

中譯 買或不買，不看到實物的話無法決定。

解析 「実物」是「名詞」，意為「實物、現貨」，所以選項1為正確用法。其餘選項若改成如下，即為正確用法。

2. 彼は<u>正体</u>の知れない人間なので、近づかないほうがいい。

（因為他是摸不清底細的人，所以還是不要靠近比較好。）

3. <u>食料</u>がなく飢えている子供が、世界にはたくさんいる。

（世界上有很多因為沒有食物而挨餓的兒童。）

4. 上司と<u>実態</u>を検討した上で、再度報告することにした。

（決定和主管檢討實際情況後，再做報告。）

（　）㉚ 限度_{げんど}

1. 彼_{かれ}は限度_{げんど}を見計_{みはか}らって、話_{はな}し合_あいに
加_{くわ}わった。

2. 限度_{げんど}を過_すぎた果物_{くだもの}は、水分_{すいぶん}がなくて
まずい。

3. 私_{わたし}はめったに怒_{おこ}らない人間_{にんげん}だが、我_が
慢_{まん}にも限度_{げんど}がある。

4. 限度_{げんど}の飲_のみ食_くいは体_{からだ}によくないの
で、気_きをつけなさい。

中譯 我雖然是個很少生氣的人，不過忍耐也是
有限度的。

解析 「限度_{げんど}」是「名詞」，意為「限度」，所
以選項3為正確用法。其餘選項若改成如
下，即為正確用法。

1. 彼_{かれ}は頃合_{ころあ}いを見計_{みはか}らって、話_{はな}し合_あい
に加_{くわ}わった。

（他斟酌時機，加入了對話。）

2. 期限_{きげん}を過_すぎた果物_{くだもの}は、水分_{すいぶん}がなくて
まずい。

（過期的水果沒有水分很難吃。）

4. 限度のない飲み食いは体によくない
ので、気をつけなさい。

（毫無節制的飲食對身體不好，要小
心。）

（　　）㉛ 講演する

1. 来月、アメリカの牛肉問題について
講演することになっている。
2. 都内の公民館で、子供のための人形
劇を講演する予定だ。
3. 学校の授業をさぼったので、父親に
ひどく講演された。
4. 弁護人は被告人の立場に立って、法
廷で講演した。

中譯 下個月，決定就美國的牛肉問題做演講。

解析 「講演する」是「動詞」，意為「演
講」，所以選項1為正確用法。其餘選項若
改成如下，即為正確用法。

2. 都内の公民館で、子供のための人形
劇を公演する予定だ。

（預定在都內的公民館，為小孩公演
人偶劇。）

3. 学校の授業をさぼったので、父親に
ひどく<u>説教された</u>。

（因為學校翹課，<u>被父親嚴厲地說了
一頓</u>。）

4. 弁護人は被告人の立場に立って、法
廷で<u>弁護した</u>。

（法庭中，辯護人站在被告者的立場
做了辯護。）

（　）㉜ <u>面接</u>

1. 子宮の病気で入院している友人の
病室に、<u>面接</u>に行った。

2. 昨日、新聞の求人広告を見て、バイ
トの<u>面接</u>に行った。

3. 買い物をしている最中に、マイクを
持った人に<u>面接</u>された。

4. 元旦の朝、日本国中の人間が天皇陛
下に<u>面接</u>に行く。

中譯　昨天，看了報紙的徵人廣告，去了打工的
面試。

解析　「<u>面接</u>」是「名詞」，意為「面試」，所
以選項2為正確用法。其餘選項若改成如

下，即為正確用法。

1. 子宮の病気で入院している友人の
病室に、お見舞いに行った。

（去病房<u>探望</u>因子宮生病住院的友人
了。）

3. 買い物をしている最中に、マイクを
持った人に<u>取材</u>された。

（買東西買到一半時，被拿麥克風的
人採訪了。）

4. 元旦の朝、日本国中の人間が天皇陛
下に<u>謁見</u>に行く。

（元旦早上，日本人去<u>謁見</u>天皇陛
下。）

模擬試題第二回

問題1

_____の言葉の読み方として最もよいものを、
1・2・3・4から一つ選びなさい。

（　）① 引き出しに名刺と文房具が入ってい
る。
1. なさつ　　　　2. めいつ
3. めいし　　　　4. なさし

（　）② 退社時間は大変混雑するので、早めに
出かけよう。
1. こんざつ　　　2. こんさつ
3. ふんざつ　　　4. ふんさつ

（　）③ 彼は初めて会った時、印象がとてもよ
かった。
1. いんそう　　　2. いんしょう
3. いんぞう　　　4. いんしゃん

（　）④ この辺は最近、強盗事件が多発してい
るそうだ。
1. きょうとり　　2. きょうどう
3. ごうどう　　　4. ごうとう

（　）⑤ 妹は公務員試験に無事合格して、とて
　　　　も喜んでいる。

　　　　1. むし　　　　　　2. むじ

　　　　3. ぶじ　　　　　　4. ふじ

問題2

＿＿＿＿の言葉を漢字で書くとき、最もよいもの
を1・2・3・4から一つ選びなさい。

（　）⑥ 昨日、デパートでぐうぜん中学校時代
　　　　の同級生に会った。

　　　　1. 遇然　　　　　　2. 偶然

　　　　3. 隅然　　　　　　4. 寓然

（　）⑦ 息子はたった一人でプラモデルをくみ
　　　　たてた。

　　　　1. 組み立てた　　　2. 接み立てた

　　　　3. 設み立てた　　　4. 作み立てた

（　）⑧ 彼は営業のじっせきをあげて自信をつ
　　　　けたようだ。

　　　　1. 実際　　　　　　2. 実蹟

　　　　3. 実力　　　　　　4. 実績

（　　）⑨ 父は新事業に失敗し、<u>ざいさん</u>をすべ
　　　　て失ってしまった。
　　　　1. 財銭　　　　　　2. 財金
　　　　3. 財産　　　　　　4. 財算

（　　）⑩ 地球の<u>しんりん</u>は急激に減少している
　　　　そうだ。
　　　　1. 深林　　　　　　2. 森林
　　　　3. 針林　　　　　　4. 真林

問題3
（　　　　）に入れるのに最もよいものを、
1・2・3・4から一つ選びなさい。

（　　）⑪ この喫茶店はとても（　　　　）暗いの
　　　　で、あまり好きではない。
　　　　1. 薄　　　　　　　2. 灰
　　　　3. 黄　　　　　　　4. 高

（　　）⑫ テニスの大会の結果は全国で第三
　　　　　（　　　　）だった。
　　　　1. 位　　　　　　　2. 名
　　　　3. 等　　　　　　　4. 番

（　　）⑬ 私は学生時代、六（　　　　）一間の部
　　　　 屋に住んでいた。
　　　　 1. 枚　　　　　　　　 2. 場
　　　　 3. 畳　　　　　　　　 4. 個

（　　）⑭ 日本語学科の林先生は甘い物に
　　　　 （　　　　）がないそうだ。
　　　　 1. 目　　　　　　　　 2. 舌
　　　　 3. 腹　　　　　　　　 4. 口

（　　）⑮ 思い（　　　　）お客が訪ねてきてびっ
　　　　 くりした。
　　　　 1. たりない　　　　　 2. がけない
　　　　 3. きれない　　　　　 4. しれない

問題4

（　　　　）に入れるのに最もよいものを、
1・2・3・4から一つ選びなさい。

（　　）⑯ どうもすみません。（　　　　）父は朝
　　　　 から出かけております。
　　　　 1. どうやら　　　　　 2. せっかく
　　　　 3. あいにく　　　　　 4. さいわい

（　　）⑰ （　　　　） 文句ばっかり言ってない
　　　　　　で、少しは手伝いなさい。
　　　　　　1. ぶつぶつ　　　　2. のろのろ
　　　　　　3. ぞくぞく　　　　4. しみじみ

（　　）⑱ 棚の上に置いておいた荷物を
　　　　　　（　　　　） 盗まれてしまった。
　　　　　　1. あっさり　　　　2. ぴったり
　　　　　　3. そっくり　　　　4. たっぷり

（　　）⑲ 死を目前にした祖母の （　　　　） 的
　　　　　　苦痛を取り除いてあげたい。
　　　　　　1. 精神　　　　　　2. 精進
　　　　　　3. 誠真　　　　　　4. 誠心

（　　）⑳ 人間はみな平等に生きる （　　　　） を
　　　　　　持っている。
　　　　　　1. 権利　　　　　　2. 人権
　　　　　　3. 権力　　　　　　4. 主権

（　　）㉑ 今回発売の切手は「動物（　　　　）」
　　　　　　の五回目にあたる。
　　　　　　1. モデル　　　　　2. シリーズ
　　　　　　3. スタイル　　　　4. シーズン

（　）㉒ 小学生の時、人種（　　　）はしては
　　　　いけないと教えられた。
　　　　1. 判別　　　　　　2. 区別
　　　　3. 分別　　　　　　4. 差別

問題5

_____の言葉に意味が最も近いものを、
1・2・3・4から一つ選びなさい。

（　）㉓ 彼女の顔を見ると<u>ドキドキしてしまい</u>
　　　　上手に話せない。
　　　　1. 熱中して　　　　2. 心配して
　　　　3. 緊張して　　　　4. 期待して

（　）㉔ ここからは富士山の姿が<u>はっきり</u>見え
　　　　る。
　　　　1. くっきり　　　　2. すっきり
　　　　3. さっぱり　　　　4. きっぱり

（　）㉕ 自分の欠点に気づかない人は<u>あんがい</u>
　　　　多いものだ。
　　　　1. 意外に　　　　　2. 意表に
　　　　3. 不意に　　　　　4. 意内に

（　）㉖ いまさら<u>くやんでも</u>遅いというもの
だ。

1. あらためて　　　2. うらんで

3. にくんで　　　　4. こうかいして

（　）㉗ 彼は<u>ゆたかな</u>自然資源に囲まれた土地
で育った。

1. 豪華な　　　　　2. 贅沢な

3. 裕福な　　　　　4. 豊富な

問題6

次の言葉の使い方として最もよいものを、
1・2・3・4から一つ選びなさい。

（　）㉘ のんき

1. 彼は生まれつき<u>のんき</u>な性格だ。

2. お風呂に入って<u>のんき</u>にするのが好
きだ。

3. 今から行けば電車に<u>のんき</u>に間に合
う。

4. どうぞ、ご<u>のんき</u>にしてください。

（　）㉙ おしゃべり

1. 一人でインドに行くなどというおし
ゃべりはやめなさい。

2. 彼はおしゃべりが分からない、つま
らない人間だ。

3. 彼女はおしゃべりで、秘密が守れな
い人なので嫌いだ。

4. あの外国人は、日本語を上手におし
ゃべりする。

（　）㉚ あわただしい

1. 今日は合格発表の日なので、家族は
みなあわただしい。

2. そんなにあわただしいと、怪我をし
ますよ。

3. 今日のご飯はあわただしくて、おい
しくない。

4. あわただしく出かけたので、携帯を
忘れてしまった。

（　）㉛ チャンス

    1. <u>チャンス</u>が合わなくて失敗した。

    2. 君にもう一度だけ<u>チャンス</u>をあげよ
       う。

    3. あなたに話したい<u>チャンス</u>がありま
       す。

    4. 天気に恵まれたのは<u>チャンス</u>だっ
       た。

（　）㉜ 心得る

    1. 言いたかった言葉をぐっと<u>心得</u>た。

    2. それは自分の義務だと<u>心得</u>ておりま
       す。

    3. あなたの得意分野なのだから、しっ
       かり<u>心得なさい</u>。

    4. 大学院ではロボットの開発に<u>心得</u>て
       いる。

模擬試題第二回　解答

問題1　①3　　②1　　③2　　④4　　⑤3

問題2　⑥2　　⑦1　　⑧4　　⑨3　　⑩2

問題3　⑪1　　⑫1　　⑬3　　⑭1　　⑮2

問題4　⑯3　　⑰1　　⑱3　　⑲1　　⑳1

　　　　㉑2　　㉒4

問題5　㉓3　　㉔1　　㉕1　　㉖4　　㉗4

問題6　㉘1　　㉙3　　㉚4　　㉛2　　㉜2

模擬試題第二回　中譯及解析

問題1

_____ の言葉の読み方として最もよいものを、
1・2・3・4から一つ選びなさい。

(　) ① 引き出しに名刺と文房具が入っている。

　　　 1. なさつ　　　　　 2. めいつ

　　　 3. めいし　　　　　 4. なさし

中譯　抽屜裡放著名片和文具。

解析　「名」這個漢字，分別有「名前」（名
　　　字）的「名」、「名門」（名門）的
　　　「名」、「大名」（大名；日本古時候
　　　的諸侯）的「名」幾個重要的唸法。
　　　而「刺」這個漢字，除了動詞「刺す」
　　　（刺）的「刺」之外，還分別有「刺激」
　　　（刺激）的「刺」、「刺身／刺し身」
　　　（生魚片）的「刺／刺し」幾個重要的唸
　　　法。無論如何，正確答案選項3「名刺」
　　　（名片）為重要單字，請記住。

（　）② 退社時間は大変混雑するので、早めに
　　　　出かけよう。

　　　　1. こんざつ　　　　2. こんさつ

　　　　3. ふんざつ　　　　4. ふんさつ

中譯 因為下班時間非常混亂，早點出門吧。

解析 此題考有沒有注意到「雜」這個漢字的「濁音」。正確答案為選項1「混雜」，意為「混亂、雜亂」。其餘選項中，選項2，無此字；選項3「紛雜」意為「紛雜」；選項4「焚殺」意為「燒殺」。

（　）③ 彼は初めて会った時、印象がとてもよ
　　　　かった。

　　　　1. いんそう　　　　2. いんしょう

　　　　3. いんぞう　　　　4. いんしゃん

中譯 第一次和他見面時，印象非常好。

解析 「印」這個漢字，除了本身「印」（記號）之外，還有「印鑑」（印章）的「印」、「矢印」（箭號）的「印」幾個重要的唸法。而「象」這個漢字，則有「象牙」（象牙）的「象」、「現象」的「象」

幾個重要的唸法。正確答案為選項1「印
象」，意為「印象」。

(　) ④ この<ruby>辺<rt>へん</rt></ruby>は<ruby>最近<rt>さいきん</rt></ruby>、<u><ruby>強盗<rt>ごうとう</rt></ruby></u><ruby>事件<rt>じけん</rt></ruby>が<ruby>多発<rt>たはつ</rt></ruby>してい
るそうだ。

　　　1. きょうとり　　2. きょうどう

　　　3. ごうどう　　　4. ごうとう

中譯 聽說這一帶最近，發生多起強盜事件。

解析 「強」這個漢字，除了イ形容詞「<ruby>強<rt>つよ</rt></ruby>い」
（堅強的）的「<ruby>強<rt>つよ</rt></ruby>」、以及動詞「<ruby>強<rt>し</rt></ruby>い
る」（強迫）的「<ruby>強<rt>し</rt></ruby>」等重要唸法之外，
還有「<ruby>強大<rt>きょうだい</rt></ruby>」（強大）的「<ruby>強<rt>きょう</rt></ruby>」、「<ruby>強<rt>ごう</rt></ruby>
<ruby>情<rt>じょう</rt></ruby>」（固執）的「<ruby>強<rt>ごう</rt></ruby>」等唸法也要注意。
正確答案為選項4「<ruby>強盗<rt>ごうとう</rt></ruby>」，意為「強
盜」。其餘選項中，選項1，無此字；選項
2「<ruby>共同<rt>きょうどう</rt></ruby>」意為「共同」；選項3「<ruby>合同<rt>ごうどう</rt></ruby>」
意為「聯合、合併」。

(　) ⑤ <ruby>妹<rt>いもうと</rt></ruby>は<ruby>公務員試験<rt>こうむいんしけん</rt></ruby>に<u><ruby>無事<rt>ぶじ</rt></ruby></u><ruby>合格<rt>ごうかく</rt></ruby>して、と
ても<ruby>喜<rt>よろこ</rt></ruby>んでいる。

　　　1. むし　　　　　2. むじ

　　　3. ぶじ　　　　　4. ふじ

中譯 妹妹順利通過公務員考試，非常高興。

解析 「無」這個漢字，大部分都唸「無」，例
如「無口」（寡言）、「無神経」（少根
筋）、「無関心」（不關心）。正確答案
選項3「無事」（平安無事）的「無」唸法
特殊且重要，請記住。

問題2

_____的言葉を漢字で書くとき、最もよいもの
を1・2・3・4から一つ選びなさい。

（　）⑥ 昨日、デパートで<u>ぐうぜん</u>中学校時代
の同級生に会った。

1. 遇然　　　　　　　2. 偶然

3. 隔然　　　　　　　4. 寓然

中譯 昨天，在百貨公司偶然遇見中學時的同學。

解析 正確答案為選項2「偶然」，意為「偶然、
碰巧」。其餘選項，均無該字，不需理
會。

（　）⑦ 息子_{むすこ}はたった一人_{ひとり}でプラモデルを<u>くみ</u>
<u>たてた</u>。
1. 組_くみ立_たてた　　2. 接み立てた
3. 設み立てた　　4. 作み立てた

中譯 兒子就一個人，把塑膠模型組裝起來了。

解析 正確答案為選項1「組_くみ立_たてた」，意為「組裝了」。其餘選項，均無該字，不需理會。

（　）⑧ 彼_{かれ}は営業_{えいぎょう}の<u>じっせき</u>をあげて自信_{じしん}をつ
けたようだ。
1. 実際_{じっさい}　　　2. 実蹟_{じっせき}
3. 実力_{じつりょく}　　　4. 実績_{じっせき}

中譯 他似乎因為營業的工作成績提升而有了自信。

解析 正確答案為選項4「実績_{じっせき}」，意為「工作成績、成效」。其餘選項，選項1「実際_{じっさい}」意為「實際」；選項2「実蹟_{じっせき}」意為「確實的事蹟」；選項3「実力_{じつりょく}」意為「實力」。

（　）⑨ 父は新事業に失敗し、ざいさんをすべ
て失ってしまった。

1. 財銭　　　　　2. 財金
3. 財産　　　　　4. 財算

中譯　父親新事業失敗，失去了所有的財產。

解析　正確答案為選項3「財産」，意為「財
產」。其餘選項，均無該字，不需理會。

（　）⑩ 地球のしんりんは急激に減少している
そうだ。

1. 深林　　　　　2. 森林
3. 針林　　　　　4. 真林

中譯　聽說地球的森林正急劇減少中。

解析　正確答案為選項2「森林」，意為「森
林」。其餘選項中，選項1「深林」意為
「森林深處」；選項3，無此字；選項4，
亦無此字。

問題3

（　　　）に入れるのに最もよいものを、

1・2・3・4から一つ選びなさい。

（　　）⑪ この喫茶店はとても（　　　）暗いの
で、あまり好きではない。

1. 薄 2. 灰

3. 黄 4. 高

中譯 因為這間咖啡廳非常昏暗，所以不太喜
歡。

解析 本題雖然考「複合語」，但是「薄暗い」
本身就是一個單字，意為「昏暗的、微暗
的」，所以正確答案為選項1，其餘選項，
不需考慮。

（　　）⑫ テニスの大会の結果は全国で第三
（　　　）だった。

1. 位 2. 名

3. 等 4. 番

中譯 網球大賽的結果是全國第三名。

解析 本題考「接尾語」。中文的「第～名」就
是「第～位」，所以正確答案為選項1。其

餘選項中，選項2「名」意為「位」，例如
「三名様」（三位客人）；選項3「等」意
為「等級」，例如「一等賞」（頭獎）；
選項4「番」意為「號」，例如「十五番」
（十五號）。

（　）⑬ 私は学生時代、六（　　　）一間の部
屋に住んでいた。
1. 枚　　　　　　　2. 場
3. 畳　　　　　　　4. 個

中譯 我在學生時代，住過一間六塊榻榻米的房
間。

解析 本題考「單位」的相關詞彙。選項1「枚」
意為「片、件」，是用來計算紙張、衣服
等薄的東西的單位；選項2，無此用法；選
項3「畳」意為「塊」，是日本人計算榻榻
米數量的單位，多用於表示房屋、房間面
積；選項4「個」意為「個」，是計算物品
個數的單位，故正確答案為選項3。

（　）⑭ 日本語学科の林先生は甘い物に

　　　（　　　　）がないそうだ。

　　　1. 目　　　　　　　2. 舌

　　　3. 腹　　　　　　　4. 口

中譯　聽說日文系的林老師非常喜歡甜的東西。

解析　「目がない」本身就是一個「慣用語」，

　　　意為「非常喜歡」，故正確答案為選項1，

　　　其餘選項，不需考慮。

（　）⑮ 思い（　　　　）お客が訪ねてきてびっ

　　　くりした。

　　　1. たりない　　　　2. がけない

　　　3. きれない　　　　4. しれない

中譯　因意外的客人來訪嚇了一跳。

解析　「思いがけない」本身就是一個單字，

　　　是「イ形容詞」，意為「出乎意料、意

　　　外」，所以正確答案為選項2，其餘選項不

　　　需考慮。

問題4

（　　　）に入れるのに最もよいものを、

1・2・3・4から一つ選びなさい。

（　）⑯ どうもすみません。（　　　）父は朝

から出かけております。

1. どうやら　　　　2. せっかく

3. あいにく　　　　4. さいわい

中譯 非常抱歉。不巧父親從早上就出門了。

解析 本題考「副詞」。選項1「どうやら」意為

「好歹、總覺得」；選項2「せっかく」意

為「特意、難得」；選項3「あいにく」意

為「不巧」；選項4「さいわい」意為「幸

虧、幸而」。依句意，由於爸爸從早上就

出門了，所以正確答案為選項3。

（　）⑰ （　　　）文句ばっかり言ってない

で、少しは手伝いなさい。

1. ぶつぶつ　　　　2. のろのろ

3. ぞくぞく　　　　4. しみじみ

中譯 別光嘀咕抱怨，多少幫點忙！

解析 本題考「擬聲擬態語」。選項1「ぶつぶ
つ」意為「嘀咕、發牢騷」；選項2「のろ
のろ」意為「慢吞吞地」；選項3「ぞくぞ
く」意為「冷得打哆嗦」；選項4「しみじ
み」意為「深切地」。依句意，由於希望
對方不要光是抱怨，所以正確答案為選項
1。

（　）⑱ 棚の上に置いておいた荷物を
　　　（　　　）盗まれてしまった。
　　　1. あっさり　　　2. ぴったり
　　　3. そっくり　　　4. たっぷり

中譯 放置在架上的行李全部被偷走了。

解析 本題考外型相似的「副詞」。選項1「あっ
さり」意為「爽快地、乾脆地」；選項2
「ぴったり」意為「準確無誤地、緊緊
地」；選項3「そっくり」意為「全部、完
全」；選項4「たっぷり」意為「足夠地、
滿滿地」。依句意，由於東西被偷了，所
以正確答案為選項3。

( ) ⑲ 死を目前にした祖母の（　　　）的苦
痛を取り除いてあげたい。

1. 精神　　　　　　2. 精進

3. 誠真　　　　　　4. 誠心

中譯 希望能為即將死去的祖母除去精神上的痛
苦。

解析 本題考後面可以加上「的」的「名詞」。
「～的」意為「～上的」。選項1「精神」
意為「精神」；選項2「精進」意為「吃素
齋戒、潔身慎行」；選項3，無此字；選項
4「誠心」意為「誠心」。依句意，由於要
解除某種苦痛，所以正確答案為選項1。

( ) ⑳ 人間はみな平等に生きる（　　　）
を持っている。

1. 権利　　　　　　2. 人権

3. 権力　　　　　　4. 主権

中譯 所有人都有平等生存的權利。

解析 本題考「名詞」。選項1「権利」意為「權
利」；選項2「人権」意為「人權」；選項
3「権力」意為「權力」；選項4「主権」

意為「主權」。依句意，最好的答案為選
項1。

(　) ㉑ 今回発売の切手は「動物（　　　）」
の五回目にあたる。

1. モデル　　　　　2. シリーズ

3. スタイル　　　　4. シーズン

中譯　這次發售的郵票是第五次的「動物系列」。

解析　本題考「外來語」。選項1「モデル」
原文為「model」，意為「模型」；選
項2「シリーズ」原文為「series」，意
為「系列」；選項3「スタイル」原文為
「style」，意為「型式」；選項4「シーズ
ン」原文為「season」，意為「季節」。
依句意，由於販賣的是郵票，所以最好的
答案為選項2。

(　) ㉒ 小学生の時、人種（　　　）はしては
いけないと教えられた。

1. 判別　　　　　　2. 区別

3. 分別　　　　　　4. 差別

中譯　小學的時候，被教導不可以對人種有歧視。

解析 本題考「名詞」。選項1「判別」意為「判別」；選項2「区別」意為「區別」；選項3「分別」意為「分別」；選項4「差別」意為「歧視」。依句意，由於提到的是人種，所以正確答案為選項4。

問題5

_____の言葉に意味が最も近いものを、1・2・3・4から一つ選びなさい。

（　）㉓ 彼女の顔を見ると<u>ドキドキして</u>しまい上手に話せない。
1. 熱中して　　　2. 心配して
3. 緊張して　　　4. 期待して

中譯 一看見她的臉，心就撲通撲通地跳，無法好好說話。

解析 本題考「動詞」。只要知道句中的「ドキドキして」，意為「因緊張或興奮，心撲通撲通地跳」，便知道答案為選項3「緊張して」（緊張）。其餘選項意思分別為，選項1「熱中して」（熱衷）；選項2「心配して」（擔心）；選項4「期待して」

（期待）。

（　）㉔ ここからは富士山の姿がはっきり見え
る。

1. くっきり　　　　2. すっきり

3. さっぱり　　　　4. きっぱり

中譯 從這裡可以清楚地看到富士山的風姿。

解析 本題考外型相似的「副詞」。首先要知道
句中的「はっきり」意為「清楚地」。而
四個選項意思分別為，選項1「くっきり」
（清楚地、分明地）；選項2「すっきり」
（舒暢地、暢快地）；選項3「さっぱり」
（乾淨地、痛快地）；選項4「きっぱり」
（乾脆地、斬釘截鐵地），所以正確答案
為選項1。

（　）㉕ 自分の欠点に気づかない人はあんがい
多いものだ。

1. 意外に　　　　2. 意表に

3. 不意に　　　　4. 意内に

中譯 未能發現自己缺點的人出乎意料地多。

解析 本題考「副詞」。首先要知道句中的「あ
んがい」，漢字為「案外」，意為「沒想
到、意外」。而四個選項意思分別為，選
項1「意外に」（意外地、超出預期地）；
選項2「意表に」（出乎意表地）；選項3
「不意に」（想不到、突然地）；選項4，
無此字，所以最好的答案為選項1。

( ) ㉖ いまさら<u>くやんでも</u>遅いというもの
だ。

1. あらためて　　2. うらんで

3. にくんで　　　4. こうかいして

中譯 事到如今，懊悔也來不及了。

解析 本題考「動詞」。首先要知道句中的「く
やんで」，漢字為「悔やんで」，是動詞
「悔やむ」的「て形」，意為「懊悔」。
而四個選項意思分別為，選項1「改めて」
（再次）；選項2「恨んで」（怨恨）；選
項3「憎んで」（憎恨）；選項4「後悔し
て」，所以正確答案為選項4。

（　）㉗ 彼はゆたかな自然資源に囲まれた土地
で育った。
1. 豪華な　　　　　2. 贅沢な
3. 裕福な　　　　　4. 豊富な

中譯 他在被豐饒的自然資源所環繞的土地上成
長。

解析 本題考「ナ形容詞」。首先只要知道句中
的「ゆたかな」，漢字為「豊かな」，意
為「豐富的、豐饒的」，便知道答案為選
項4「豊富な」（豐富的）。其餘選項意思
分別為，選項1「豪華な」（豪華的）；選
項2「贅沢な」（奢侈的）；選項3「裕福
な」（富裕的）。

問題6

次の言葉の使い方として最もよいものを、

1・2・3・4から一つ選びなさい。

（　）㉘ のんき
1. 彼は生まれつきのんきな性格だ。
2. お風呂に入ってのんきにするのが好
きだ。

3. 今から行けば電車に<u>のんき</u>に間に合う。

4. どうぞ、ご<u>のんき</u>にしてください。

中譯 他生來就是<u>無憂無慮</u>的性格。

解析 「のんき」是「ナ形容詞」，意為「無憂無慮、漫不經心」，可加上「な」直接修飾名詞，所以選項1為正確用法。其餘選項若改成如下，即為正確用法。

2. お風呂に入って<u>のんびり</u>するのが好きだ。

（喜歡泡澡悠閒度過。）

3. 今から行けば電車に<u>十分</u>間に合う。

（現在去的話，電車還很來得及。）

4. どうぞ、ご<u>ゆっくり</u>なさってください。

（請慢慢來。）

（　）㉙ おしゃべり

1. 一人（ひとり）でインドに行（い）くなどというおしゃべりはやめなさい。
2. 彼（かれ）はおしゃべりが分（わ）からない、つまらない人間（にんげん）だ。
3. 彼女（かのじょ）はおしゃべりで、秘密（ひみつ）が守（まも）れない人（ひと）なので嫌（きら）いだ。
4. あの外国人（がいこくじん）は、日本語（にほんご）を上手（じょうず）におしゃべりする。

中譯 因為她很多嘴，是守不住秘密的人，所以很討厭。

解析 「おしゃべり」可為「多嘴的」（ナ形容詞）、「多嘴的人」（名詞），所以選項1為正確用法。其餘選項若改成如下，即為正確用法。

1. 一人（ひとり）でインドに行（い）くなどという危険（きけん）な行動（こうどう）はやめなさい。

（停止一個人去印度這樣的危險舉動！）

2. 彼はユーモアが分からない、つまら
ない人間だ。

（他是不懂幽默、無聊的人。）

4. あの外国人は、日本語を上手にしゃ
べる。

（那個外國人，日語講得很好。）

( ) ㉚ あわただしい

1. 今日は合格発表の日なので、家族は
みなあわただしい。

2. そんなにあわただしいと、怪我をし
ますよ。

3. 今日のご飯はあわただしくて、おい
しくない。

4. あわただしく出かけたので、携帯を
忘れてしまった。

中譯 因為匆匆忙忙地出門，所以忘記帶手機了。

解析 「あわただしい」是「イ形容詞」，漢字
為「慌しい」，意思是「匆忙的」。選項
1將「あわただしい」（イ形容詞）變成
「あわただしく」（副詞），是為了修飾

後面的動詞「出<small>で</small>かけた」（出門了），所以為正確用法。其餘選項若改成如下，即為正確用法。

1. 今日<small>きょう</small>は合格発表<small>ごうかくはっぴょう</small>の日<small>ひ</small>なので、家族<small>かぞく</small>はみな<u>緊張<small>きんちょう</small>している</u>。

（今天是錄取發表日，所以全家都很<u>緊張</u>。）

2. そんなに<u>落<small>お</small>ち着<small>つ</small>かない</u>と、怪我<small>けが</small>をしますよ。

（那麼<u>沉不住氣</u>，會受傷的喔！）

3. 今日<small>きょう</small>のご飯<small>はん</small>は<u>硬<small>かた</small>くて</u>、おいしくない。

（今天的飯很<u>硬</u>，不好吃。）

（　）㉛ チャンス

1. <u>チャンス</u>が合<small>あ</small>わなくて失敗<small>しっぱい</small>した。
2. 君<small>きみ</small>にもう一度<small>いちど</small>だけ<u>チャンス</u>をあげよう。
3. あなたに話<small>はな</small>したい<u>チャンス</u>があります。
4. 天気<small>てんき</small>に恵<small>めぐ</small>まれたのは<u>チャンス</u>だった。

中譯 就只再給你一次機會吧。

解析 「チャンス」是外來語「chance」，意為
「機會」，選項2為正確用法。其餘選項若
改成如下，即為正確用法。

1. タイミングが合わなくて失敗した。

（時機不對，失敗了。）

3. あなたに話したいことがあります。

（有想要跟你說的事情。）

4. 天気に恵まれたのは好運だった。

（遇到好天氣，太好運了。）

( ) ㉜ 心得る

1. 言いたかった言葉をぐっと心得た。

2. それは自分の義務だと心得ておりま
す。

3. あなたの得意分野なのだから、しっ
かり心得なさい。

4. 大学院ではロボットの開発に心得て
いる。

中譯 理解到那是自己的義務。

解析　「心得る」是「動詞」，意為「領會、同意、有經驗」，選項2為正確用法。其餘選項若改成如下，即為正確用法。

1. 言いたかった言葉をぐっと我慢した。

（用力地忍住了想說的話。）

3. あなたの得意分野なのだから、しっかり頑張りなさい。

（是你擅長的領域，所以好好加油！）

4. 大学院ではロボットの開発に従事している。

（在研究所從事著機器人的開發。）

瑞蘭國際檢定攻略
系列叢書

彭曦、汪麗影、夏建新、方萍 編著

秋山信、こんどうともこ、王愿琦 著

林士鈞 編著

林士鈞 編著

こんどうともこ 著

林士鈞 著

元氣日語編輯小組 編著

汪麗影、彭曦、方萍、夏建新 編著　　秋山信、こんどうともこ、王愿琦 著

林士鈞 編著

こんどうともこ 著　　林士鈞 著　　元氣日語編輯小組 編著

余秋菊 編著

林士鈞 編著

こんどうともこ 著

余秋菊 著

元氣日語編輯小組 編著

掌握關鍵60分‧戰勝新日檢！

新日檢 N4
言語知識(文字‧語彙‧文法)
全攻略

編著/張暖慧

本書 **5** 大特色

適用 ⑤ 日語檢定考試 N4

張暖慧 編著

保證考上！絕對合格！

戰勝
新日檢 **N4**
考前總整理

編著/林士鈞

●系統整理幫助迅速記憶
●一網打盡所有必考重點
●分科解題讓您一試合格
●衝刺必備立即增強實力
●附錄：新日檢「Can-do」能力檢核表

林士鈞 編著

絕對合格！

新
日檢 **N4**
模擬試題＋
完全解析

日檢衝刺最佳！

林士鈞 著

林士鈞 著

新日檢 N4
文法帶著背！

張暖慧 著
北京找語編輯小組 編與整

張暖慧 著

新日檢
N4單字
帶著背！

張暖慧 著

張暖慧 著

張暖彗 編著

林士鈞 編著

林士鈞 著

張暖彗 著

張暖彗 著

作者介紹

審訂、隨堂測驗暨模擬試題撰稿

こんどうともこ

日本杏林大學外文系畢業，日本國立國語研究所修了。曾任日本NHK電視台劇本編寫及校對、臺北市文化局文化快遞顧問、EZ Japan流行日語會話誌副總編輯，於輔仁大學、青輔會等機關教授日語。

審訂、模擬試題解析撰稿

王愿琦

日本國立九州大學研究所比較社會文化學府碩士，博士課程學分修了。曾任元智、世新大學、台北科技大學日語兼任講師、EZ Japan流行日語會話誌總編輯。

單字整理、撰稿

呂依臻

　　國立政治大學日文系畢業，國立高雄師範大學教育學程修畢。曾任教師、翻譯、刊物企劃編輯等。

葉仲芸

　　淡江大學日文系畢業，曾任書籍翻譯，以及日語學習雜誌、生活叢書編輯。

周羽恩

　　中國文化大學日文系畢業，從事多年翻譯，包括字幕、廣告文案、法條規章等。

國家圖書館出版品預行編目資料

新日檢N2單字帶著背！/元氣日語編輯小組編著
--初版--臺北市：瑞蘭國際，2012.05
416面；10.4 x 16.2公分 --（隨身外語系列；34）
ISBN：978-986-6567-97-1
1.日語 2.詞彙 3.能力測驗

803.189 　　　　　　　　　　　　101004449

隨身外語系列 34

新日檢N2單字帶著背！

作者｜元氣日語編輯小組・責任編輯｜葉仲芸、こんどうともこ

封面｜張芝瑜・版型設計｜余佳憓・內文排版｜帛格有限公司、余佳憓
校對｜葉仲芸、こんどうともこ、王愿琦・印務｜王彥萍

董事長｜張暖彗・社長｜王愿琦・總編輯｜こんどうともこ
主編｜呂依臻・副主編｜葉仲芸・編輯｜周羽恩・美術編輯｜余佳憓
企畫部主任｜王彥萍・網路行銷、客服｜楊米琪

出版社｜瑞蘭國際有限公司・地址｜台北市大安區安和路一段104號7樓之1
電話｜(02)2700-4625・傳真｜(02)2700-4622・訂購專線｜(02)2700-4625
劃撥帳號｜19914152 瑞蘭國際有限公司
瑞蘭網路書城｜www.genki-japan.com.tw

總經銷｜聯合發行股份有限公司・電話｜(02)2917-8022、2917-8042
傳真｜(02)2915-6275、2915-7212・印刷｜宗祐印刷有限公司
出版日期｜2012年05月初版1刷・定價｜299元・ISBN｜978-986-6567-97-1